LES FAUVES

tome 2

Révolution

DU MÊME AUTEUR

Chez VFB Éditions :
Les Fauves, Régression (Tome 1)

mise en page *La Plume numérique*

www.vfbeditions.com

ISBN : 979-10-92786-67-5

Manon Toulemont

LES FAUVES

tome 2

Révolution

VFB Éditions

Prologue

— Il est vraiment énorme, ce serpent.

Ton sens de l'observation m'impressionne.

Esther envoie au diable sa voix intérieure (pourquoi faut-il qu'elle se montre toujours aussi sarcastique?) et s'approche prudemment du reptile, qui repose enroulé sur lui-même parmi les feuilles mortes tapissant le sol. Ses écailles s'agencent de manière à créer des motifs géométriques bruns ourlés de noir, de doré, et de quelques touches de blanc sur les flancs. Cette parure confère au python un camouflage redoutable dans l'environnement forestier où il a élu domicile. En dépit de sa taille imposante – il doit bien mesurer quatre mètres – Esther ne l'a remarqué qu'au dernier moment. Le premier réflexe de la Panthère noire a été de bondir en arrière, mais sa peur instinctive devant ce corps massif s'est aussitôt teintée de convoitise: un serpent de ce gabarit lui fournira une grande quantité de viande si elle parvient à le tuer. Or, elle et son compagnon manquent cruellement de nourriture. La saison sèche abandonne dans son sillage de nombreuses victimes; les incendies s'enchaînent, les cours d'eau se tarissent, obligeant hommes et bêtes à creuser dans le lit des rivières asséchées pour extraire de la terre un peu de liquide boueux. Esther ignore si elle survivra à cet aperçu de l'enfer. La région où elle s'est installée subit de plein fouet le règne tyrannique d'un soleil impitoyable. Si les cadavres des animaux ayant succombé avant elle lui ont permis de se nourrir pendant un temps, voilà des jours qu'elle n'en trouve plus aucun. Il lui faut renoncer à ses mœurs de charognard pour se mettre à chasser – ce qui implique une prise de risques considérable. Impossible de se contenter des petites proies qu'elle attrapait lorsqu'elle vivait encore seule : depuis qu'un autre Léopard partage son existence, Esther se retrouve avec deux bouches à nourrir. Son compagnon ne lui est d'aucun secours ; elle n'a pas réussi à le tirer de sa prostration ni à lui arracher un seul mot depuis leur rencontre. Le pauvre a de toute évidence subi un traumatisme très profond qui semble l'avoir enfermé en lui-même… La jeune femme refuse pourtant de l'abandonner. Elle a trop souffert de la solitude. Alors même si le fait de devoir s'occuper à la fois de sa propre survie et de celle de son ami la vide de ses forces, elle continue à prendre soin de lui. Faute d'être un interlocuteur stimulant, il lui permet au moins de ne plus parler constamment dans le vide.

Son frère de tatouage (dont elle ignore le nom) se trouve pour l'heure à l'abri. Esther espère obtenir de sa part un semblant de réaction en lui apportant un beau python fraîchement tué, ce qui lui redonne courage tandis que le reptile se ramasse sur lui-même dans une attitude menaçante. Un souffle puissant s'échappe de ses mâchoires entre lesquelles pointent maintenant les extrémités de sa langue bifide. L'avant de son corps formant un S, la tête légèrement inclinée, le serpent avertit Esther sans ambiguïté. Celle-ci a déjà eu affaire à des pythons plus petits et sait à quoi s'attendre : si elle parvient à harceler son adversaire suffisamment longtemps, il se fatiguera le premier. C'est l'aube et l'animal n'a pas encore eu le temps de se réchauffer, aussi son énergie s'épuisera-t-elle rapidement. La Panthère pourra alors se jeter sur lui, le saisir à l'arrière de la tête, puis lui percer le crâne de son couteau et le décapiter. Si en revanche elle mésestime la distance de sécurité ou fait preuve de la moindre inattention, elle en paiera le prix fort. Pour avoir connu la morsure de ce genre de serpent, la jeune femme sait à quel point leurs dents sont effilées et comme il est difficile de s'extraire de l'étau de leurs anneaux. Sur un spécimen d'un mètre, passe encore… Mais ce bestiau-là, qui la surveille de son regard fixe, pourrait la tuer sans peine.

En temps normal Esther aurait évité la confrontation avec une proie si dangereuse – mais la sécheresse l'a poussée dans ses derniers retranchements ; elle est prête à tout.

— Je te préviens, mon pote : ça va faire mal.

PREMIÈRE PARTIE
LE TROU DANS LE CIEL

1

Six mois ont passé, et elle porte encore ce chemisier inconcevable. Je croyais que quelqu'un aurait fini par lui dire à quel point il est hideux... Indécent, aussi (bien que cet aspect-là soit secondaire). La totale transparence du tissu ne me choque plus – mais je ne réussirai jamais à m'habituer à ces deux étoiles vert fluo plaquées sur les seins, avec la méga dose de paillettes pour agrémenter le tout. Cette chose a beau sortir de l'atelier d'un créateur en vogue, je ne comprends pas comment Élodie a pu dépenser l'équivalent de son loyer pour l'acheter. Impossible de détacher mon regard de ces astres criards tandis que leur propriétaire considère la possibilité de me réembaucher. Elle ne semble guère offensée par l'insistance avec laquelle je fixe sa poitrine, et me dévisage sans animosité depuis son fauteuil de rédactrice en chef.

— T'es un bon chroniqueur, Matéo. Et je t'aime bien. Contrairement à ces coincés de l'administration, je me fiche de ton passage par Sincérité. Tout le monde fait des conneries de temps en temps... On va te reprendre.

Mes yeux remontent jusqu'au visage d'Élodie et l'étonnement me réduit au mutisme quelques secondes. Je pensais devoir batailler ferme pour la convaincre de me réintégrer dans son équipe, j'avais en réserve une liste d'arguments, de flatteries et de supplications, je m'étais préparé à n'importe quelle éventualité... Sauf à celle de remporter la victoire si facilement.

— Ah bon, je peux revenir? Sans plus de justifications?

— Je sais pourquoi t'as été interné. Te battre avec le type qui t'avait piqué ta copine ne constitue pas une faute grave à mes yeux. En fait je trouve ça plutôt sain, comme réaction.

— Il ne me l'avait pas vraiment piquée... C'est elle qui m'a largué pour partir avec lui.

— Dans ce cas c'est à elle que t'aurais dû coller une droite, non?

— J'allais pas taper une fille, quand même!

L'expression qu'arbore ma boss en dit long sur ce qu'elle pense de cette conception des choses. Il est vrai que je suis un peu vieux jeu à ce niveau; mes manières chevaleresques font souvent l'objet de moqueries ou de remarques méprisantes (en particulier de la part des femmes, d'ailleurs). Élodie soupire puis se met à pianoter sur l'écran tactile de son ordinateur.

— Je suppose que t'es prêt à te remettre au boulot tout de suite?

— Oui, aucun problème.

— Cool. Mais il faut que tu saches qu'en ton absence j'ai mis Matthieu sur le genre Action/Aventure. Ça faisait longtemps qu'il voulait bosser là-dessus et il a fait du bon travail jusqu'ici, je ne pouvais pas lui refuser.

— Ça ne fait rien, j'en avais un peu marre des films d'action.

— Tant mieux, parce que tu vas radicalement changer de décor: tu t'occuperas des comédies romantiques et des *girly movies.*

— Ah. Euh... Bon.

— Je sais que c'est pourri, mais je peux rien te proposer d'autre pour l'instant.

— Je ferai avec.

— *Les Petits secrets de Sophie* est sorti cette semaine, tu commenceras par celui-là. J'attends ta chronique pour ce soir.

Les quelques collègues que je croise dans les bureaux du webzine *Prometheus* évitent mon regard tandis que je me dirige vers la sortie. Il en va ainsi depuis mon retour à la vie civile: certains comme

Élodie continuent de me parler normalement, mais la plupart me voient désormais comme une mauvaise fréquentation. Mes amis ont pris leurs distances – il n'est pas bon d'être vue en compagnie d'un ancien détenu de Sincérité, surtout quand il s'agit du compagnon de chambre de Nathaniel Darseau… Le souvenir de ce dernier me serre le cœur à chaque fois. Je peine encore à réaliser ce qui lui est arrivé, d'autant que je n'ai su la vérité que plusieurs semaines après les événements. On m'a d'abord affirmé que mon ami avait quitté Sincérité sans histoires, ce que j'avais toutes les raisons de croire car je savais que sa peine arrivait à son terme. Je n'ai même pas bronché lorsque l'on m'a fait changer de chambre sans explications. Mais le doute m'a saisi quand on nous a ensuite raconté que Madame Guébin, l'infirmière en chef, venait d'être affectée dans un autre pavillon… À force de harceler mon psy de questions, j'ai fini par apprendre une vérité qui dépassait tous les mensonges imaginables. Il a fallu que je le voie écrit noir sur blanc dans les médias pour comprendre que c'était réellement arrivé : Nathaniel, ce garçon si doux que j'avais côtoyé quotidiennement pendant trois mois, avait assassiné l'infirmière en chef puis été condamné à l'exil. L'extrême violence de ce geste cadre si mal avec le tempérament de mon ami que je ne peux que soupçonner les pires scénarios. Aucun détail sur les circonstances n'a filtré, mais je suis persuadé que ce sont les gérants de Sincérité qui ont poussé Nathaniel à l'acte. Les médicaments qu'on lui refilait étaient encore plus costauds que les miens d'après ce que j'ai pu constater, et il y a toujours ces rumeurs qui circulent à propos d'une méthode de guérison « miracle » appliquée aux délinquants carnivores… Le sujet est tabou, il est donc difficile de démêler le vrai du faux. Tout le monde semble pourtant s'accorder à dire que cette phase finale de thérapie inflige un traumatisme sévère à ceux qui la subissent. De là à supposer que les responsables de Sincérité soient indirectement coupables du meurtre de l'infirmière Guébin, il n'y a qu'un pas… que je m'abstiendrai de franchir car je ne veux plus d'ennuis avec les autorités.

Ce terrible épisode, aussitôt suivi par l'abandon de mes anciens amis, me perturbe beaucoup alors que j'ai déjà tant souffert ces six derniers mois entre les murs de la maison de rééducation. Tout ça pour avoir mis une claque à un type… Au bout du compte, c'est moi qui ai le plus dégusté, physiquement et moralement. Le miroir couvrant une paroi de l'ascenseur que j'emprunte en quittant *Prometheus* est là pour me le rappeler : mon teint est devenu très pâle, Sincérité ne possédant pas les mêmes néons UV que le Dôme ; les médicaments que l'on m'administrait m'ont rendu malade et j'ai perdu du poids ; mes cheveux autrefois mi-longs et savamment arrangés façon « rebelle chic » sont aujourd'hui coupés court et ont perdu leur éclat doré pour virer au « châtain moche ». Même mes iris semblent s'être ternis. Leur couleur brun sombre s'accorde parfaitement avec mon état d'esprit actuel… Je préfère me détourner du miroir pour me concentrer sur les numéros des étages qui défilent.

*

Une fois dans la rue, je tente de voir l'aspect positif des choses : j'ai retrouvé mon emploi et suis ainsi délivré de ma plus grande crainte. Je redoutais en effet de finir dans la situation commune à une majorité d'anciens détenus, licenciés à l'occasion de leur incarcération et incapables de se faire réembaucher à leur sortie. Tout séjour en maison de rééducation devant obligatoirement figurer sur le CV, la tâche est difficile. Un repenti de Sagesse ou Bravoure peut encore se débrouiller mais c'est une autre histoire pour Sincérité. Les employeurs n'aiment pas trop les délinquants avérés – en particulier ceux ayant été coffrés pour violences comme c'est mon cas. Peu importe la gravité du geste ; qu'il s'agisse d'une simple gifle ou d'une véritable agression, les entreprises risquent d'esquinter leur réputation en recrutant des profils semblables au mien. Ce genre de choses se sait rapidement et les fausses rumeurs circulent encore plus vite… J'ai donc intérêt à faire profil bas si je veux garder mon poste, d'autant que mon boulot de chroniqueur cinéma est assez bien payé pour me permettre de conserver mon studio dans le Cercle d'Émeraude. Ce luxe vient d'ailleurs de creuser un trou béant dans mes économies, puisque mon loyer continuait d'être prélevé automatiquement pendant mon emprisonnement alors que je ne recevais plus de salaire. Je ne regrette pas ce sacrifice financier : déménager en banlieue eût constitué une déchéance trop pénible à supporter. Sans avoir jamais nourri l'ambition d'accéder aux Cercles hyper fermés du Saphir ou du Diamant, je tiens à mon emplacement actuel situé près de la branche nord-est du réseau de transports, au cœur d'un quartier branché. On y trouve de quoi se divertir à toute heure du jour ou de la nuit : cinémas, restaurants, clubs, salles de jeux, centres sportifs… La circulation est permanente, les sons et lumières omniprésents. Certains trouvent épuisant un tel déluge de stimulations et préfèrent vivre dans des zones plus calmes ; j'ai pour ma part besoin de cette excitation ambiante qui m'empêche de sombrer dans l'ennui, ce sinistre précurseur des idées noires qui m'assaillent dès lors que je reste inoccupé. C'est également dans mon quartier que se dresse la gare d'où part l'Hyperloop à destination d'Utopia, le plus grand parc d'attractions du pays situé sous un dôme secondaire à quelques kilomètres d'Oxalis. J'y vais régulièrement depuis mon enfance et ne me lasse pas de ce lieu extraordinaire. Ma récente perte d'argent ne me permet malheureusement pas d'y retourner pour le moment, et ce alors qu'un nouvel hypercoaster vient d'ouvrir. Quand je pense que tout le monde va pouvoir l'essayer avant moi, ça me tue.

Autre motif de non-réjouissance : c'est l'heure de mon rendez-vous avec le contrôleur du Service de Prévention de la Violence qui me suit quotidiennement depuis ma réintégration en société. On l'a chargé de vérifier que je ne retombe pas dans les mauvaises habitudes à l'origine de mon arrestation. Cette période d'essai doit s'étendre sur quatre semaines, et c'est aussi casse-pieds qu'on peut se l'imaginer. L'agent m'attend déjà au bas de La Vague, mon immeuble aux formes ondulées dont les vitres teintées en bleu électrique resplendissent parmi les tubes de circulation aériens. La façon dont le contrôleur se présente toujours en avance me tape sur les nerfs – à croire qu'il le fait exprès pour me prendre au dépourvu et ainsi me mettre en difficulté. Je me fais aujourd'hui un plaisir de lui expliquer avoir défié les statistiques en retrouvant mon boulot du premier coup. Il accueille mon annonce avec la neutralité dont il ne se dépare jamais, comme si cet exploit n'avait qu'une importance mineure. Quel connard…

Nous nous rendons jusqu'à mon studio localisé dans un creux de La Vague, *via* le système d'ascenseurs extérieurs qui montent en ligne droite et desservent les passerelles couvertes menant aux différents étages. Une fois ma puce électronique scannée et l'accès à mon appartement autorisé, le contrôleur me propose de m'asseoir comme si c'était moi l'invité. Ce type n'a décidément pas fini de me dégoûter avec sa coupe impeccable lissée vers l'arrière et ses airs supérieurs. J'éprouve une furieuse envie de lui rentrer dedans mais me retiens (je sais désormais à quoi je m'expose en laissant libre cours à mes accès d'humeur). Il reste debout cependant que ses doigts manucurés extirpent une petite tablette de sa veste.

— Puisque vous avez été réembauché, entame-t-il, je suppose que vous retrouverez bientôt une vie sociale normale. Cela vous amènera certainement à croiser d'anciennes connaissances. Que ferez-vous dans l'éventualité d'une rencontre avec Candice et son nouvel amant ?

L'art de poser les questions qui fâchent… Je prends mon temps avant de répondre, autant pour peser mes paroles que pour agacer mon interlocuteur.

— Je les ignorerai, déclaré-je enfin.

— Et s'ils viennent vous parler ?

— Eh bien, je les saluerai cordialement puis trouverai une excuse pour m'éloigner.

— Voilà une sage réaction. Pourquoi ne pas avoir fait preuve du même sang-froid il y a six mois ?

— Mais parce qu'à l'époque j'étais sous le choc ! Si votre copine vous larguait sur un réseau social, au vu de *tout le monde*, puis venait ensuite s'afficher avec son nouveau mec lors d'une soirée à laquelle

elle sait pertinemment que vous participez, ça ne vous donnerait pas envie de taper sur quelqu'un ?

— Nous ne sommes pas ici pour parler de moi, Monsieur Tournier.

Je soupire et détourne le regard. Le contrôleur me toise avec froideur puis prend quelques notes en pianotant sur sa tablette (autre comportement qui a le don de m'horripiler). Il me pose encore une série de questions plus ou moins désobligeantes, inspecte mon studio en quête d'indices suggérant une activité criminelle ou un trouble psychiatrique, avant d'enfin me laisser en paix et sortir de chez moi. Je reste seul, soudain accablé par une immense lassitude.

2

Le gros de mon travail peut s'effectuer à domicile : il s'agit principalement de surveiller les actualités cinématographiques, acquérir une bonne culture dans le genre auquel je suis affecté (autant dire qu'avec les *girly movies*, ça promet), voir tous les films correspondants afin de les chroniquer, et parfois rédiger un dossier spécial à l'occasion d'un hors-série ou d'un événement particulier. Mon entrée en matière se fera cet après-midi avec *Les Petits secrets de Sophie*, une œuvre fascinante mettant en scène la blogueuse du même nom dont les articles, photos et vidéos rencontrent un succès colossal. Sa popularité est telle qu'un réalisateur en mal d'inspiration a décidé de consacrer un film à sa vie – sachant que celle-ci se résume à faire du shopping, se maquiller, se rendre à des soirées, et… c'est à peu près tout.

Nous sommes un jour de semaine pendant les heures de bureau, j'espère donc que le cinéma sera désert afin que personne ne me voie prendre une place pour ce chef-d'œuvre. Il ne me faut que cinq minutes pour rejoindre à pied le multiplexe trônant au milieu d'une vaste place circulaire cernée de fast-foods et de boutiques liées à l'industrie du divertissement. Le bâtiment lui-même forme une tour spectaculaire dont chaque étage contient plusieurs salles de dimensions variables. Les affiches des films apparaissent puis disparaissent à la surface des vitres, de temps à autre remplacées par une bande-annonce ou le portrait animé d'un acteur qui invite les passants à entrer. Le toit panoramique offre quant à lui une vue imprenable sur la ville et on y trouve un restaurant surbooké toute l'année. Je suis un habitué de ce temple de l'image que je fréquente assidûment depuis le début de mes études en cinéma. La borne automatique devant laquelle je me présente, une fois dans le hall, me reconnaît immédiatement.

— *Bonjour Matéo ! Ça fait longtemps que tu n'es pas venu, je commençais à m'inquiéter ! Ta dernière visite remonte à 192 jours et tu as manqué 84 sorties de films !*

— J'étais parti en voyage.

— *Mais pourquoi te fatiguer à faire des kilomètres alors que le monde entier est à portée de main grâce à la magie du cinéma ?*

— Il faudra que je rencontre le mec qui programme tes réponses, un jour… C'est un véritable génie.

— *Que vas-tu voir aujourd'hui ? En Action/Aventure, je peux te proposer…*

— J'ai changé de registre. Je vais prendre une place pour *Les Petits secrets de Sophie.*

Je marmonne dans ma barbe et glisse des regards furtifs autour de moi, très gêné à l'idée qu'on puisse m'entendre. La machine n'est pas aussi pudique :

— *Laisse-moi m'assurer que j'ai bien compris ton choix : tu veux voir* LES PETITS SECRETS DE SOPHIE, *c'est ça ?*

— Baisse le volume !!

Un autre client tourne la tête dans ma direction avant de revenir à sa propre borne. La situation est extrêmement humiliante…

— *Je n'ai pas compris ta réponse, Matéo. Confirmes-tu vouloir une place pour* LES PETITS SECR…

— Oui ! Oui, oui, je confirme !

— *Choix confirmé pour le film* LES PETITS SECRETS DE SOPHIE.

C'est décidé : cette machine n'est plus mon amie. Le type à la borne voisine se détourne mais j'ai le temps d'apercevoir son expression hilare.

— *Souhaites-tu une place en salle collective ou en module d'immersion ?*

J'hésite un instant. Le module d'immersion individuel offre une expérience plus intense avec siège mobile, odeurs, variations de température et autres effets permettant de se plonger littéralement à l'intérieur du film. J'apprécie beaucoup ce concept, d'autant que mon statut de chroniqueur me dote d'une carte permettant d'accéder gratuitement à tous les types de salles. Mais si le module se prête bien aux films d'action, je doute de son intérêt pour une production comme celle que je me prépare à subir… Je n'ai aucune envie de me faire asperger de parfum féminin pendant deux heures (car oui, le réalisateur a trouvé moyen de faire durer une totale absence d'intrigue sur cent vingt minutes).

— Mets-moi une place en salle collective.

— *Tu as raison, c'est toujours plus sympa de regarder un film entre amis !*

Tandis que la borne charge le plan de salle afin que je choisisse mon siège, je commence déjà à réfléchir à la chronique que je rédigerai ce soir. Comment diable vais-je pouvoir donner envie aux gens d'aller voir ce machin… Écrire un avis négatif est exclu ; l'objectif du webzine où je travaille n'est pas de donner son opinion sur une œuvre, mais de la mettre en valeur afin d'inciter le public à venir la regarder. C'est à cette seule condition que le cinéma nous fournit des abonnements gratuits et nous envoie régulièrement des cadeaux (mon studio est d'ailleurs rempli de goodies qu'il m'arrive de revendre sous le manteau). Il s'agit là d'un échange de bons procédés qui se fonde davantage sur des préoccupations commerciales que sur la liberté d'expression. Sans vraiment cautionner ce fonctionnement, je m'y suis habitué au point de développer un certain talent dans ce domaine. Tout l'art de *Prometheus* se résume ainsi : prendre une grosse bouse et la recouvrir de feuilles d'or parfumées avec une habileté si accomplie que le nez le plus fin s'y tromperait. La blogueuse Sophie me lance aujourd'hui un défi de taille, mais j'ai la ferme intention de le relever.

*

Si vous voulez envoyer un message à Arthur Ravel, devenez d'abord ami avec lui ! ☺

Je n'y crois pas. Arthur m'a viré de ses contacts sur *All-Connected*. Je m'attendais à ce que des gens me laissent tomber à ma sortie de Sincérité, mais pas Arthur ! Lui avec qui je me suis tellement marré, avec qui j'ai vécu en colocation pendant mes études, avec qui j'ai fêté l'obtention de nos diplômes respectifs ! Ce doit être une erreur. Il a dû faire le ménage dans sa liste d'amis et me supprimer par inadvertance. Peut-être même croit-il que c'est moi qui l'ai dégagé ! Il faut rectifier le tir, vite. Je clique sur « Devenir ami avec Arthur Ravel », puis m'empresse de lui envoyer un texto.

« Salut, j'ai l'impression que tu m'as accidentellement enlevé de tes contacts sur A-C, donc je t'ai renvoyé une demande lol. On prend un verre quand tu veux ! »

Voilà. Tout est réglé. Un simple malentendu. Je ferme à présent la page du réseau social dont la vue me démoralise depuis que j'ai constaté le désastre : sur les 416 amis recensés avant mon emprisonnement, il ne m'en reste que 51. Un véritable exode… Je repasse sur le brouillon de la chronique que je suis en train de réécrire à la demande d'Élodie. Celle-ci trouve la première version trop anxiogène car j'y affirme que le personnage de la *hit-girl* représente l'incarnation contemporaine de notre peur du vide. J'ai donc reçu ordre de corriger mes propos en m'appliquant à rester dans le « feel-good writing » et m'exécute sans rechigner (qu'est-ce que j'en ai à foutre, après tout). Il me faut néanmoins davantage de concentration qu'autrefois pour rédiger un avis sans laisser transparaître mes sentiments… La façon dont mes discours se teintent de réflexions amères ou cyniques m'inquiète un peu. Je n'étais pas comme ça, avant. Ma réputation était celle d'un type joyeux, agréable, amusant : un pote avec qui on aime sortir faire la fête. Mais ce jeune homme a été brisé par Sincérité. Je vis désormais avec une personnalité qui me semble étrangère à moi-même et se caractérise par des épisodes dépressifs ponctués d'accès de violence irraisonnée. Je dis notamment beaucoup plus de grossièretés, avec dans la voix une sorte de méchanceté qui me choque presque autant que mon entourage. Mes pensées divaguent pendant que mes doigts rédigent machinalement une nouvelle chronique des *Petits secrets de Sophie*, hypocrite à souhait, puis se chargent d'envoyer l'e-mail au webzine. Je reçois quelques minutes plus tard un message d'Élodie qui valide cette seconde version, et m'annonce que le prochain film sur ma liste est une comédie romantique. Je ne regarde même pas le synopsis et oublie instantanément le titre. J'ai besoin de prendre l'air.

La foule compacte et bruyante de l'Émeraude m'impressionne encore après tous ces mois passés à Sincérité, où le nombre de détenus est calculé de manière à ce que les couloirs ne soient jamais trop encombrés. Mon quartier est au contraire l'un des plus bondés de la capitale et je suis donc bien placé pour confirmer ce qui se dit aux informations : Oxalis devient surpeuplée. De gigantesques écrans publicitaires offrent toutefois une lueur d'espoir aux agoraphobes en affichant la fameuse campagne « Nous construisons l'avenir ». On y voit une équipe d'architectes et d'ingénieurs tout sourire poser devant une maquette holographique représentant Hedera, la ville du futur. Je m'arrête un court instant pour en observer les détails, curieux de savoir à quoi ressemblera ce projet dont j'entends parler depuis l'enfance. Après dix ans de négociations et d'études, le gouvernement vient de donner le top départ pour construire cette nouvelle cité qui permettra de mieux répartir la population croissante. J'ignore quel âge j'aurai lorsqu'elle sera habitable, car une telle entreprise est tout bonnement pharaonique. Elle implique la création d'un nouveau dôme ainsi que la prolongation du réseau Hyperloop, sans compter toutes les infrastructures imaginables exigeant une main-d'œuvre robotisée considérable, des moyens matériels titanesques, une technologie de pointe… Hedera est en réalité plutôt destinée à la prochaine génération – ce qui n'a pas empêché les futurs bâtiments de se vendre à une vitesse inouïe : tous les appartements sont déjà réservés.

En attendant l'avènement de ce miracle, je dois jouer des coudes pour me frayer un passage parmi les promeneurs qui s'entassent dans la rue des Choucadors, le long de laquelle s'égrènent presque sans interruption boutiques, restaurants, salons de beauté, clubs et petits hôtels chics. Le ciel numérique du Dôme est aujourd'hui teinté d'un jaune brillant. Des nuages en forme de lapins s'y poursuivent, offrant un spectacle surréaliste à qui aurait l'idée de lever les yeux. À mesure que je prolonge mes errances, les écrans célestes changent progressivement de couleur pour passer à des nuances foncées annonciatrices de la nuit. Ainsi le jaune étincelant cède-t-il la place au mordoré, au rouge, puis au violet, tandis qu'une image de lune scintillante commence à apparaître entre les nuages bondissants. Une myriade d'étoiles se matérialise sur la voûte assombrie. Les rues demeurent quant à elles vivement éclairées par les sources lumineuses des immeubles, des enseignes et des trottoirs réfléchissants, ce qui rend le crépuscule quasi imperceptible depuis le sol. Tout le monde poursuit donc ses activités comme en plein jour. Je me dirige vers une salle de jeux avec l'intention de tuer deux ou trois heures dans un simulateur virtuel, quand une voix féminine m'interpelle soudain.

— Matéo, attends !

Je l'ai reconnue avant même de l'apercevoir. Elle court pour me rattraper, en équilibre précaire sur ses talons aiguilles de cinquante centimètres. L'espace d'un instant je souhaite qu'elle se torde la cheville et s'affale par terre comme une merde… Mon vœu n'est cependant pas exaucé. Candice me rejoint avec un sourire éclatant plaqué sur le visage. Elle s'est encore teint les cheveux, cette fois en turquoise. Ils tombent jusqu'à ses reins en une fabuleuse cascade et ondulent au rythme de ses mouvements. Ses grands yeux, son expression malicieuse et sa robe moulante d'un noir luisant la rendent atrocement attirante. Elle est seule.

— J'ai appris que tu viens d'être libéré, s'exclame-t-elle en se pendant à mon cou.

Que signifie ce comportement ? Comment peut-elle se jeter dans mes bras après la manière dont elle m'a traité ? Je tente de me dégager de son étreinte, sans y parvenir. Et moi qui déclarais ce matin au contrôleur que j'ignorerais mon ex si je venais à la croiser… !

— Euh, salut… T'as l'air contente de me voir…

— Bien sûr que je suis contente ! Je voulais justement t'appeler mais j'avais plus ton numéro, alors c'est une chance de tomber sur toi dans la rue !

— Et pourquoi tu voulais m'appeler ?

— À ton avis, idiot ? Pour qu'on se remette ensemble !

Cette réplique me cloue sur place. Mon air abasourdi la fait partir d'un grand éclat de rire. Pour ma part, je ne trouve pas ça drôle du tout.

— Et ton nouveau mec, alors ?

— Quel nouveau mec ?

— Celui avec qui je me suis battu ! Celui pour qui tu m'as largué en m'humiliant publiquement !

— Ne crie pas, voyons… Tu veux parler de Jean ? Mais c'est de l'histoire ancienne, ça ! Je l'ai viré une semaine après ton arrestation.

— *Une semaine ?*

— Ouais, il m'a saoulée. Il n'arrêtait pas de geindre, une vraie chochotte.

Cette fois je la repousse fermement et l'empêche de repasser son bras autour de ma nuque. Ma brutalité l'indigne, mais ce n'est rien comparé à ce que je ressens de mon côté. J'ai toutes les peines du monde à me retenir de hurler.

— T'as conscience que je viens de passer *six mois* à Sincérité à cause de cette histoire ? Pour un type que t'as jeté au bout d'une misérable semaine !

–À l'époque je pensais que ça durerait plus longtemps ! Je pouvais pas deviner que j'étais tombée sur une daube.

— Et moi, j'étais aussi une daube ?

— Tu veux pas qu'on aille parler au calme ? C'est un peu l'affiche de se disputer comme ça devant les gens.

Élodie a raison : c'est cette fille que j'aurais dû cogner, et non pas le pauvre gars qu'elle venait de ramasser. Je finis toutefois par me laisser convaincre de rentrer dans un bar afin d'éviter de me donner en spectacle au milieu de la rue. Nous nous réfugions au fond de la salle, à une petite table dissimulée derrière une vitre teintée. La décoration entièrement chromée renvoie la lumière avec une violence qui me donne la migraine, et la musique tonitruante n'arrange rien. Candice ne semble pas gênée ; ses doigts aux ongles aussi bleus que ses cheveux glissent sur la surface tactile de la table où s'affichent les menus. Je demeure quant à moi figé avec raideur, les bras croisés.

— Tu veux quoi ? s'enquiert mon ex.

— J'ai pas soif.

— Je te prends un mojito, alors.

— Je viens de te dire que j'ai pas soif !

Elle ignore cette remarque et envoie la commande à l'ordinateur. Mon Dieu, pourquoi ai-je accepté de la suivre…

— C'était comment à Sincérité ? Il paraît que tu partageais la chambre de Nathaniel Darseau, le Fauve qui a massacré une infirmière !

— J'ai pas envie d'en parler. Sérieusement, t'as un sacré culot de revenir vers moi comme si rien ne s'était passé !

— Parce que c'est de ma faute, peut-être ?

— Tu savais très bien que je serais à la soirée où t'es venue te pavaner avec ton nouveau mec, n'essaie pas de me faire croire que c'était accidentel ! Ça t'a pas suffi de m'humilier sur Internet ? Il fallait aussi que tu me pousses au crime histoire de gâcher le reste de ma vie ?

— Hé, je t'ai pas demandé de casser la gueule de Jean, c'est toi qui as attaqué le premier ! Tu t'es mis dans la merde tout seul.

— Pourquoi t'as fait ça ? Pourquoi tu m'as largué devant tout le monde ?

— Mais putain, Matéo, je te l'ai déjà expliqué ! J'aurais bien voulu t'envoyer un SMS mais j'étais au boulot et j'avais oublié mon smartphone à la maison !

— Et un message privé, ça t'est pas venu à l'esprit ?

Cette fois ma réplique la prend de court. Elle reste silencieuse un moment, l'air boudeur.

— D'accord, j'ai pas été très classe, admet-elle. J'étais énervée et j'ai agi sous le coup d'une impulsion. Tu me connais, non? Il m'arrive d'être un peu méchante mais au fond je ne pensais pas à mal.

Je me demande si Candice se rend compte du non-sens absolu de ses propos. La façon dont elle conçoit le monde dépasse mes capacités de compréhension... Un robot-serveur choisit cet instant pour faire irruption entre nous et déposer deux verres sur la table.

— Bois, m'encourage la jeune femme.

— T'as pas compris: je n'ai aucune intention de toucher à ce verre, et encore moins de me remettre avec toi. J'ai trop souffert par ta faute.

— Mais quelle diva...! Tu vas piquer une crise à cause de cette histoire ridicule? Écoute, il y a six mois je ne savais plus trop où on en était tous les deux, j'avais besoin de prendre du recul... J'avoue ne pas m'y être prise de la façon la plus délicate et je suis désolée que ça se soit terminé comme ça, mais aujourd'hui *je sais* que je veux rester avec toi. Je n'ai pas eu un seul copain après Jean: je t'ai attendu pendant six mois sans jamais te tromper!

— J'imagine quel calvaire ç'a dû être pour toi.

— Tu vois, je fais des efforts!

Je me lève et fais coulisser la vitre d'isolation, abandonnant mon mojito intact.

— C'est terminé, Candice.

Et de me fondre dans la foule avant qu'elle puisse me retenir. Je rentre chez moi sans me retourner.

*

« Salut Matéo, ça fait plaisir de savoir que tu vas bien. Je voulais te contacter avant mais je n'arrivais pas à trouver les mots justes. Alors je vais être direct: on a passé de super bons moments ensemble et je te considère comme un type bien, mais il vaut mieux que nos routes se séparent. Dans le milieu où je travaille, la réputation est très importante et je ne peux pas me permettre de fréquenter un ancien détenu. Je suis sur un gros dossier qui pourrait me valoir une promotion, donc je dois soigner mon image… En tous les cas je veux que tu saches que je compatis beaucoup à ce qui t'est arrivé et que je te souhaite de réussir dans la vie.

Bonne chance pour la suite,

Arthur »

3

C'est en étudiant un plan de la ville que quelque chose m'a frappé. Je l'avais téléchargé afin de trouver de nouvelles idées d'activités et tromper l'ennui, mon ennemi mortel, qui se faisait menaçant depuis quelques jours. Ma routine au sein de l'Émeraude ne me suffit plus ; j'ai trop souvent arpenté les rues de mon quartier, je connais toutes les salles de jeux par cœur, j'ai vu tous les films disponibles au cinéma, j'ai testé tous les restaurants. Il me faut du neuf, quelque chose qui me stimule réellement – et qui soit bon marché, car je n'ai toujours pas réussi à combler le vide dans mes économies. J'ai donc téléchargé un plan basique d'Oxalis en espérant y découvrir des lieux intéressants, et c'est là que ça m'a frappé : le plan ne couvrait que les trois premiers Cercles. Ce détail ne m'avait jamais interpellé jusqu'à maintenant bien que j'aie déjà vu ce genre de représentations tronquées de la capitale. J'ignore pourquoi ça m'a soudain paru choquant ; sans doute mon humeur en dents de scie m'a-t-elle rendu plus sensible que d'ordinaire.

Trois Cercles. Le Diamant, le Saphir et l'Émeraude. Les autres zones ont été purement et simplement rayées de la carte, comme si elles n'existaient pas. L'explication paraît certes logique : il n'y a pas grand-chose à faire dans les banlieues du Rubis ou de l'Améthyste, et l'Opale ne compte aucune infrastructure hormis les maisons de rééducation. Mais tout de même : est-il juste de ne proposer qu'une image incomplète d'Oxalis ? Cette façon de repousser les Cercles pauvres dans les coulisses n'est-elle pas symptomatique d'une faille dans notre mode de pensée ? Pour être né du bon côté de la barrière, j'ai toujours considéré comme normale cette séparation des quartiers fondée sur la richesse matérielle... Aujourd'hui je commence à me poser des questions car cette ségrégation n'existe pas à Sincérité : tout le monde s'y côtoie sans forcément connaître les origines de chacun, et ce pour la simple raison que la richesse ne se lit pas sur le visage des gens. C'est l'une des choses qui m'a le plus marqué pendant mon séjour. Aussi bête que cela paraisse, je n'avais jamais imaginé que des citoyens de l'Améthyste puissent me ressembler, parler et se comporter comme moi. Je me suis senti tellement con en découvrant à quel point mes préjugés s'écroulaient devant la réalité... En même temps, j'ai apprécié de rencontrer ces personnes et j'ai même éprouvé une sorte de soulagement à l'idée que rien ne nous différenciait dans le fond. Alors quand j'ai vu ce plan d'Oxalis qui fait l'impasse sur la moitié de la ville, j'ai décidé d'aller visiter celle-ci. Voilà qui serait véritablement nouveau et me stimulerait à coup sûr.

Je me trouve donc dans l'ascenseur qui grimpe jusqu'à la station de tramway aérien la plus proche de chez moi, avec pour objectif de rejoindre le Rubis puis le visiter à pied avant d'enchaîner sur l'Améthyste. Je m'épargnerai évidemment l'Opale (qui n'est de toute manière pas desservie par les transports citoyens). Le tramway surgit bientôt à l'angle d'un immeuble et glisse vers la station sur son unique rail, qu'il enveloppe complètement de son corps cylindrique. Un crissement à peine audible s'élève alors qu'il ralentit pour s'arrêter en douceur devant le quai. Je monte avec deux ou trois personnes puis m'installe près de la paroi vitrée.

« Ligne 5, direction Oxalis Nord-Est. »

La voix apaisante de la machine est aussitôt suivie d'un flot ininterrompu de publicités que je n'entends même plus à force d'y être constamment exposé. Je regarde le paysage familier de l'Émeraude défiler sous mes yeux. Quelques minutes plus tard, nous atteignons la station « Porte Rubis n° 5 » qui délimite la frontière entre les deux

Cercles. Je descends et reprends l'ascenseur jusqu'au niveau de la rue. Une excitation assez ridicule me submerge ; je n'étais encore jamais allé aussi loin vers le nord et suis impressionné par la manière radicale dont le décor s'est modifié : l'architecture exubérante de mon quartier s'est muée en une succession d'immeubles parfaitement identiques, tout en angles droits, alignés avec une rigueur quasi maniaque. À mesure que je pénètre cet autre monde, je découvre que chaque artère se caractérise par une couleur. On trouve ainsi l'avenue aux bâtiments jaunes, l'avenue aux bâtiments bleus, l'avenue aux bâtiments rouges… Ce code visuel constitue pour ainsi dire l'unique moyen de s'orienter parmi ces édifices produits en série qui autrement se ressembleraient tous. L'organisation même de chaque rue obéit à un schéma strict : un petit centre commercial tous les sept immeubles, un cabinet médical par centre commercial, trois assureurs pour une avenue… Le système ne varie jamais. L'incroyable symétrie de cette banlieue construite au millimètre près m'inspire une admiration teintée d'une vague inquiétude. Ma vitesse de croisière est bien inférieure à celle des autres passants, de sorte que je suis bousculé à plusieurs reprises et fais l'objet de regards agacés. Il n'y a certes aucune raison de s'attarder en ces lieux purement fonctionnels ; le Rubis semble se résumer à des habitations et des services de première nécessité. La majorité des habitants travaille dans les Cercles centraux et doit se déplacer jusqu'à l'Émeraude pour trouver des équipements de loisir. Je prends quelques photos avec mon smartphone en essayant de faire ressortir l'aspect graphique de l'architecture – ce qui me vaut cette fois des regards plutôt soupçonneux.

La perfection géométrique de ce paysage paraît si artificielle que j'ai soudain l'impression désagréable d'évoluer dans un décor en polystyrène. À croire que si je m'appuyais contre une façade de bâtiment, celle-ci tomberait par terre comme un panneau en deux dimensions, révélant ainsi le vide qu'elle dissimulait. Il me faut faire le tour de l'un de ces édifices afin de m'assurer de son épaisseur et de sa réalité. Je m'engouffre donc dans le passage séparant un immeuble de son voisin. L'allée s'avère tout juste assez large pour un homme et débouche sur un minuscule carrefour permettant de circuler derrière les bâtiments, dans une zone dévolue aux techniciens. Le souffle discret du système de ventilation murmure le long des venelles désertes. La face arrière de chaque construction est en partie couverte de grilles d'aération métalliques et de canalisations plongeant dans le sol. Il n'y a aucune fenêtre. J'ai maintenant la preuve que ce quartier n'est pas qu'une illusion en trompe-l'œil, mais l'envers du décor est plutôt sinistre. Voilà ce que je suis venu chercher ici : un environnement inconnu, des sensations inédites, quand bien même doivent-elles devenir oppressantes. Mes pas résonnent le long de l'interminable passage bordé de ventilateurs. Je sens contre ma peau le souffle qu'exhalent ces derniers, comme si les murs me chuchotaient leurs secrets. Ma passion du cinéma me joue alors des tours et je commence à m'imaginer des créatures monstrueuses tapies derrière les grilles… J'accélère l'allure en direction du prochain carrefour afin de pouvoir regagner une rue animée. Dans ma hâte, je manque de passer à côté du dessin sans le voir. Je m'arrête net puis me retourne là où je crois avoir discerné quelque chose – mais il n'y a plus rien. Mon regard demeure fixé sur les grilles. Je suis pourtant certain d'avoir aperçu une silhouette peinte sur le métal. Est-ce encore mon esprit qui divague ? Je reviens sur mes pas en scrutant les ventilateurs, et alors je comprends : le dessin a été réalisé de telle sorte qu'il crée un effet d'optique ; on ne peut le percevoir qu'en se plaçant à un certain angle et une certaine distance. Mon pouls s'emballe en reconnaissant ce dont il s'agit.

Un léopard. Non pas un criminel tatoué, mais l'authentique animal. Le félin est figé dans une posture furtive, marchant au ras du sol, ses longues pattes étirant sa silhouette tachetée. Il regarde dans ma direction et m'offre une expression cartoonesque avec son grand sourire malicieux dévoilant des crocs étincelants. Il porte sur les yeux un masque de bandit.

Mes mains ont machinalement entrepris de sortir mon smartphone pour prendre une photo. Je les immobilise puis range l'appareil alors qu'un accès de frayeur m'incite à chercher la présence d'une caméra dans les environs. Je sais que je n'ai pas intérêt à être vu contemplant ce dessin, pourtant je ne peux m'empêcher de revenir à lui. Qui a pu oser faire ça? D'accord, nous ne sommes pas dans un lieu très fréquenté, mais représenter un fauve (que ce soit sous sa forme humaine ou animale) constitue une provocation assez grave pour gagner un séjour en maison de rééducation. Malgré le soin pris par l'auteur de rendre son œuvre difficile à repérer, l'entreprise était risquée. Quant à l'expression moqueuse du léopard et son masque de bandit… Le message est clair : *fuck the police.*

Il y a donc encore des gens pour vouloir se rebeller contre le système ? Les pauvres : ils doivent enchaîner les désillusions à longueur de temps…

*

En dépit de ma condescendance à l'égard des « rebelles » et de leur combat perdu d'avance, ma rencontre impromptue avec ce léopard me hante pendant tout le reste de ma visite. Je déambule parmi les rues sans âme du Rubis jusqu'à atteindre la frontière séparant celui-ci de l'Améthyste, puis m'engage dans la lointaine banlieue. Mes yeux fouillent instinctivement chaque recoin tandis que mes jambes me portent vers les ruelles les plus reculées à la recherche d'un autre dessin. Quelque chose me dit que l'artiste ne doit pas en être à son coup d'essai, que plusieurs fauves se dissimulent en ville, et que j'en trouverai probablement dans l'Améthyste. Cette zone est en effet peu surveillée en raison de la pauvreté qui engendre des négligences dans l'entretien des caméras et scanneurs de puce électronique. Mon graffeur subversif s'est sans doute entraîné ici avant de s'attaquer au Rubis, où les risques d'être identifié augmentent considérablement. En parcourant les mornes avenues bordées de bâtiments crasseux et de passages obscurs, je comprends mieux pourquoi la plupart des criminels se terrent dans ce Cercle. Cette fois je laisse mon smartphone dans ma poche ; il y aurait bien moyen de faire un reportage photo du style « investigation au plus près du réel », mais je suis à peu près certain qu'il m'arriverait des bricoles si je jouais au touriste par ici…

Impossible de me défaire complètement de mes préjugés : même si les locaux n'ont pas l'air méchants, j'éprouve de la méfiance à leur encontre. Seule la perspective de découvrir un autre félin me pousse à m'aventurer toujours plus loin dans cette atmosphère trouble, où l'éclairage du Dôme est en partie filtré par de vieilles tours bancales cernées de tubes de circulation noirs de saleté. Mes recherches demeurent cependant vaines ; je ne vois pas la queue d'un chat et commence à sentir des regards appuyés se poser sur moi. Le malaise finit par l'emporter sur le désir d'aventure : je saute dans un tramway afin de regagner mon univers.

De retour chez moi, j'entreprends de me renseigner sur le *street art* en espérant reconnaître le style du révolutionnaire anonyme parmi les œuvres exposées sur le Web. Pas question de rentrer directement les mots « fauve » ou « léopard » dans le moteur de recherche, car ce serait le meilleur moyen de me faire pincer par le SPV qui surveille en permanence l'activité des internautes. Les agents reçoivent une alerte dès qu'un terme sensible ou qu'un contenu inapproprié est publié quelque part. Je navigue donc innocemment sur des sites tout ce qu'il y a de plus légal et ne présentant que des œuvres approuvées par les autorités. Il me faut pourtant vite me résoudre au fait que je n'identifierai pas mon homme de cette façon. Son trait plutôt banal ressemble à celui de nombreux artistes différents, et j'ai beau scruter les images dans leurs moindres détails, aucune illumination ne me frappe. Le créateur du Bandit Léopard ne se livrera pas si facilement.

*

— J'aimerais savoir ce que vous êtes allé faire dans le Cercle d'Améthyste hier après-midi.

Le contrôleur me dévisage froidement, debout contre le mur tandis que je suis contraint de rester assis sur le canapé, en position d'infériorité. Je me suis ce matin arrangé pour arriver à mon appartement avant lui, et remarque qu'il analyse chaque centimètre du studio avec une acuité redoublée (sans doute me soupçonne-t-il d'avoir profité de mon avance pour nettoyer les preuves de quelque horrible méfait). Rien d'étonnant à ce qu'il soit averti de ma visite en banlieue : ma puce électronique a été scannée tout au long de mon trajet par les divers systèmes de surveillance publique. Seules les ruelles malfamées de l'Améthyste ont dû échapper à ces contrôles. J'imagine l'état d'irritation que doit inspirer cette insupportable zone de flou à mon ami l'agent… Selon les informations, le gouvernement compte bientôt remédier au problème en rénovant les quartiers déconnectés ; autant dire que les marginaux réfugiés là-bas ont du souci à se faire. Pour l'heure, c'est à moi de rendre des comptes :

— J'avais envie de me promener dans des lieux inconnus. Découvrir une autre facette de la ville.

— Une « autre facette »… La première ne vous convient plus ?

— C'était juste par curiosité. En fait je cherchais des œuvres de *street art*, ajouté-je dans un élan d'inspiration.

Le SPV est probablement au courant de mes recherches effectuées sur Internet, alors autant m'en servir pour plaider ma cause. D'autant que le visage de mon interlocuteur exprime une méfiance synonyme de potentiels ennuis.

— On trouve beaucoup d'œuvres de ce type au sein de l'Émeraude, rétorque-t-il. Pourquoi partir jusqu'en banlieue profonde ?

— Pardon, mais je n'ai commis aucun délit en me rendant là-bas.

— L'Améthyste est connu pour son taux de criminalité. Étant donné votre situation, on peut se demander pour quelle raison vous montrez soudain de l'intérêt pour ces quartiers… Quand je regarde autour de moi, poursuit-il en englobant mon studio d'un geste ample, je vois plusieurs signaux négatifs : les photos de fêtes ou d'activités de groupe que diffusent vos écrans muraux semblent dater d'avant votre incarcération ; votre compte *All-Connected* est inactif depuis bientôt deux semaines ; et les scans de votre puce électronique indiquent qu'à l'exception de vos lieux de travail, vous ne sortez plus beaucoup. Ce schéma me préoccupe. Une vie sociale appauvrie témoigne d'un mal-être pouvant déboucher sur toutes sortes de dérives comportementales.

— Ça vous arrive de parler normalement ? Pas comme une machine, je veux dire ?

— Monsieur Tournier : je vous rappelle que vous êtes en période d'essai. Je peux à tout instant demander que vous soyez renvoyé à Sincérité si j'estime cela nécessaire. À votre place je m'abstiendrais de prendre cela à la légère.

— Je ne prends rien à la légère, mais avouez que vous êtes fatigant ! Impossible de me gratter le nez sans vous voir prendre des notes sur votre fichue tablette, et vous vous adressez à moi comme si j'étais une espèce de malade mental ! Je ne mérite pas d'être traité de la sorte !

— Vous êtes traité en fonction de vos actes et êtes l'unique responsable des désagréments que vous subissez.

— Non : l'unique responsable c'est ce système de merde qui enferme de parfaits innocents au lieu de s'occuper des vrais criminels !

Je m'interromps, conscient d'être allé trop loin. Comment tout foutre en l'air à deux semaines de la délivrance... Le contrôleur me foudroie d'un regard d'autant plus terrible que c'est la première fois que je le vois exprimer une véritable émotion. Mes paroles l'ont de toute évidence touché, car il range sa tablette puis vient s'asseoir sur un tabouret de cuisine en face de moi. Un pesant silence s'étire durant de très longues secondes... Enfin, il se lance :

— Je vais vous raconter une anecdote, et j'espère qu'elle vous reviendra en mémoire la prochaine fois que le système vous paraîtra trop sévère. Cette histoire remonte à quinze ans. Je venais d'entrer au SPV avec le désir d'apporter de l'aide à mes concitoyens en difficulté. Selon ma conception des choses, les délinquants n'étaient pas des personnes mauvaises mais simplement des personnes malheureuses. En tant que contrôleur je pouvais les accompagner au quotidien et leur tendre une main secourable en période de détresse. Je les aidais à se réintégrer, à retrouver une vie meilleure. C'est dans cet état d'esprit que j'ai entamé le suivi de mes premiers « clients ». L'un d'eux était un jeune homme prénommé Pablo... Il venait d'être incarcéré quelques semaines à Sagesse car son psychiatre avait jugé préoccupants ses résultats aux tests annuels. Pablo s'était très bien comporté pendant son séjour et affirmait avoir compris beaucoup de choses sur lui-même, qu'il était prêt à devenir un bon citoyen et oublier les idées noires qui le tourmentaient jusqu'ici. Il faisait de gros efforts pour améliorer sa sociabilité et se montrait reconnaissant pour le temps que je lui accordais. Sa motivation paraissait si sincère qu'au terme de seulement trois semaines, j'ai rendu un rapport proposant d'abréger sa période d'essai car il ne semblait plus avoir besoin de mon soutien. Quelques mois plus tard, j'ai appris que Pablo était de retour à Sagesse. À l'époque, cette maison prenait en charge les menus délits car Sincérité n'était réservée qu'aux crimes graves. En l'occurrence, Pablo avait été arrêté pour avoir harcelé un groupe de jeunes filles dans la rue, en leur adressant des remarques peu convenables. J'ai demandé à m'occuper de lui lorsqu'il sortirait. Il se sentait affreusement honteux et coupable, alors je lui ai expliqué que les rechutes étaient courantes et qu'il n'avait pas à s'inquiéter, que j'étais là pour l'aider. Cette fois-ci, j'ai poursuivi la période d'essai jusqu'au bout, ce qui a paru le rassurer. J'ai rendu un rapport clément où je concluais que le mauvais comportement de cet homme résultait d'un problème de confiance en lui. Je recommandais un suivi régulier par son psychiatre mais n'estimais pas nécessaire de l'emprisonner à nouveau. Pablo n'a plus fait parler de lui pendant près d'un an… Et puis un jour, on m'a annoncé qu'il venait de subir la sentence d'exil pour avoir violé une adolescente. Je me suis rendu à Sincérité afin de lui parler une dernière fois avant son expulsion : j'avais besoin de comprendre comment une telle chose avait pu arriver. Quand je me suis trouvé face à lui, j'ai reçu le plus grand choc de ma vie. Le garçon avenant et timide que je connaissais avait laissé place à un être dépourvu de sentiments. La vacuité de son regard m'a terrifié lorsque je lui ai demandé pourquoi il avait commis cet acte épouvantable. Savez-vous ce qu'il a répondu ?

— Non…

— « Pour voir jusqu'où je pouvais aller. »

L'agent se tait une minute afin de me laisser méditer sur cette citation de sinistre mémoire. Je lui en veux un peu de m'avoir raconté ça : que puis-je dire pour ma défense, désormais ? Tous mes arguments viennent d'être balayés. Je me demande s'il a inventé cette histoire dans le but de clouer le bec aux délinquants récalcitrants… À la réflexion, je pense qu'il est sincère. Il semble perturbé par le souvenir qu'il vient de me confier, et j'ai envie de croire qu'il possède un minimum d'humanité.

— Pablo, reprend-il, était un psychopathe de la pire espèce : de ceux qui paraissent inoffensifs au premier abord. Et moi, en jeune recrue naïve, je me suis laissé berner par ses talents d'acteur. Si j'avais été plus clairvoyant et avais exigé qu'il soit emprisonné, sa victime n'aurait jamais croisé son chemin. Je suis en grande partie responsable de ce drame… Ce jour-là, j'ai décidé de ne plus me fier à de simples promesses de la part d'anciens détenus. Je vous embêterai donc jusqu'au bout : je ne sympathiserai pas avec vous, je traquerai le moindre signe de déviance ou de malhonnêteté quitte à vous pourrir la vie, et je ne relâcherai ma vigilance que lorsque vous me donnerez des preuves concrètes de votre bonne santé mentale. À savoir : des tests psychologiques impeccables au terme de votre mise à l'épreuve, et un comportement irréprochable en attendant. Si vous n'améliorez pas votre vie sociale et si j'apprends que vous êtes retourné à l'Améthyste sans raison valable, j'indiquerai dans mon rapport que vous représentez une menace potentielle pour nos concitoyens. Mes supérieurs décideront ensuite de votre sort.

4

BIENVENUE À UTOPIA, LE PARC OÙ RÊVE ET RÉALITÉ NE FONT QU'UN !

Merci de déposer vos bagages sur le tapis roulant et de vous présenter devant les scanneurs de puce électronique.

Enfin, j'y suis. Des semaines que j'attendais de retrouver mon paradis perdu. Je vais pouvoir renouer avec mes attractions favorites et surtout faire connaissance avec Conquistador, le nouveau grand huit. Je trépigne d'impatience alors que la file d'attente formée devant l'entrée principale du parc avance avec une lenteur affolante. Smartphone en main, je ne cesse de zoomer et dézoomer sur le plan afin de me remémorer l'organisation des quatre grandes zones thématiques, j'ai nommé le Royaume de la Jungle, l'Atlantide, la Planète enchantée, et la Montagne sucrée. Je suis ici pour deux jours : ça va être *génial*.

— Ils se bougent ou quoi ? Ça fait trois heures qu'on est plantés au même endroit !

Candice se dresse sur la pointe des pieds pour essayer d'apercevoir ce qui se passe au niveau des scanneurs ; elle ne porte pas ses hauts talons habituels et paraît frustrée par leur absence. Je m'efforce en vain de l'ignorer. Une part de moi-même me reproche encore de m'être remis avec mon ex en dépit de son attitude odieuse. Mais je n'avais plus le choix : elle est la seule à accepter de me côtoyer depuis la désertion de mes anciens amis, et au vu des menaces proférées par l'agent du SPV il y a une semaine, je n'avais pas intérêt à rester solitaire plus longtemps. Candice me motive pour sortir, rencontrer d'autres personnes, « améliorer ma vie sociale »... À vrai dire c'est elle qui a payé notre séjour à Utopia car je manque toujours d'argent. Il me faudra donc la supporter sans broncher pendant tout le week-end (et prier que le SPV ne me renvoie pas directement à l'asile en apprenant que je me suis recasé avec cette garce). Au terme d'une bonne heure d'attente, nous franchissons enfin le sas de sécurité et nous engageons sur la place principale du parc. On y trouve les premiers services payants tels que distributeurs, boutiques d'alimentation et de souvenirs, comptoirs de réservation d'hôtels, garde d'animaux de compagnie, ainsi que le quai de départ du tramway à disposition des visiteurs souhaitant économiser leurs pieds. Les plus pressés peuvent quant à eux choisir de louer des rollers, trottinettes électriques et autres engins permettant de se déplacer rapidement d'une attraction à l'autre. Candice et moi optons pour la marche afin de profiter au maximum. Nos bagages ont été enregistrés et pris en charge par les employés afin d'être expédiés à notre hôtel, de sorte que nous pouvons nous lancer directement à l'assaut des manèges. Je suis excité comme un gamin.

— Ça t'embête si on commence par le Royaume de la Jungle ? J'ai envie d'essayer le Conquistador.

— Mais c'est à l'autre bout !

— Pas grave, on a le temps. On est là pour deux jours.

Candice soupire mais finit par accepter. Elle se montre plus conciliante qu'autrefois ; sans doute craint-elle que je m'éloigne à nouveau si elle me brusque. J'ai par ailleurs du mal à saisir pourquoi elle tient autant à rester avec moi étant donné le peu de respect qu'elle m'accordait avant mon incarcération. Avec son physique, elle n'aurait pourtant aucun mal à se trouver quelqu'un d'autre... Je la chasse de mon esprit pour me concentrer sur les décors chatoyants qui nous entourent. Cette mini-ville transpire le *fake* et la consommation à outrance : j'adore. C'est là mon enfance, la nostalgie du temps où je regardais des dessins animés toute la journée, c'est le bonheur matérialisé dans son état le plus décomplexé. Ici tout le monde est joyeux et il règne une atmosphère de félicité permanente qui confine parfois à l'ivresse. Mieux qu'un shoot de Smileys dans les veines (oui, j'avoue avoir essayé une fois). Rien ne me rend plus épanoui que le tourbillon de couleurs, de sensations, d'odeurs sucrées et de musiques entraînantes qui envahit H/24 les allées d'Utopia. Si seulement je pouvais habiter là toute ma vie…

*

Le Royaume de la Jungle occupe une zone de presque soixante hectares au nord du parc. L'endroit n'est accessible qu'en bateau : les visiteurs doivent patienter devant la reconstitution d'un port inspiré de villages amazoniens historiques, où ils sont ensuite invités à monter dans une embarcation traditionnelle qui les conduit, via un réseau de cours d'eau, à différents espaces. Des sentiers permettent de circuler entre les attractions une fois à terre. Candice et moi achetons quelques confiseries pour nous occuper en attendant d'embarquer. Face à nous, par-delà l'étendue ondoyante d'un vert sombre tirant sur le noir, se dresse une jungle très dense où retentissent des cris d'oiseaux et de singes. Les plantes sont artificielles mais leur design est si réaliste qu'on y voit que du feu. Des botanistes spécialisés dans la flore tropicale ont participé à leur conception, et les parfums synthétiques qu'elles dégagent parviennent même à tromper les papillons qui volettent çà et là. Ces derniers sont nourris par des sources de nectar dissimulées à l'intérieur des fausses fleurs. Afin de respecter les besoins biologiques des quelques espèces d'insectes et d'oiseaux introduits dans la zone, il fait ici plus chaud et humide que dans le reste du parc. Le réalisme a cependant ses limites : ces animaux ne sont pas franchement représentatifs de la faune d'Amazonie, car les espèces originaires de cette région du monde ont presque toutes disparu lorsque leur habitat a été détruit au cours du XXIIe siècle. Les oiseaux et papillons d'Utopia n'ont été choisis que pour leurs belles couleurs et leur facilité d'élevage, sans souci de vraisemblance géographique. Cela ne m'empêche pas de les admirer alors que je monte enfin dans un bateau. L'embarcation s'engage lentement sur le cours d'eau qui serpente entre les arbres. L'intensité de la lumière baisse tout à coup, une musique inquiétante s'élève. Des haut-parleurs cachés un peu partout dans la végétation jaillit une voix caverneuse :

« *La jungle… Un milieu hostile, peuplé de bêtes féroces, d'araignées monstrueuses et d'insectes suceurs de sang… L'être humain n'est jamais parvenu à la dompter, et les rares peuples qui survivaient dans cet environnement devaient lutter chaque jour contre l'enfer vert qui menaçait de les engloutir… Ce monde obscur et impitoyable a donné naissance à d'innombrables légendes : trésors perdus, créatures mythologiques, civilisations de demi-dieux… Autant de contes qui ont attiré les explorateurs les plus intrépides… Dont vous faites partie, semble-t-il…* »

— Leur speech est vraiment nul à chier.

— Candice, parle moins fort !

« *Mais prenez garde : car la jungle n'est pas tendre envers les intrus, et nombreux sont ceux qui y ont perdu la vie… ou la raison. Alors, serez-vous assez braves, assez fous, pour pénétrer cet univers sauvage ? Les plus valeureux seront récompensés : mille et une richesses vous attendent dans les profondeurs de l'enfer vert…* »

Roulement de tonnerre. Des flashs lumineux explosent dans un bruit d'éclairs, un feulement de prédateur s'élève sur la droite. Fin de l'introduction.

Le bateau vient s'amarrer devant la plateforme où un employé déguisé en chef de tribu primitive nous accueille solennellement, puis nous aide à franchir la marche pour nous éviter de tomber dans l'eau. Je me précipite vers l'écran où s'affiche le plan interactif de la zone afin de localiser précisément le Conquistador.

— C'est juste à côté du restaurant *Le Serpent à Plumes*, viens !

— Tu veux pas qu'on fasse autre chose avant ? Un truc plus tranquille pour commencer ?

— Ça fait des semaines que j'attends de faire ce manège !

— Bon, bon… T'es lourd, quand même.

Il est là : immense, vertigineux, intimidant. Le Conquistador. C'est l'un des hypercoasters les plus spectaculaires du monde autant par sa puissance que la qualité de ses décors. Les rails peints en vert se confondent avec l'abondante végétation si bien qu'il est difficile de les distinguer, et donc d'anticiper les virages, les tours de spire et les brusques descentes. Une partie du trajet est même totalement invisible depuis l'extérieur car elle traverse une énorme caverne où se tapit un looping démoniaque. Le nom de ce monstre brille en lettres couleur de feu au-dessus de l'entrée devant laquelle s'étire déjà une belle file d'attente. J'écoute les hurlements en provenance du manège et observe le passage des wagons que l'on aperçoit furtivement à travers quelques trouées dans le rideau végétal. Le départ s'effectue à l'intérieur d'une reproduction de pyramide aztèque où Candice et moi pénétrons bientôt. Les lieux sont faiblement éclairés par de fausses torches qui soulignent les anfractuosités des murs, façonnés de manière à imiter la vieille pierre. Des écrans nous informent que cette attraction est déconseillée aux enfants de moins d'un mètre trente, aux femmes enceintes, aux personnes cardiaques, épileptiques, souffrant de claustrophobie, d'anxiété, de vertige, de fragilité constitutionnelle, de troubles du comportement, etc. Je jette à peine un œil à ces consignes tandis que Candice les lit d'un air soucieux. Elle est devenue pâle et je me rappelle soudain qu'elle déteste les grands huit : elle a accepté de venir uniquement pour me faire plaisir. Cette révélation m'inspire une pointe de culpabilité ; je passe mon bras autour de ses épaules.

— T'en fais pas, le parc ne donne toutes ces recommandations que pour se couvrir au maximum. Ce n'est jamais aussi terrible que ce qu'affichent les écrans.

Elle ne paraît pas très rassurée en dépit de mon attitude confiante. Je la sens hypertendue alors que notre tour approche. La musique d'ambiance monte en intensité quand nous parvenons sur le quai d'embarquement où un employé nous indique de prendre place dans le wagon de tête. Nous nous retrouvons côte à côte, chacun sanglé dans un système de sécurité dont la complexité ne fait qu'alimenter les craintes de ma copine. Mon propre cœur bat maintenant la chamade et ma respiration s'accélère lorsque notre train se met en branle. Avec une lenteur délibérée, il s'engage dans une courbe qui nous mène vers une chambre secondaire de la pyramide. Là, nous découvrons une interminable montée qui traverse le sommet de l'édifice (pourtant haut) et continue au-delà. Je sais que certains concepteurs de manèges s'amusent à créer des ascensions exagérées qui ne débouchent finalement sur rien du tout – mais mon instinct me dit que le Conquistador n'a pas été inventé par ce genre de plaisantins, et qu'une descente redoutable nous attend dehors... Candice est en apnée dans son siège. Des rires nerveux commencent à s'élever dans les autres wagons alors que nous entamons la montée. S'ensuit un temps infiniment long, puis nous émergeons à l'extérieur de la pyramide, face à notre destin: les rails plongent à la verticale au milieu d'une mer de chlorophylle synthétique. À vue de nez, je dirais que nous sommes perchés à quatre-vingts mètres du sol. Le train marque un arrêt de quelques secondes afin que nous puissions admirer le paysage (et faire nos prières), puis c'est le grand saut. Je lève les bras pour me laisser envahir par la sensation d'apesanteur. Les ingénieurs ont bien fait leur boulot: aucune résistance ni aucun frottement ne vient perturber le glissement fluide du train. On croirait tomber en chute libre dans le vide. Je pousse des cris de joie tandis que Candice est loin de partager mon enthousiasme:

— *Oh mon Dieu je vais mourir, OH NON!!!*

Déjà la descente s'achève et notre élan nous propulse dans le réseau de vrilles, spires et virages qui s'enchaînent à une vitesse fulgurante, au milieu des haut-parleurs diffusant des cris d'animaux et de la musique tribale. Les longs cheveux que ma copine a négligé d'attacher volent dans tous les sens et finissent en général par se coller sur ma figure. Je suis justement aveuglé par ce voile turquoise lorsqu'un puissant flash nous explose à la face (cette photo promet d'être réussie...). À peine ai-je le temps de dégager mon visage que le train se précipite vers l'entrée de la gigantesque caverne – presque une montagne – où patiente le looping dont j'ai entendu parler. J'ouvre grand les yeux car il paraît que le décor intérieur est fabuleux. Le brusque passage de la lumière du jour à l'ombre de la grotte me désoriente un court instant, et je ne perçois tout d'abord qu'un mélange flou de taches fluorescentes. Puis je commence à distinguer d'énormes pierres précieuses incrustées dans la roche, ainsi que des monceaux d'or accumulés au bord de petits lacs à l'eau cristalline dont les reflets dansent sur les parois. Tous les trésors du mythe d'El-Dorado ont été reproduits avec une troublante minutie. Mais je n'ai guère le temps de m'extasier sur ces richesses : le looping se présente devant nous. Candice ferme les yeux et se met à crier par anticipation. Je me retrouve écrasé au fond de mon siège pendant la phase de montée. Ce n'est qu'une fois au sommet que je lâche les poignées de mon harnais de sécurité pour à nouveau goûter à l'illusion du vol, cette fois-ci la tête en bas.

— Oh la vache, c'est énorme !!

Mon exultation est alors coupée net. Toute trace de joie disparaît de mon visage. Mes mains reviennent s'accrocher au harnais pendant la descente tandis que je tourne la tête vers Candice.

— Hé, t'as vu la même chose que moi ?!

Le son de ma voix est couvert par ses hurlements hystériques et l'ambiance sonore du manège. Je dois attendre la fin du tour avant de pouvoir lui parler. Les ultimes secondes au cours desquelles nous surgissons de la grotte puis subissons encore quelques secousses ne me procurent aucun plaisir tant ce que je viens de voir m'a bouleversé. Je me jette hors du wagon sitôt celui-ci revenu à quai et tire Candice par le bras cependant qu'elle peine à se remettre de son émotion. Nous dépassons tout le monde sur le chemin vers la sortie.

— Matéo, tu me fais mal ! Lâche-moi ! Pourquoi tu cours comme ça ?

— Il faut qu'on refasse un tour.

— C'est hors de question, j'ai failli crever !

— Je dois vérifier un truc.

Je pile soudain devant le comptoir de vente des photographies où les visiteurs s'esclaffent devant leurs expressions hallucinées par la vitesse. Je ne cherche même pas à repérer la nôtre et me tourne vers Candice.

— T'as vu le dessin dans la grotte ?

— Je fermais les yeux. Putain, c'était le moment le plus horrible de ma vie... Il faut que j'aille aux toilettes, je vais plus tenir.

— Il y avait un dessin de fauve sur le mur ! Au niveau du looping !

— Hein ?

— Je suis sûr de l'avoir vu : c'était un tigre gigantesque. Il était debout en train de rugir et ses pattes étaient enchaînées. Je crois aussi qu'il avait un collier en métal autour du cou mais j'ai pas eu le temps de bien regarder.

— OK, et alors ? Pourquoi tu t'excites ?

— Parce que représenter un fauve est interdit, enfin ! J'ai déjà vu un dessin comme ça, dans la banlieue du Rubis. C'était un léopard avec un masque de bandit. Et maintenant un tigre au beau milieu d'une attraction !

Ma copine me considère avec perplexité, le sourcil arqué et le regard hautain.

— Matéo : nous sommes au Royaume de la Jungle. Or les tigres vivaient dans la jungle autant que je sache. Donc c'est *normal* que les concepteurs du parc utilisent cet animal pour la décoration.

— Je ne crois pas qu'on trouvait des tigres en Amazonie...

— Mais on s'en branle, une jungle c'est une jungle !

— Et pourquoi il était enchaîné ?

— Parce que t'as rêvé ! Tu vas quand même pas nous pourrir la journée à cause de ça !

— Je dois retourner voir.

— Je ne referai pas ce manège !

— Attends-moi ici, alors.

— Non mais tu te fous de ma gueule ? T'as cru que j'étais là juste pour...

Je suis déjà parti en courant vers la file d'attente sans prêter plus d'attention à ses reproches. Il faut que j'en aie le cœur net.

5

Le tigre était toujours là lors de mon second passage. J'ai eu le temps d'apercevoir quelques détails supplémentaires et de confirmer que l'animal est bien enchaîné au niveau du cou, en plus des pattes. Ses crocs acérés et son regard flamboyant expriment une indescriptible fureur alors qu'il s'efforce en vain de briser ses liens. Je me suis empressé d'aller parler à un employé de la structure une fois sorti du manège (ignorant royalement les cris indignés de Candice qui ne supporte pas que j'aie osé la snober), afin d'exiger des explications sur la présence d'un fauve au sein d'une attraction publique. L'employé avec qui j'ai discuté m'a affirmé qu'il s'agit là d'une œuvre légale, bien qu'elle fasse parfois polémique. Il n'en savait guère plus et paraissait étonné de me voir si choqué par un simple dessin.

— J'y comprends rien, maugréé-je tandis que je chemine avec Candice le long des sentiers du Royaume. On nous serine à longueur de temps que les Fauves sont le mal incarné, que tout soupçon d'intérêt pour le crime peut nous valoir d'être fichés au SPV, et pourtant ce tigre géant est autorisé par le gouvernement !

Ma copine soupire avec bruit et tire sur une feuille artificielle pour l'arracher. La matière biosynthétique est cependant trop résistante pour céder à une simple traction, de sorte que cette tentative de vandalisme se solde par un cuisant échec. L'humeur de Candice ne s'en trouve guère améliorée alors qu'elle m'en veut encore pour mon comportement de tout à l'heure. Elle consent tout de même à me répondre :

— Tu sais quel est ton problème ? Tu n'arrives pas à saisir les nuances. Tu vois le monde en noir et blanc, comme si la société obéissait à un système binaire avec « Autorisé » ou « Interdit » pour seules options... Mais la réalité est beaucoup plus complexe que ça.

— Ce n'est pas l'impression que j'ai eue à Sincérité.

— Les maisons de rééducation sont un cas à part. Dans la vraie vie, on peut se permettre des écarts sous certaines conditions, surtout si ça rapporte de l'argent. Ce tigre est une œuvre d'art qui augmente l'attractivité du manège et qui a sûrement fait le buzz lors de l'inauguration : que du bénéfice pour les gérants du parc, pour la renommée d'Oxalis, et donc pour le gouvernement qui a autorisé le truc au départ. C'est une stratégie commerciale, tu piges ?

— Et en quoi faire du commerce sur le thème des fauves est-il plus acceptable que commettre un acte immoral ?

— La question n'est pas de savoir si c'est acceptable, mais combien ça rapporte ! Un criminel ne fait que créer du désordre et bousculer le fonctionnement du système, ce qui entraîne des pertes financières à long terme. Il faut que t'arrêtes de réfléchir en termes de morale, c'est de la grosse connerie, tout ça. Voilà longtemps que plus personne n'est dupe à part toi...

Je préfère ne pas poursuivre ce débat avec une interlocutrice aussi bornée que Candice, pourtant j'aurais des arguments à lui opposer : si le Tigre Enchaîné possède une valeur marketing, qu'en est-il du Bandit Léopard dont la situation le rend pratiquement invisible ? Et pourquoi celui ou celle à l'origine de ces œuvres – car il ne fait aucun doute qu'il s'agit de la même personne – souhaite rester anonyme ? Peut-être que j'ai effectivement du mal à saisir les nuances, mais je ne peux concevoir qu'un gouvernement rigide comme le nôtre soit prêt à cautionner un artiste jouant si dangereusement avec un sujet ultrasensible.

Ce satané félin vient de gâcher ma journée.

*

Candice essaie par tous les moyens de me faire oublier ce fâcheux épisode pendant les heures qui suivent. Une attitude si attentionnée me surprend de la part d'une fille qui a largué son précédent mec parce qu'il se plaignait trop… Peut-être était-elle sincère en affirmant m'avoir choisi comme l'homme de sa vie ? J'ai un peu de mal à y croire, et pourtant j'en ai très envie. Elle a beau m'avoir traité de façon impardonnable et se montrer inutilement cruelle à l'occasion, j'ai besoin de sa présence pour échapper au piège de la solitude qui me guette. Nous consacrons ainsi le reste de cette première journée de loisirs à flâner main dans la main, ou faire des attractions calmes par égard pour le traumatisme subi par Candice avec le Conquistador. L'effet euphorisant du parc et de son ambiance magique finit par chasser le souvenir du tigre ; l'animal a totalement quitté mes pensées lorsque nous rejoignons la foule qui, le soir venu, converge en direction de la Place Centrale. Nul n'oserait manquer le spectacle féerique quotidien dont les lumières font rayonner Utopia entre 21 heures et 21 h 30. Candice et moi devons batailler ferme pour nous approprier un bout de pelouse coincé entre deux stands de peluches. Là, nous nous allongeons pour lever les yeux vers le Dôme qui sert de support aux effets visuels du show. Bientôt la luminosité s'atténue, le brouhaha de la foule s'apaise. Une musique vibrante aux notes profondes s'élève ; son rythme lent accompagne le changement de couleur du ciel qui se mue en un paysage d'ombres vertes et bleues dont les formes courbes évoquent une sorte de feuillage. Soudain, le public pousse une exclamation : un immense dragon d'or vient de surgir de la voûte céleste et plane majestueusement au-dessus de nos têtes en poussant des cris à la sonorité antédiluvienne. La créature se promène sous le Dôme et fait étalage de sa splendeur, dévoilant à quel stupéfiant niveau de détail ses concepteurs ont travaillé. Chaque écaille a été finement dessinée, le moindre plissement des ailes est harmonieusement réalisé. Franche approbation des spectateurs qui applaudissent déjà avec enthousiasme.

Alors que le dragon d'or s'ébat tranquillement en son domaine, il fait une rencontre : un second dragon, rouge sang, apparaît. Il est enfermé dans un cercle blanc étincelant et tourne en rond à l'intérieur de celui-ci en émettant un grondement sourd, assez triste. Son congénère doré s'approche et entame une sorte de danse autour de lui, soutenu par une musique plus vive que la précédente. Cet étrange ballet se prolonge jusqu'à ce qu'une explosion de lumière me fasse cligner des yeux. Quand je les rouvre, je découvre une mystérieuse aura opalescente semblable à un fantôme, et créée dans la même matière que le cercle entourant le dragon rouge. Elle se déplace à la manière d'un être vivant et vient s'interposer entre les deux reptiles. Peu à peu, le corps recroquevillé du dragon rouge s'estompe jusqu'à disparaître. Le fantôme et le dragon d'or entament alors une somptueuse chorégraphie. Le contraste est frappant entre l'apparence évanescente du premier et la silhouette nettement découpée du second. Leur dialogue s'étire sur de longues minutes – une prise de risque de la part des metteurs en scène : l'absence de paroles ainsi que le côté abstrait de ce tableau pourraient vite devenir lassants aux yeux du jeune public. Pourtant, je n'entends aucun bavardage, aucun « C'est bientôt fini ? » ou « J'ai faim » ; le spectacle est si éblouissant que même les enfants les plus agités se taisent pour admirer.

Survient une nouvelle péripétie : l'aura blanche enveloppe le dragon puis l'enferme à son tour dans un cercle avant de se retirer. Le reptile reste seul, tourne en rond comme un poisson dans son bocal. La musique s'adoucit au point de devenir presque inaudible. Un grand calme s'instaure. La foule remue un peu. Alors qu'un soupçon d'impatience commence à parcourir la place, le fantôme réapparaît tout à coup ; il a échangé sa teinte immaculée contre une robe rouge orangé et se précipite sur le dragon. La musique explose en nous faisant sursauter Candice et moi. Porté par une symphonie agressive, le fantôme s'abat sur sa victime qui prend feu avec un rugissement terrible. Le dragon se débat tant et si bien qu'il parvient à se libérer du cercle pour s'élancer dans le ciel, abandonnant une traînée de braises dans son sillage. La malheureuse créature se tord, se convulse, sans parvenir à éteindre l'incendie qui la dévore. Elle se précipite finalement à l'autre bout du Dôme puis s'évanouit derrière l'horizon dans un ultime cri de souffrance. C'est l'instant qu'ont choisi les concepteurs pour jouer leur carte maîtresse : depuis des dispositifs installés en différents points stratégiques, d'énormes jets de flammes (bien réelles, celles-ci) jaillissent au-dessus de la Place Centrale. Des exclamations s'élèvent autour de moi cependant qu'une chaleur suffocante me submerge. Candice s'agrippe à mon bras en se redressant brusquement.

— Mais ils sont fous, c'est super dangereux !

J'en ai moi-même le souffle coupé. Jamais je n'avais éprouvé une sensation pareille ; il me semble que chaque parcelle de mon corps est en train de se modifier sous l'effet de cette température inimaginable, et que je vais me métamorphoser en je ne sais trop quoi au terme d'une révolution totale de mon être. Les flammes m'aveuglent, m'empêchent de respirer, me pétrifient littéralement dans un état de sidération. Alors qu'un début de panique commence à m'envahir, le mécanisme est interrompu par les techniciens du parc. Le feu meurt aussi vite qu'il s'était déchaîné, et le spectacle s'achève sur cette note mémorable.

Il faut un moment au public pour se remettre du choc. C'est la première fois qu'un objet de divertissement emploie de manière si intense le feu – cet élément tabou, dont l'utilisation est rigoureusement interdite en dehors de ce type d'événement exceptionnel. Candice n'a d'ailleurs pas beaucoup apprécié tant d'audace et exprime son mécontentement pendant le trajet vers notre hôtel situé à la Montagne sucrée. Parvenue dans la chambre rose bonbon décorée de confiseries géantes, elle n'a toujours pas fini :

— Non mais franchement, ils vont beaucoup trop loin ! Faire le buzz avec un spectacle hors du commun, je veux bien, mais à condition de ne pas mettre le public en danger !

Ses chaussures volent jusque dans un coin de la pièce, rebondissent au passage sur un macaron de trente centimètres de diamètre. Sa colère ne m'atteint pas ; une sorte de lassitude m'enveloppe telle une lourde cape. Comme si les flammes avaient aspiré mon énergie.

— Ils savent ce qu'ils font, argumenté-je sans conviction. Ce sont des professionnels.

— Attends, je te rappelle que le Dôme est constitué d'écrans électroniques : il suffirait qu'une seule flamme le touche accidentellement pour que le ciel s'embrase au-dessus de nos têtes !

— Mais non, il doit y avoir des systèmes de sécurité… Les ingénieurs ne sont pas idiots.

— T'as l'air de pas mal t'en foutre !

— Je suis juste fatigué, Candice.

— Je vois bien qu'il y a autre chose. Pourquoi tu fais la gueule ?

Je m'assieds sur le lit *king size* puis fixe d'un air sombre la moquette couverte d'un motif psychédélique de Smileys multicolores. Candice vient prendre place à mes côtés. Elle s'est radoucie et me caresse affectueusement les cheveux.

— Tu peux me parler, Matéo. Je suis là pour t'écouter : c'est à ça que sert un couple.

— C'est pourtant toi que j'ai un jour entendue affirmer que les mecs sont « des objets de collection périssables ».

— J'ai dit un tas de conneries dans ma vie, tu sais… Et c'est vrai que je me suis comportée comme une salope avec toi. Quand t'es parti à Sincérité, j'ai d'abord pensé que ce n'était pas grave et que je t'aurais vite oublié… mais ça n'a pas été le cas. Je me suis rendu compte que tu me manquais. Il m'a fallu du temps pour l'admettre : je n'avais jamais ressenti ça pour personne et je considérais ce genre de choses comme une marque de faiblesse. J'ai essayé de me forcer à t'effacer de ma mémoire, à me concentrer sur Jean, et après l'avoir largué, j'ai aussitôt cherché un autre mec pour m'occuper. Je passais mes soirées en boîte à draguer tout le monde comme une espèce de nympho ! Sauf que je n'ai trouvé aucun gars qui me plaisait. Même ceux qui m'avaient toujours attirée jusque-là ne m'inspiraient plus rien. Alors j'ai compris que je ne pouvais plus me voiler la face ni fonctionner comme avant. Je ne veux plus collectionner les mecs : c'est toi que je veux.

Nos regards se croisent. Le mien exprime encore une certaine méfiance teintée de surprise, tandis que dans ses yeux mauves se lit une émotion que je ne leur connaissais pas. Un mécanisme de défense me dicte de la repousser, de lui opposer un mur d'impassibilité, de me protéger du danger qu'elle représente pour mon âme trop sensible. Autant de sages conseils que je décide d'envoyer au diable pour enlacer Candice avec force. Nous demeurons ainsi tendrement serrés l'un contre l'autre pendant de longues minutes. Nous discutons ensuite jusque tard dans la nuit, nous rions, nous nous faisons des confidences et apprenons sur l'autre des choses que jamais nous n'aurions soupçonnées. Puis, ce flot de paroles apaisé, nous faisons l'amour.

6

L'ambiance de la Montagne sucrée, que nous décidons d'explorer en cette matinée du second jour à Utopia, n'a rien à voir avec la jungle ténébreuse où nous avons entamé notre week-end. Un seul mot d'ordre ici : couleurs flashy. Nous évoluons parmi des confiseries surdimensionnées du même style que celles décorant notre hôtel, dans un univers inspiré d'un film du XXIe siècle devenu culte, *Charlie et la Chocolaterie*. Je n'ai jamais vu l'original, mais les nombreux remakes ont bercé mon enfance et je suis tout à mon aise au milieu des fontaines de chocolat, des lacs de crème glacée et des maisons façonnées en véritables sucreries, avec murs en guimauve, mobilier de pain d'épices et autres créations merveilleuses que les employés passent leur temps à remplacer à mesure qu'elles se périment ou sont mangées par les visiteurs. Je ne peux d'ailleurs m'empêcher de prélever un morceau par-ci par-là, bien que cette pratique soit interdite depuis qu'une construction fragilisée par les grignotages s'est écroulée sur un groupe scolaire l'année dernière. J'ai justement la bouche pleine lorsque Candice me propose d'aller faire un tour de grande roue. Celle-ci se trouve au sommet de la petite colline qui donne son nom à cette zone du parc, et elle offre une vue panoramique sur Utopia. Le chemin caramélisé nous amène à longer un mini-centre équestre où des poneys promènent les jeunes enfants pendant que les plus grands font du manège. Je remarque alors quelque chose d'étrange : les montures en attente de cavalier sont toutes absolument immobiles, alignées les unes à côté des autres de façon peu naturelle. Je m'approche pour en toucher une : aucune réaction.

— Oh, ça doit être des Pony-Robots ! s'exclame Candice. J'ai vu la pub à la télé. C'est vrai qu'ils sont drôlement réalistes !

— Ce sont des robots... ? Mais où sont passés les vrais poneys ?

— Le parc a dû les vendre pour les remplacer par ceux-là. J'ai une amie cavalière qui trouve ce concept génial : les Pony-Robots sont faciles à entretenir, garantis trente ans, et ils ne désobéissent jamais. Il suffit de choisir un programme ou de se mettre en mode manuel selon ce que tu veux faire. Comme ils sont incapables de mordre ou de taper, on peut laisser les enfants jouer avec sans aucun danger. Il paraît même que la société qui les produit compte développer un modèle cheval pour répondre à la demande des adolescents et des adultes.

— Ah bon... C'est dommage.

— Pourquoi ?

— Les vrais poneys sont plus sympas. Ils réagissent quand tu les caresses, alors que là... Rien.

— C'est parce que ceux-là sont éteints, idiot. Ils réagiront quand les employés les auront allumés. Allez viens, on va à la grande roue !

*

Nous avons presque atteint l'entrée de l'attraction quand j'entends quelqu'un hurler le prénom de Candice. Un couple se hâte sur le chemin pour nous rejoindre ; je reconnais Julie et Pierre, de vagues relations que m'avait présentées ma copine car Julie travaille dans la même entreprise qu'elle, à un échelon plus élevé (ce qui constitue l'unique raison pour laquelle Candice s'est liée « d'amitié » avec cette fille qu'elle trouve en vérité insupportable). La caractéristique principale de Julie consiste à ne pas savoir s'exprimer autrement qu'avec une voix suraiguë :

— *Candiiiice, quelle coïncidence !!*

Je m'attends à ce que l'intéressée se détourne puis accélère le pas en prétendant n'avoir rien entendu, mais elle fait exactement l'inverse:

— Julie, ça fait trop plaisir de te croiser! Je savais pas que vous veniez ici aujourd'hui! Salut Pierre, tu vas bien?

Échange de bises sonores. Je me contente pour ma part de les saluer d'un signe de la main. Le couple semble alors s'apercevoir de ma présence et me dévisage avec de grands yeux.

— *Ah, vous êtes de nouveau ensemble, tous les deux?*

— Oui, confirme Candice en passant le bras autour de ma taille. Et cette fois c'est pour de bon!

— *Ooooh... Eh bien ça... Quelle surprise!*

Julie m'adresse un sourire embarrassé tandis que Pierre évite mon regard. Je ne sais pas grand-chose de lui si ce n'est qu'il est très timide et n'a jamais rien d'intéressant à dire. Démonstration:

— Vous allez à la grande roue?

Le chemin sur lequel nous nous trouvons ne dessert qu'un seul et unique endroit: la grande roue. Donc oui, *évidemment* que nous allons là-bas...

— Faisons un tour ensemble! propose Candice.

Je me raidis cependant que notre groupe se remet en marche. Avec toute la discrétion possible, je glisse à l'oreille de ma copine:

— Tu tiens vraiment à ce qu'on se les coltine toute la journée?

— Oh Matéo, sois un peu gentil!

Elle a parlé très fort. Trop fort. Julie se retourne.

— *Qu'est-ce qui se passe?*

— Rien, il fait son asocial de service, répond Candice en me caressant les cheveux.

— Euh, si on dérange on peut vous laisser, hein..., avance Pierre.

— Au contraire, c'est très bien qu'on soit ensemble! Le contrôleur de Matéo lui demande d'améliorer ses capacités de communication pour éviter d'être à nouveau emprisonné.

Non mais je rêve: qu'est-ce qui lui prend?! D'abord elle accepte la compagnie de gens que *je sais* qu'elle méprise, et voilà qu'elle me ridiculise devant eux! Ces derniers me regardent maintenant comme si j'étais une sorte d'animal dangereux... Dès qu'ils ont le dos tourné, je saisis le poignet de Candice et la tire vers moi :

— Ce que tu fais est extrêmement gênant, sifflé-je. Tu pourrais arrêter ça ?

Là encore, son comportement me prend au dépourvu. Au lieu de m'envoyer bouler, elle affiche un air penaud.

— Excuse-moi, je ne pensais pas que tu le prendrais mal... Je ne le referai plus.

Une fois installés dans une cabine où règne un parfum entêtant de réglisse, nous échangeons quelques banalités – ou disons plutôt que les deux filles discutent avec entrain pendant que leurs hommes restent murés dans le silence. Je suis réellement déconcerté par l'attitude de Candice, qui se montre inhabituellement câline et ne cesse de m'enlacer, me caresser le dos, le visage, les cheveux, la main... Agir de la sorte en public ne lui ressemble guère, mais je n'ose pas lui demander d'où lui vient ce soudain débordement d'affection. C'est en croisant un instant le regard admiratif de Julie que le déclic se produit finalement dans mon cerveau : Candice ne s'affiche avec moi que pour frimer, en proclamant à tout le monde qu'elle sort avec un délinquant. Elle essaie d'inspirer de la jalousie à sa collègue qui de son côté traîne un boulet dépourvu de personnalité. Je ne peux pas le croire : alors notre relation se résumerait à ça ? Toutes ces belles déclarations d'amour, cette nuit merveilleuse passée à l'hôtel, ces promesses de fidélité... Tout n'aurait été qu'un jeu d'actrice destiné à m'amadouer ? Candice me considère-t-elle comme un moyen de flatter son ego, d'ajouter un « criminel » à sa collection de conquêtes ?

Je ne sais pas. Je ne sais plus. Je suis complètement perdu. J'aimerais partir en courant le plus loin possible, mais je me trouve à vingt mètres du sol, enfermé dans une minuscule cabine avec une manipulatrice, un pantin et une hystérique (le Conquistador c'était de la rigolade en comparaison). Je ne peux que me coller à la vitre et fixer le paysage en m'efforçant d'ignorer les caresses insistantes de Candice. Nous atteignons enfin le sommet de la roue puis entamons la descente, quand une vision inconcevable éclipse alors tous mes autres soucis. Pierre a remarqué la chose en même temps que moi.

— C'est quoi ça ?!

Les deux filles interrompent leur conversation pour regarder.

— *Oh ben dis donc ! Il doit y avoir un dysfonctionnement au niveau des écrans !*

Juste au-dessus de nos têtes, un énorme trou noir vient d'apparaître en plein milieu du ciel. Il est rectangulaire et paraît sans fond. Nous contemplons ce spectacle incongru en silence pendant quelques instants.

— Un écran du Dôme est tombé en panne, diagnostique Candice. M'est avis qu'un technicien va se retrouver au chômage ce soir…

— *C'est bien la première fois que je vois ça ! C'est fou !*

Je garde les yeux rivés à l'anomalie sans faire de commentaire. Des vertiges me saisissent sous l'effet d'une terreur intense.

— Ah ça y est, c'est revenu !

L'écran s'est rallumé, faisant recouvrer son uniformité à la voûte céleste. La faille n'aura duré qu'une poignée de secondes ; beaucoup de visiteurs ne se sont sans doute aperçus de rien. Impossible pourtant de me soustraire à l'angoisse qui s'est emparée de moi. Ce trou noir est la chose la plus effrayante qu'il m'ait été donné de voir. Il ne s'agissait pas seulement d'un problème technique : un morceau de ciel a été arraché, une fenêtre ouverte sur le Néant.

7

— … et donc je me demandais si tu accepterais d'écrire cette chronique à ma place, vu que t'as déjà vu ce film plusieurs fois et que tu l'aimes bien ? Je te le revaudrai, évidemment !

Adeline m'adresse un regard suppliant depuis la fenêtre de conversation affichée dans un coin de ma page *All-Connected*. J'évite pour ma part de fixer directement l'œil inquisiteur de la webcam et adopte une expression contrite savamment dosée.

— Ça va être compliqué pour moi, j'ai beaucoup de boulot et je dois passer la soirée avec ma copine…

Cette déclaration n'est bien entendu qu'un tissu de mensonges. Je n'ai pas tant de travail que ça, je prends mes distances avec Candice depuis que je doute de ses motivations, et je pourrais tout à fait rédiger la chronique qu'Adeline doit rendre demain matin mais qu'elle ne peut pas écrire, faute d'avoir eu l'occasion de visionner le film en question. Je pourrais aussi faire preuve de franchise et lui expliquer que si je refuse de l'aider, c'est parce qu'elle est la seule personne de mon entourage qui semble encore plus malheureuse que moi, et que le fait de la regarder galérer constitue l'unique réconfort dont je dispose pour oublier mes propres ennuis. Je n'ai cependant ni le courage ni l'énergie d'être honnête aujourd'hui. J'ignore si Adeline a conscience que je me fiche d'elle (cette fille a toujours été d'une crédulité exceptionnelle) ; en tout cas elle n'insiste pas et se résout tristement à son sort.

— D'accord, je comprends… Je vais essayer de trouver une autre solution. Amuse-toi bien avec Candice.

— Merci. Bon courage pour demain.

Je ferme l'écran de conversation avant que mon hypocrisie ne transparaisse de façon trop criante sur mon visage. Pauvre Adeline… J'espère qu'elle va se faire virer.

Quoique non : si elle quitte *Prometheus*, je ne pourrai plus me délecter du spectacle de ses malheurs. J'espère plutôt qu'elle va se faire copieusement engueuler par notre boss à un moment où je serai là pour écouter.

Oui, je suis méchant. Mais je suis également sous pression : c'est le dernier jour de ma période d'essai. L'agent du SPV doit venir me rendre une ultime visite tout à l'heure afin de m'annoncer si j'ai réussi le test, ou si l'on me considère toujours comme inapte à m'intégrer. Cette perspective me glace le sang car je sais d'ores et déjà que la seconde option signerait ma fin. Je ne les laisserai pas me remmener à Sincérité. Plutôt me suicider ou partir me cacher dans les profondeurs de l'Améthyste en abandonnant tout derrière moi. Je ne peux rien faire si ce n'est enrichir et actualiser au maximum mon profil *All-Connected* pour donner l'illusion que je suis d'humeur sociable. J'ai envoyé au cours des derniers jours une tonne d'invitations à des gens que je connais à peine (voire pas du tout) afin d'augmenter mon nombre d'amis. Je commente leurs photos et les petits messages qu'ils partagent à propos de leur vie, je balance des pluies d'émoticônes avec l'espoir d'en recevoir à mon tour. Peu à peu, je reconstruis mon image de mec cool. Cela demande du temps : des heures entières passées devant l'ordinateur ou sur le smartphone au point d'en avoir mal aux yeux. Ce n'est cependant pas très compliqué une fois qu'on a compris les règles du jeu. Tout le monde s'y prête sans rechigner si bien qu'il suffit d'être patient pour atteindre son objectif. Reste à savoir si mon contrôleur jugera ma performance acceptable.

Celui-ci se pointe chez moi en avance, comme d'habitude. J'éprouve un mélange de panique et de répulsion en découvrant son visage sur l'écran de l'interphone. Un dernier coup d'œil au miroir pour vérifier que j'ai l'air d'un type normal et honnête (mais à quoi donc un type normal et honnête est-il censé ressembler, au fait ?), puis j'ouvre la porte.

— Bonjour.

— Bonjour.

Le ton est glacial d'entrée de jeu. Nous nous installons à la table de la cuisine. Il me jauge d'un air extrêmement sérieux. Je suis soudain pris d'une furieuse envie de rire et dois me retenir de toutes mes forces.

— Alors, déclare-t-il enfin. Comment jugez-vous votre situation, un mois après votre retour à la vie civile ?

— Euh, ça va.

Mon sens de la repartie a mystérieusement disparu. J'espère qu'il va revenir vite, car ce genre de réponse nulle risque de me desservir.

— J'ai remarqué que vous êtes redevenu actif sur les réseaux sociaux et que vous sortez davantage. C'est bien. Je suis sensible aux efforts que vous avez fournis.

— Ah… OK.

— Trêve de suspense inutile : nous nous sommes réunis avec mes supérieurs et sommes arrivés à la conclusion que vous êtes apte à réintégrer durablement la société.

Mon cœur bondit dans ma poitrine. J'en ai presque le souffle coupé.

— Ça veut dire que je suis libre ?

— Ça veut dire que vous ne retournez pas à Sincérité. Mais ne criez pas victoire trop vite : vos derniers tests psychologiques ont révélé plusieurs failles dans votre personnalité, aussi des mesures doivent-elles être prises. Vous allez donc participer à un nouveau programme d'aide aux personnes socialement déficientes.

Mon soulagement d'échapper à l'incarcération laisse place à une profonde indignation. Moi, une « personne socialement déficiente » ? Après tout le travail que je viens d'abattre pour prouver le contraire ! Mais de *quel droit* ose-t-il me juger avec un tel dédain?

— Une équipe d'ingénieurs et de psychiatres, poursuit-il d'un ton égal, vient de mettre au point un robot humanoïde appelé Confident. Il est programmé pour évaluer et améliorer les compétences sociales des personnes auprès desquelles on le place. Son intelligence artificielle est à la pointe du progrès : il peut tenir des conversations complexes, reconnaît et analyse très finement les émotions ainsi que les situations qui se présentent à lui. Son autonomie est d'un mois, soit la durée de votre collaboration. Un technicien vous le livrera dès demain et le mettra en route. Il est déjà programmé et connaît vos antécédents ainsi que vos habitudes ; vous n'aurez donc rien à lui apprendre.

Mon flagrant manque d'enthousiasme n'entame pas l'assurance du contrôleur. Il m'annonce tout cela comme s'il s'agissait de la plus belle opportunité de ma vie, et que j'étais censé sauter de joie à l'idée de partager mon quotidien avec une machine parlante. Le seul réconfort qui me reste est de savoir que je ne reverrai pas la sale tronche de ce type pendant un mois, car c'est Confident qui se chargera de mon suivi. Je devrai ensuite passer une nouvelle série de tests psychologiques, puis le SPV se réunira une seconde fois à mon propos. On prend les mêmes et on recommence…

*

Je fais comme prévu connaissance avec mon nouveau colocataire le lendemain. Confident est assis sur le canapé et m'observe tandis que je me prépare à sortir. Il mesure un mètre soixante-cinq et possède une silhouette typique des robots humanoïdes, avec un corps rigide d'une blancheur de nacre. Son visage est très mobile sans pour autant dégager la chaleur d'un être vivant. Il a beau cligner des paupières et sourire en dévoilant de belles dents, je le trouve totalement flippant.

— *Tu fais quoi, aujourd'hui ?*

— Je vais au cinéma.

— *Ah, super ! Voir quoi ?*

— *365 meufs par an*. Un chef-d'œuvre.

— *Utiliser un ton ironique n'est pas forcément une bonne façon d'engager un dialogue : cela risque de vexer ton interlocuteur. Essaie d'accompagner ta réponse d'un rire ou d'un sourire franc pour détendre la situation.*

— J'ai pas envie de détendre la situation, OK ? Ce film est une daube que je suis obligé d'aller voir pour le boulot, alors ton sourire franc tu peux te le mettre où je pense !

— *La vulgarité ne t'aidera pas à nouer des relations amicales. Essaie d'adoucir ton vocabulaire pour améliorer ton image auprès des autres.*

— Laisse tomber…

Je me débats à présent avec le matériel qu'on me demande de porter lorsque je sors, et qui doit maintenir le contact avec Confident : une mini-caméra à fixer sur ma veste afin que le robot puisse voir à travers mes yeux, et une oreillette par laquelle il pourra me parler. C'est certes moins humiliant que de l'avoir à mes côtés dans la rue, mais c'est quand même ultra relou…

— *Ne t'inquiète pas, Matéo : même si je reste à la maison, ma voix t'accompagnera pour te prodiguer de bons conseils.*

— Ouais, c'est ça. Faut que j'y aille.

— *N'oublie pas d'allumer le système Bluetooth !*

Je reçois un appel de Candice en chemin. Elle m'envoie des tonnes de messages me demandant si on peut se voir, et pourquoi je l'évite depuis notre week-end à Utopia. Je jongle entre filtrage d'appels et justifications diverses, en redoutant le moment où ma copine décidera que sa patience atteint ses limites (car elle serait alors bien capable de venir frapper à ma porte et camper devant mon studio si nécessaire). J'éteins mon smartphone pour avoir la paix. C'était sans compter sur la petitesse du monde : je viens de pénétrer dans le cinéma lorsque je croise Élodie, ma boss à *Prometheus*.

— Tiens, salut Mat' !

Elle me plaque une bise qui ressemble davantage à un violent coup de tête. La voix de Confident s'élève dans l'oreillette :

« Ta supérieure ! Montre-toi aimable mais sans être trop familier. Et ne fais surtout pas de remarque sur son style vestimentaire : il exprime

peut-être un manque de confiance en soi, donc le sujet risque d'être sensible. »

La vache, ce robot est plus intelligent que je le croyais... !

— Oh pardon, t'es au téléphone ? s'enquiert Élodie en remarquant mon accessoire.

— Non, c'est rien. Qu'est-ce que tu fais là ?

— J'avais rendez-vous avec l'équipe commerciale du cinéma pour régler quelques détails. Tu viens voir *365 meufs par an* ?

— Ouais...

« *Évite de dire "ouais" devant ta supérieure hiérarchique. C'est un manque de politesse.* »

— Je sais que ça te saoule d'être aux *girly movies*, on va essayer de te trouver autre chose le plus vite possible.

— Merci.

— Au fait, je comptais justement t'envoyer un message pour savoir si tu viens à la soirée de vendredi ? Les dirigeants de la boîte seront là.

— Euh, je sais pas... Je suis un peu fatigué en ce moment.

« *Non, accepte ! Si elle précise que les dirigeants seront là c'est qu'elle veut avoir tous ses employés présents.* »

— T'es sûr ? Ce sera rien de méchant, on sera juste entre collègues. En fait le comité a décidé d'organiser une soirée par mois pour permettre aux employés de faire connaissance, échanger des infos, créer des passerelles entre les différents sous-groupes... Bref, c'est purement formel.

« *Dis oui !* »

— Bon, OK... Je viendrai.

— Cool ! Alors je te dis à vendredi.

Nouveau choc frontal, puis elle s'éloigne. Confident me félicite de l'aisance avec laquelle j'ai géré cette conversation imprévue. La tentation d'arracher l'oreillette pour l'écraser sous ma chaussure me démange au-delà de toute expression.

*

« On commence donc ce Journal avec l'information principale du jour : le lancement imminent du chantier de Hedera, la ville promise qui doit accueillir ses premiers habitants en 2239 et ainsi permettre de désengorger Oxalis, dont la population croissante commence à étouffer. Révolutionnaire, bénéficiant des toutes dernières technologies, Hedera sera située à cent kilomètres de la capitale et reliée à celle-ci par un tunnel Hyperloop dont la construction doit débuter en même temps que celle du nouveau Dôme. Mais avant d'en arriver là, une priorité demeure : sécuriser la zone.

En effet, le lieu choisi pour bâtir Hedera se trouve en plein cœur d'un territoire sauvage où de nombreux Fauves ont été relâchés au cours des trente dernières années. Afin de protéger ingénieurs et machines, l'Armée vient d'être chargée d'évaluer la population de criminels dans un rayon de dix kilomètres autour du futur chantier, et de la déplacer plus loin. Cette tâche a été confiée à l'unité spéciale SAFARI : Surveillance Aérienne des Fauves et Action de Régulation Instrumentalisée. L'unité recrute depuis cette semaine des soldats volontaires qui seront formés pour effectuer cette mission à l'Extérieur… »

— *Et si on faisait notre bilan de fin de journée ?*

— Pas maintenant, Confident… Je regarde les infos.

— *J'ai plutôt l'impression que tu cherches à tromper ton ennui devant la TV. Tu devrais profiter de ton temps libre pour créer de nouveaux liens ; allons nous promener dans la rue à la rencontre des gens !*

— Non.

— *Ton manque de bonne volonté constitue un frein à ta guérison, Matéo.*

Je pensais avoir vécu le pire avec Sincérité, pourtant je me demande aujourd'hui si je n'ai pas échappé à un enfer pour mieux tomber dans un autre. Après m'avoir privé de liberté et de dignité, les autorités me volent la seule chose qui me restait : mon intimité. Je ne peux plus faire un pas dans l'appartement sans être suivi du regard par Confident. Impossible de mettre un pied dehors sans l'entendre parler en continu dans l'oreillette. Dès que je fais mine de me perdre dans mes pensées ou me reposer, sa voix vient m'interrompre. Et je sais que s'il me venait à l'idée de retirer l'oreillette ou enfermer ce foutu robot dans la salle de bains, l'incident serait immédiatement transmis au SPV.

J'ai quitté la maison de rééducation, mais suis toujours en prison.

8

La soirée organisée par *Prometheus* se déroule sur le toit d'un building de l'Émeraude, de l'autre côté du Cercle par rapport à mon domicile. Confident commente tout ce qui se passe pendant le trajet, de sorte que je suis déjà à bout de nerfs en parvenant à destination. Je profite d'un moment de solitude dans l'ascenseur de l'immeuble pour lui demander de se taire. Il accepte… avant de se remettre à parler dix secondes plus tard. Je tente de l'ignorer en observant le décor urbain par-delà l'épaisse vitre de la cabine qui file vers le dernier étage. Mon regard ne cesse de se porter vers le sommet du Dôme, à la recherche d'un trou noir comme celui apparu dans le ciel d'Utopia. Ce souvenir me hante au point que je ne peux plus sortir sans scruter les écrans avec appréhension. Et si jamais un bug généralisé se produisait, que le Dôme tombait en panne, et que notre monde se retrouvait plongé dans les ténèbres ? Moi qui ai grandi à Oxalis, je prends seulement conscience de sa vulnérabilité : notre ville entière dépend d'une machinerie que je sais désormais être faillible. Cette découverte me pèse comme une épée de Damoclès. J'en ai parfois des insomnies.

Aucun vide n'apparaît dans le ciel ce soir et j'atteins sans heurts le dernier étage. Au même titre que de nombreux immeubles des trois premiers Cercles, celui-ci porte un nom : La Spirale. Son architecture est effectivement si torturée que des milliers de poutres de soutien sont nécessaires pour l'empêcher de s'écrouler. Elles le transpercent de toutes parts, étincelant au sein de la nuit. L'ensemble évoque un serpent géant criblé de flèches dont la couleur rouge vif n'est d'ailleurs pas sans rappeler celle du sang. Avant de pénétrer sous la verrière qui recouvre le toit, je dois faire scanner ma puce électronique. Je nourris un instant l'espoir fou qu'on ait oublié de m'ajouter sur la liste des invités et que le logiciel me refuse le passage (ce qui me donnerait la meilleure excuse au monde pour rentrer chez moi)… Je ne suis malheureusement guère chanceux : l'ordinateur me souhaite de passer un excellent moment puis ouvre les portes. J'arrive une bonne demi-heure après le début de la fête et constate que tout le monde est en tenue de soirée sauf moi. Élodie m'en fait la remarque tandis qu'elle m'entraîne d'une poigne ferme pour venir me présenter aux dirigeants et membres de l'administration. Ces derniers me jaugent d'un œil méfiant. Ils étaient opposés à ce que l'on réembauche un ancien détenu de Sincérité, et je comprends – un peu tard – que ma boss souhaitait que je vienne ce soir afin de les rassurer en leur montrant que je suis un type sérieux. Résultat : je suis arrivé en retard, mon apparence est négligée, je tire une gueule de dix kilomètres de long, et mon oreillette laisse croire que je me permets de rester au téléphone au lieu de converser avec mes collègues… Je me force à sourire pour atténuer le désastre, mais c'est peine perdue : les quelques phrases cordiales que nous échangeons ne réchauffent en rien l'atmosphère. Élodie finit par m'emmener plus loin et chuchote d'un ton exaspéré :

— Tu pourrais virer ton oreillette, s'il te plaît ?

— Je suis obligé de la garder, c'est dans le cadre de mon contrôle par le SPV.

— Oh merde, je peux pas raconter ça… Je vais inventer quelque chose pour justifier ce détail, mais essaie de ne pas avoir l'air d'un dépressif suicidaire, OK ? J'ai besoin que tu fasses bonne impression pour pouvoir te défendre.

— Je sais. Excuse-moi, je me suis mal préparé.

Elle s'éloigne en levant les yeux au ciel, traversé ce soir par des motifs de galaxies tourbillonnantes qui scintillent par-delà la verrière. Je commence à errer parmi les convives et les robots-serveurs tout en écoutant Confident me proposer de penser à des choses drôles pour paraître heureux. La musique est branchée mais sans exploser les tympans, la décoration plutôt sobre, et aucun hurlement de démence ne s'élève parmi les invités : nous sommes bien à une soirée d'entreprise. Je finis par m'échouer devant un buffet où je pioche au hasard pour m'occuper. Mais la nourriture n'a aucun goût dans ma bouche. Une chape de plomb s'abat soudain sur mes épaules. Nous y sommes : je redoutais cet instant depuis des jours, conscient que ma résistance mentale atteignait ses limites et s'effondrerait tôt ou tard. Il a fallu que ça se produise précisément lorsque je suis censé donner le change à mon entourage… Ou peut-être cette attaque dépressive survient-elle *à cause* de cela ? Quoi qu'il en soit, je me jetterais bien du haut de l'immeuble si seulement la verrière n'interdisait l'accès au précipice. Toujours aussi douée pour choisir son moment, Adeline m'aborde avec le sourire un peu forcé des timides qui craignent par instinct d'être repoussés.

— Salut ! Chouette soirée, hein ?

— Mmm…

Silence. La malheureuse regarde en haut, en bas, à droite, à gauche, en quête d'inspiration. Je ne fais rien pour l'aider, préférant l'observer se débattre comme un poisson hors de l'eau. Elle qui d'ordinaire s'habille comme un sac s'est aujourd'hui maquillée et vêtue avec une grande application, pour un résultat conséquemment monstrueux. Sa simple vision me met les nerfs en pelote. Pourquoi vient-elle me parler à moi, alors qu'il y a des tas d'autres personnes sur ce putain de toit ? Un coup d'œil aux petits groupes animés qui nous entourent me fait alors comprendre qu'Adeline est sans doute venue à ma rencontre car je suis l'unique autre solitaire de la fête. Elle m'a donc identifié comme son congénère : un membre de la triste famille des sans-amis. Cette pensée me fait l'effet d'un poignard enfoncé au plus profond de mon ego ; ce n'est plus ma propre personne que j'ai envie de jeter dans le vide, mais cette gourde qui ose m'adresser la parole. Mon ton devient venimeux quand je lui demande :

— Tu t'en es sortie avec la chronique du film que tu ne pouvais pas voir ?

— Ah oui, finalement j'ai eu le temps d'aller à l'une des dernières séances ! D'ailleurs Élodie était très contente de mon travail et a dit que j'aurai peut-être une promotion à la fin de l'année !

Elle exulte tandis que je la félicite tièdement. Même quand j'essaie d'être un connard, ça ne fonctionne pas... Je la coupe sans plus de manières en expliquant qu'il me faut aller parler à Matthieu, que je viens d'apercevoir dans la foule. Confident a tôt fait de me reprendre :

« N'interromps pas si brusquement une conversation, ton interlocuteur pourrait se vexer. »

J'ignore ces remontrances et me dirige droit vers mon collègue. Celui-ci observe un court moment d'hésitation en me voyant approcher (c'est la première fois que je l'aborde franchement depuis ma sortie de Sincérité) mais il se rattrape vite. Nous échangeons des banalités pendant deux minutes. Il finit par remarquer ma mauvaise humeur et s'enquiert avec prudence de mon état :

— T'as l'air crevé, est-ce que tout va bien ?

Je suis censé répondre oui, Matthieu et moi n'étant pas assez proches pour que je me permette de pleurer sur son épaule ; il a sans doute posé la question par simple politesse et serait embarrassé d'entendre le – long – récit de mes mésaventures. La bienséance m'oblige à lui épargner cela... Mais j'oublie pour une fois ces règles de base et m'autorise à baisser la garde. Je n'ai plus l'énergie de simuler un bonheur qui me fuit depuis des mois.

— Je t'avoue que ça ne va pas très fort depuis quelque temps...

— Sincérité a été pénible ?

Je relève les yeux, surpris qu'il s'engage aussi spontanément sur ce terrain sensible. Sa franchise m'incite à me confier plus avant :

— Oui, c'était dur. Et le SPV ne me lâche pas depuis ma sortie. Ces salauds m'imposent plein de trucs hyper contraignants qui me gâchent l'existence. Tout le monde me traite comme si j'étais un tueur en série ou je ne sais quoi, alors que je me suis juste battu avec un pauvre type pour une histoire de jalousie.

Matthieu hoche la tête avec compassion mais sans aucune condescendance. Et il fait mieux encore : il me soutient.

— Notre système est complètement inadapté à la réalité. Je veux bien croire que les maisons de rééducation étaient utiles juste après la Grande Crise, quand c'était le méga bordel et qu'il y avait urgence à stopper la criminalité omniprésente... Mais maintenant que la situation s'est calmée, Sincérité devient obsolète. Le bon sens voudrait qu'on ferme cet établissement, sauf que les autorités ne peuvent visiblement pas s'y résoudre. Elles préfèrent y enfermer n'importe qui sous n'importe quel prétexte, histoire de continuer à faire tourner la machine.

— Ben merde, je pensais être le seul à avoir ce genre d'opinion !

— Beaucoup de gens en ont marre mais personne n'ose le dire ouvertement. Tant que le taux de criminalité restera proche de zéro, la population acceptera de se soumettre en échange de sa sécurité. Et toi, tu es une victime collatérale de cette situation... T'as pas eu de chance, voilà tout.

Ces paroles me rassurent sans toutefois me remonter le moral. Mon visage s'assombrit tandis que la musique résonne le long des vitres et vibre sous nos pieds. Matthieu dégaine alors de sa veste une pochette en similicuir dont il extirpe un spray nasal customisé avec des motifs orientaux.

— Tu veux un peu de Hiss ?

— C'est quoi ?

— L'invention la plus géniale du siècle ! Tiens, essaie, tu m'en diras des nouvelles. La dose est déjà chargée.

Il me tend le petit objet que j'observe avec curiosité. Cela ressemble en tout point à un spray classique utilisé pour se déboucher les sinus en cas de rhume.

— Ça risque de piquer au début, me prévient Matthieu.

— C'est quel genre de substance, exactement ?

— Un nouvel euphorisant qui vient d'être créé. Ça ressemble aux Smileys mais c'est plus puissant. L'effet est quasi immédiat.

— C'est légal ?

— On peut en acheter sur Internet, donc je suppose que oui.

La voix de Confident vient une nouvelle fois s'immiscer dans mes pensées :

« Tu devrais décliner, Matéo. Il n'est guère prudent de consommer un produit qui n'a pas été officiellement approuvé. Renseigne-toi auprès d'un médecin avant de… »

Je retire l'oreillette et la range dans ma poche. Peu importe que cet enfoiré de robot rapporte mon indiscipline au SPV ; ils peuvent aller se faire foutre tous autant qu'ils sont. L'embout du spray m'irrite la narine quand je l'enfonce d'un coup sec. Je presse ensuite le bouton puis inspire à fond la substance volatile. Une vive brûlure me ravage littéralement les sinus. Je m'efforce cependant de ne pas ciller et rends le spray à Matthieu d'un geste calme. Un grand sourire illumine son visage tandis qu'il le nettoie puis charge une autre dose pour son propre usage.

— Tu vas voir, tes soucis auront miraculeusement disparu d'ici dix secondes !

J'aimerais lui répondre mais suis trop occupé à contenir les larmes qui me montent aux yeux sous l'effet du produit. On dirait que des centaines d'aiguilles se plantent à l'intérieur de ma tête. La voix de Matthieu me parvient encore faiblement à travers le voile de douleur :

— Je suppose que tu ne connais pas l'anecdote qu'on raconte à propos du Hiss ? Il paraît que le chimiste qui l'a synthétisé se trimballait un énorme rhume depuis des jours, et que c'est en utilisant un spray nasal pharmaceutique qu'il a soudain eu l'idée d'adapter cet objet à l'inhalation de son euphorisant. Il a apporté quelques modifications et a customisé l'accessoire pour le rendre attractif, puis il est devenu riche.

— Tu parles d'un bon instinct, articulé-je entre deux accès de malaise.

— Et tu sais quelle a été la première chose qu'il a dite à sa femme juste après avoir eu son illumination ?

— Sais pas…

— « Chérie, je viens d'avoir une *butain* d'idée ! »

Matthieu part d'un énorme éclat de rire. Après une seconde, je me rends compte que je suis moi-même hilare. C'est l'histoire la plus drôle que j'ai jamais entendue ! Ensuite Matthieu a dit un autre truc *et* on a rigolé encore plus fort *et* puis on est allés au bar, *et* à un moment on a dansé, *et* ensuite je me rappelle plus très bien mais je crois que c'était super et que j'étais vraiment heureux.

9

Une chose m'a toujours fasciné depuis que je fais mes courses à l'hypermarché de mon quartier : le rayon fruits et légumes. Des centaines de mètres de murs couverts de milliers d'exemplaires rigoureusement identiques, disposés avec un tel sens du détail que je suis tenté de considérer cela comme une forme d'art. Les couleurs sont toujours assorties. Pas une fausse note. Il y a quelques années je me suis amusé à prendre une pomme rouge et venir la placer au milieu des pommes vertes, juste pour voir comment le responsable du rayon réagirait... Je n'ai pas été déçu : le pauvre homme s'est précipité pour effacer l'affront avec autant d'urgence que si son emploi dépendait de cette pomme (c'était d'ailleurs peut-être le cas). Aujourd'hui j'ai passé l'âge de ce genre de plaisanteries mais je m'intéresse désormais à un autre aspect, à savoir la manière dont les clients choisissent leurs fruits. Prenez ce mur de pommes jaunes : en haut à droite, il n'y a qu'un seul espace vacant. Au milieu s'étire une petite bande vide sur deux rangées. À gauche, on compte cinq autres espaces mais cette fois-ci très désorganisés, un par-ci, un par-là... Je me demande si les gens réfléchissent au motif visuel qu'ils créent en prélevant ces pommes ou s'ils font ça au hasard, ou encore sous l'emprise d'un mystérieux facteur. Il y a sûrement une étude mathématique à réaliser sur le sujet. Psychologique, aussi : les personnes qui sélectionnent les pommes du centre n'auraient pas la même personnalité que celles qui préfèrent les pommes situées à gauche...

— Tu comptes vraiment acheter ces fruits ?

Je sursaute en découvrant l'homme qui vient de se placer à mes côtés. Il doit avoir la trentaine et me fixe avec une formidable intensité. Je lui confirme que je suis bien là pour acheter des fruits.

— Tu permets que je te pose une question avant que tu ne fasses ton choix ?

— Quelle question ?

— Est-ce que tu sais d'où proviennent ces pommes ?

— D'un pommier, je suppose.

— Et tu sais où se trouve ce pommier ?

— Ben... Dans une serre de culture. Comme tous les arbres fruitiers d'Oxalis.

— Et ça ne te dérange pas d'acheter des pommes en sachant cela ?

Je ris malgré moi, de plus en plus intrigué par cette étrange conversation.

— Pourquoi ça me dérangerait ?

— Je suppose que tu n'as jamais mis les pieds dans une serre de culture ?

— Non.

— C'est bien ce que je pensais. Sinon il ne te viendrait jamais à l'idée d'acheter ces fruits, crois-moi.

Comme je le considère sans mot dire, il enchaîne d'un ton soudain passionné :

— As-tu la moindre idée de la façon dont les arbres de serre sont maltraités ? De la souffrance qu'ils endurent ?

— De la « souffrance » ?

— Eh oui : les arbres souffrent, mon ami. Comme toi et moi. De nombreuses études scientifiques démontrent que la vie en serre, dans un milieu standardisé contraire à leurs besoins naturels, provoque chez eux un stress comparable à de la douleur physique et psychologique. En achetant ces pommes, tu cautionnes le calvaire dont des millions de plantes sont victimes chaque jour.

S'agit-il d'une blague ? D'une caméra cachée ? J'aimerais le croire, mais quelque chose dans le regard halluciné de mon interlocuteur me dit qu'il est vraiment sérieux… Je jette des coups d'œil alentour à la recherche d'une aide quelconque, et m'aperçois que nous sommes seuls dans le rayon (ça m'apprendra à vouloir éviter les heures de pointe). Je tente prudemment de mettre fin au dialogue :

— OK, euh… J'y penserai à l'avenir. Au revoir.

Et de me détourner pour m'éloigner avec assurance. Le type n'en a cependant pas fini puisqu'il m'accompagne sans cesser de prêcher :

— Mais c'est *maintenant* qu'il faut agir et changer nos mentalités ! Si nous arrêtons d'acheter des produits végétaux, les serres seront obligées de fermer et les plantes seront sauvées !

— Pardon, mais si on arrête de manger des végétaux, on va manger *quoi* à la place ? Vu qu'on ne mange déjà plus d'animaux, il ne nous restera pas grand-chose pour survivre.

— Voilà typiquement le genre de préjugés que j'entends tous les jours… Il existe des tas de produits synthétiques hautement nutritifs qui sont fabriqués sans substances végétales, on les trouve dans des magasins spécialisés. Il y en a justement un tout près d'ici qui s'appelle…

— Vous pourriez arrêter de me suivre, Monsieur ?

— Pourquoi ? Tu n'as pas la conscience tranquille ? Tu penses qu'en m'évitant tu pourras aussi éviter le problème ? C'est ce que tu crois ?

— Je crois que vous êtes fou.

— Ah ! Parce que se soucier des êtres vivants c'est de la folie ? N'importe qui doté d'un minimum de sensibilité arrêterait immédiatement de manger des plantes s'il savait ce que celles-ci subissent !

— Faut croire que je suis insensible, alors. Maintenant j'aimerais que vous me laissiez faire mes courses tranquille, s'il vous plaît.

— Évidemment, tant qu'on ne bouscule pas tes petites habitudes, peu importe que des créatures innocentes soient sacrifiées…

Je m'arrête net puis me retourne vers l'énergumène en le forçant à reculer.

— Alors écoute : j'en ai rien à battre que les pommiers soient heureux ou pas, et si tu continues à me faire chier, j'irai dans la première jardinerie venue pour acheter un mignon petit arbrisseau, le ramener chez moi, puis le découper sauvagement à coups de hache avant d'utiliser ses branches mutilées pour décorer mon appartement ! Et ce sera ta faute, parce que tu m'auras foutu en colère alors que j'essayais juste de faire mes putains de courses !

Mon discours enflammé a l'effet escompté : le type me fixe comme si je venais d'égorger sa femme et ses enfants, mais il reste muet et ne tente pas de me suivre lorsque je m'éloigne pour de bon. Néanmoins, alors que j'atteins l'angle du rayon, il s'exclame :

— *Espèce de sadique !* Je te dénoncerai au SPV !!

— Tu ne connais pas mon nom, crétin !

Il ne trouve rien à répliquer. Je l'abandonne à son indignation puis décide de quitter l'hypermarché pour aller faire mes courses ailleurs. Quelle perte de temps… La prochaine fois je commanderai par Internet.

En parlant d'Internet, je suis agréablement surpris de voir que mon dernier achat en ligne a été livré chez moi, *via* le tube de transport pneumatique relié à mon studio. Je dépose mes courses sans prendre la peine de ranger pour me précipiter vers la petite boîte contenant ma commande. Le colis dévoile bientôt son contenu : un sachet en plastique aux couleurs flashy, orné d'une tête de mort mexicaine fendue d'un sourire euphorique. Ma première réserve de Hiss. Et avec elle, un spray décoré dans un style provocateur auquel je n'ai pas pu résister : des rayures de tigre.

J'ai patienté plusieurs jours avant de me lancer suite à la soirée avec Matthieu, car je m'étais senti mal pendant la nuit – d'autant que mon contrôleur venait de m'enguirlander par téléphone pour avoir retiré mon oreillette. Je me suis cependant vite remis, et comme ma routine de vie n'est pas franchement palpitante en ce moment, j'estime avoir le droit de m'octroyer un peu de plaisir. Ça restera de toute manière très anecdotique car je n'ai pas les moyens de commander des tonnes de Hiss vu le prix du sachet… C'est donc avec un soin quasi sacré que je manipule le matériel, l'admire sous toutes les coutures, puis m'installe à table pour préparer une dose. Confident m'observe comme d'habitude depuis le canapé. Son visage pseudo humain trahit de la réprobation.

— *Cet euphorisant t'a rendu malade la dernière fois que tu en as consommé, tu ne devrais pas en reprendre.*

— Trop tard, je l'ai déjà acheté.

— *Je te trouve souvent sur la défensive. Ton comportement grossier à l'hypermarché traduit un mal-être dont nous devrions discuter afin de trouver une solution.*

— Elle est sous ton nez, la solution ! Dès que j'aurai respiré un peu de ce truc, je me sentirai mieux, mais ça n'arrivera jamais si tu m'empêches de me concentrer !

— *Il serait pourtant plus utile que nous parlions de…*

— Ferme-la, putain ! Pour une fois dans ton existence de machine à la con, *ferme-la* !

Je m'attends à de nouvelles remarques sur ma vulgarité, mon refus de coopérer, ma mauvaise éducation, blablabla… Mais rien. J'ai réussi à obtenir l'impensable : Confident se tait. C'est dans un silence sépulcral que j'ouvre le sachet à tête de mort puis fais tomber un peu de poudre blanche dans une balance de cuisine. Je m'applique à verser un gramme très exactement, retirant l'excédent pour le remettre dans le sachet. Je pourrais en prendre davantage mais préfère économiser le produit, et surtout rester prudent : il existe différentes formes de Hiss comme je l'ai découvert en surfant sur les sites de vente, chacune possédant sa propre concentration en molécules actives. La variété « Sonora » que je m'apprête à inhaler est réputée pour sa puissance ; mieux vaut la consommer avec modération. Mes gestes sont fébriles lorsque j'insère la dose dans le spray puis enfonce l'embout dans ma narine. Cette sensation est toujours aussi désagréable, et j'éprouve à nouveau une brûlure virulente quand le Hiss s'engouffre dans mes sinus. Je me pince le nez pour m'empêcher d'éternuer jusqu'à ce que la phase critique s'achève. L'irritation se transforme alors en un fourmillement qui me rappelle celui provoqué par le

Somnus, la machine à sommeil de Sincérité. J'ai à peine le temps de me faire cette réflexion que déjà le produit me propulse tout droit dans la stratosphère. Le vendeur ne mentait pas : cette merde est beaucoup plus forte que celle que j'ai goûtée avec Matthieu. Un bref instant de panique me submerge, je dois fermer les yeux et m'obliger à respirer profondément plusieurs fois avant de parvenir à me calmer. Je n'ose imaginer ce qu'il serait advenu si j'avais pris davantage qu'un gramme… Enfin, les effets euphoriques apparaissent. J'échange quelques mots avec Confident pendant les minutes suivantes mais oublie instantanément le contenu de ce dialogue. Il me semble à présent entendre de la musique. Je crois être victime d'une hallucination avant de comprendre que je reçois un appel sur mon smartphone. Celui-ci est posé sur la table, à une poignée de centimètres, pourtant il faut un temps fou à ma main pour l'atteindre. Le nom de Candice s'affiche sur l'écran. En temps normal j'aurais rejeté l'appel comme d'habitude, mais le Hiss me fait oublier mes réticences : je décroche.

— *T'as de la chance, Matéo : c'était le dernier coup de fil que je passais avant de me pointer à ton appart'. Est-ce que oui ou non tu vas m'expliquer pourquoi tu me fuis comme la peste ? Et si jamais tu me sors une nouvelle excuse bidon, je viens te péter la gueule !*

— Salut Candice.

— … *C'est tout ce que tu trouves à répondre ?! Il me semble que je t'ai posé une question !*

— Je te snobais parce que tu m'avais saoulé, voilà.

— *Moi je t'ai saoulé ? On peut savoir quand ??*

— À Utopia. Quand tu t'es amusée à m'exhiber comme un trophée devant ta pseudo-amie.

Nom de Dieu : je dois vraiment être défoncé pour avoir eu le courage de dire ça. Même Candice en reste sans voix pendant une seconde.

— *C'était pas…*, hésite-t-elle. *Tu t'es fait des idées, je ne cherchais pas du tout à…*

— Te fatigue pas, de toute façon je m'en fous. Je t'ai pardonné.

Ah bon ? Je lui ai pardonné ? Ça aussi, c'est nouveau…

— *J'ai envie qu'on se revoie.*

— Moi aussi. J'ai envie de te prendre comme une bête, parce que t'es trop bonne même si des fois tu me les brises.

— *Mat', tu te sens bien ? T'as pas l'air dans ton état normal.*

— Au contraire, c'est la première fois que je me sens normal. Tu veux que je vienne chez toi ?

— *Ben je pensais plutôt sortir, avant…*

— OK, comme tu veux.

— *Je termine à 19 heures, tu viens me chercher ?*

— Ouais.

— *Essaie d'être sobre en arrivant, je veux pas que tu me foutes la honte devant mes collègues.*

— T'inquiète, chérie.

— *À ce soir.*

Et c'est ainsi que je renoue avec ma copine (pour la deuxième fois) grâce à la magie du Hiss. Mieux qu'une thérapie de couple, ce truc.

10

La soirée avec Candice se passe bien. J'ai négligé de prendre l'oreillette de Confident et celui-ci n'a pas essayé de me le rappeler quand je suis sorti… Ou peut-être l'a-t-il fait alors que je planais trop pour l'écouter. Plusieurs heures se sont écoulées depuis que j'ai consommé le Hiss mais je me sens toujours très détendu. Je n'ai éprouvé ni agacement ni gêne lorsque ma copine s'est théâtralement jetée sur moi devant ses collègues – car loin de l'avoir refroidie, les accusations que j'ai lancées au téléphone semblent au contraire l'inciter à se donner davantage en spectacle. Cette situation qui m'avait profondément blessé à Utopia me laisse aujourd'hui indifférent. Après tout, puisque les gens me voient comme un délinquant quoi que je fasse, autant jouer le jeu et leur donner ce qu'ils attendent. J'autorise donc Candice à me promener partout en ville comme un trophée, à inonder les réseaux sociaux du milliard de *selfies* que nous prenons ensemble, ou encore à vanter ma personnalité « instable » devant les connaissances mi-inquiètes mi-fascinées que nous croisons au fil des bars. Et curieusement, je m'aperçois que cette comédie ne me déplaît pas tant que ça… L'image de *bad boy* que l'on m'impose pourrait en fait me convenir, même si elle ne repose sur rien du tout. Une illusion qui ne m'empêche cependant pas d'honorer ma promesse envers Candice : à peine a-t-on pénétré dans son appartement situé au sud de l'Émeraude que je l'attrape sans lui demander son avis. Nous sommes déjà déshabillés au moment d'atteindre le lit et n'avons pas pris la peine d'opacifier les fenêtres, offrant un show exclusif à d'éventuels voyeurs. Ce qui s'ensuit n'a rien à voir avec notre nuit romantique à Utopia ; je fais vite comprendre à ma partenaire que je ne suis plus le looser dont elle croyait s'être débarrassée par SMS il y a bientôt huit mois. Nous nous endormons côte à côte au terme d'une étreinte brutale, jouissive, avec un sentiment de libération absolue. Il ne m'est toutefois pas permis d'en profiter bien longtemps, car les effets pervers du Hiss se manifestent vers 4 heures du matin. La drogue, après avoir décuplé mon énergie, me plonge à présent dans les affres d'un cauchemar ignoble.

Je suis enfermé dans le Cocon où je dormais à Sincérité, au sein de la petite alvéole stérile que je partageais avec Nathaniel. Les infirmiers ont oublié d'activer le Somnus et je suis donc éveillé mais incapable de rouvrir le Cocon. Sa structure cylindrique exiguë me permet à peine de bouger. L'obscurité est complète. J'appelle pour alerter quelqu'un, habité par l'épouvantable certitude qu'on ne m'entend pas depuis l'extérieur et que personne ne viendra me délivrer. La claustrophobie me fait suffoquer. Tout d'un coup, par l'un de ces mécanismes propres aux rêves, je parviens à voir à travers la paroi du Cocon. Je découvre alors un cadavre gisant sur le sol à quelques centimètres de moi. C'est celui de Madame Guébin, l'infirmière tyrannique assassinée dans notre chambre par Nathaniel. Mon inconscient se charge d'imaginer la scène de crime à partir des quelques éléments de l'affaire révélés dans les médias. La gorge déchiquetée, le nez arraché, les yeux écarquillés de terreur sont d'un réalisme abominable. Je distingue les moindres détails tandis que mes poings tambourinent en vain sur les parois du Cocon. Il apparaît clair que je vais mourir dans cette minuscule prison avec pour seule compagnie un corps baignant dans son sang.

Je me réveille en sueur, très agité, le cœur cognant dans ma poitrine. Mon réveil a été si brusque que j'ai accidentellement mis une claque à Candice. Elle sursaute à son tour.

— Hé mais… Tu viens de me taper, là ?

Je tremble comme une feuille, incapable de lui répondre tant ma respiration est saccadée.

— Matéo, qu'est-ce qui t'arrive ?

— Rien… J'ai… J'ai fait un cauchemar.

Je sors du lit pour me diriger vers la salle de bains d'une démarche chancelante, sous le regard préoccupé de Candice.

— Ça va aller ? Tu veux que je t'accompagne ?

— Non, reste là… Je vais juste boire un peu d'eau.

Les murs lumineux s'éclairent alors que la porte coulissante se referme derrière moi. Une douleur atroce irradie mes yeux et je dois chercher à tâtons le système de réglage d'intensité photonique. Ce n'est qu'après l'avoir abaissé au niveau minimum que je peux desserrer les paupières. En approchant du miroir, je découvre que mes pupilles sont complètement dilatées. La glace analyse mon apparence en même temps qu'elle la reflète, ce qui lui permet d'afficher aussitôt une série de publicités pour des produits cosmétiques contre les cernes, la pâleur, les cheveux ternes et cassants… La longueur de cette liste confirme ce que je pensais : j'ai une sale gueule. Je passe une main devant le robinet pour déclencher l'arrivée d'eau froide. À l'instant où je me penche pour boire, des palpitations créent une effrayante sensation de vide dans ma poitrine. Il me faut m'asseoir par terre pour ne pas défaillir. Les contours de la pièce se distordent, tout me semble tourbillonner sous l'effet du vertige. J'entends la voix de Candice derrière la porte mais sans comprendre ce qu'elle dit.

— Pas maintenant…, articulé-je en essayant de me calmer.

Je n'avais jamais connu de sensation si affreuse. J'ai mal à la tête, au ventre, dans la poitrine. Il m'est impossible de me lever et j'ai l'impression de mourir lorsque je fais mine de m'allonger. Je dois m'accrocher au rebord du lavabo pour éviter de sombrer. Le sol est glacial sous mes jambes repliées, je frissonne et tremble sans trop savoir si c'est dû au froid ou à l'épuisement. Un haut-le-cœur me secoue. Candice ouvre la porte de la salle de bains et s'approche, silhouette floue dans mon champ de vision embué. Les minutes suivantes défilent à travers une sorte de brouillard. Quand je reprends mes esprits, je suis enroulé dans une couverture et ma copine me frictionne le dos. Je fais un effort pour me lever. Les vertiges ont presque disparu.

— Doucement, doucement…

— Ça va, je me sens mieux.

— T'es pâle comme la mort, il faut que tu t'allonges.

–Aide-moi à marcher jusqu'au lit.

Une fois sur le matelas, je m'adosse avec précaution contre un oreiller tandis que Candice part me chercher quelque chose à manger. Je lui explique ensuite les raisons de mon malaise et l'assure qu'il n'est pas nécessaire de lancer son application de diagnostic médical.

— C'est quelle sorte d'euphorisant que t'as pris ? s'enquiert-elle.

— De la Sonora.

— Mais t'es fou de commencer par celle-là ! Elle est trop forte pour un débutant !

— Je pensais que ça irait si j'en prenais juste un peu…

— Laisse tomber, même moi j'évite d'en acheter. Elle refile des *bad trips* de taré. Faut que tu prennes quelque chose de plus tranquille ; je te montrerai quelles variétés choisir.

— Ouais… OK.

Candice s'assied près de moi pour me caresser les cheveux. Elle me propose de lui raconter mon cauchemar. Je commence par refuser puis évoque finalement les visions qui m'ont terrifié. Ma copine m'écoute avec grande attention car je ne lui avais encore jamais parlé de mon séjour à Sincérité, or je sais qu'elle est fascinée par le sujet. J'irais même jusqu'à dire qu'entre sa personnalité manipulatrice et son attirance pour les criminels, cette fille ferait une excellente candidate pour la maison de rééducation… Elle n'est passée entre les mailles du filet que grâce à ses talents d'actrice. Peut-être devrais-je prendre exemple sur elle ? En attendant, je suis atterré par la naïveté dont j'ai fait preuve en imaginant pouvoir ranger mes mauvais souvenirs dans un coin et tirer un trait dessus. Je possède pourtant assez de connaissances en psychologie pour savoir qu'un traumatisme refoulé ne le reste jamais éternellement. Me voici désormais terrassé par la perspective d'être hanté pour le restant de mes jours.

— Les enfoirés… Je suis foutu…

— Mais non, ça passera tôt ou tard. Peut-être même que dans quelques années, tu t'apercevras que cette épreuve t'a rendu plus fort.

Je garde le silence en méditant ces paroles. Devenir plus fort ? Je ne sais pas. J'ai pour l'instant surtout l'impression de devenir fou.

*

— Il est tombé dans l'escalier, vous dites…

L'agent du SPV me regarde avec scepticisme. Entre nous deux, sur la table basse de mon salon, gît le corps inanimé de Confident. Son visage offre une expression ubuesque avec ses yeux écarquillés et ses dents découvertes dans un sourire figé. Je confirme sans ciller que le malheureux robot a fait une chute fatale sans que je puisse le sauver.

— Il n'y a aucun escalier dans votre immeuble, réplique le contrôleur.

— Ça s'est passé dans la rue car je l'avais sorti, et d'ailleurs j'ai galéré pour le ramener jusqu'ici. Mais je suppose que même si je vous donne le nom de l'endroit et de l'ensemble des témoins présents, vous refuserez quand même de me croire vu que vous avez décidé que je suis un voyou indigne de confiance.

Je prends des risques avec ce genre d'arguments… Pour la simple et bonne raison qu'il n'y a ni rue ni témoins à nommer, étant donné que l'incident s'est en réalité produit cette nuit dans ma chambre. Je venais de me réveiller suite à un nouveau cauchemar (ils s'enchaînent depuis la fameuse soirée chez Candice) pour découvrir une silhouette spectrale aux yeux brillants penchée sur moi, me demandant si j'avais envie de parler de mes soucis. J'ai alors réagi comme tout un chacun l'aurait fait en pareilles circonstances : j'ai attrapé le premier objet qui me tombait sous la main – une statuette collector de Superman – puis l'ai fracassé sur le crâne de Confident. Il est tombé raide, me laissant le soin de justifier son trépas auprès des autorités compétentes.

— Que faisiez-vous dehors avec lui ? insiste le contrôleur. Vous n'êtes pas censé l'emmener à l'extérieur, l'oreillette est là pour maintenir le contact.

— J'en avais marre de ce machin, il me faisait mal à force de le porter. Je suis désolé de cet accident mais je n'y suis pour rien : on descendait tranquillement les marches lorsque Confident a eu un bug. Son système était défectueux.

L'agent me dévisage de façon si prolongée que je finis par lui demander pourquoi il me regarde ainsi. Son expression indéchiffrable devrait m'inquiéter (d'autant que je sais être en mauvaise posture avec mes explications à deux balles) mais j'ai pris du Hiss avant son arrivée et n'éprouve donc aucune crainte. Candice m'a montré quelles variétés à consommer sans risque, et mon organisme s'y est habitué de sorte que je peux désormais inhaler de plus grosses doses. Ce luxe me coûte très cher, mais sans cela j'aurais été incapable de surmonter le stress lié à mes cauchemars, à la « mort » de Confident, et à la visite du SPV aujourd'hui.

— J'aimerais savoir, Monsieur Tournier : à quoi vous attendiez-vous ?

— Comment ça… ?

— Vous pensiez qu'après avoir entendu votre récit – peu crédible – de l'incident, je choisirais de vous pardonner ? Que je serais touché par votre côté rebelle désespéré ? Vous croyiez vous en sortir comme ça ?

Non, je n'y croyais pas vraiment. Je viens de jouer mes dernières cartes et n'ai plus rien à proposer. Alors je me tais. Le contrôleur paraît exaspéré ; je ne l'avais jamais vu si hostile à mon égard.

— Avant que son crâne soit fracturé, Confident m'avait informé que vous négligiez régulièrement de porter votre oreillette, que vous étiez agressif envers lui, et que vous êtes même allé jusqu'à l'insulter.

— C'est qu'une machine…

— Justement ! Si vous êtes déjà incapable de communiquer pacifiquement avec un robot, comment voulez-vous faire avec un être humain ?

— Hé, je vous signale que je communiquais très bien avec tout le monde avant d'être envoyé à Sincérité ! C'est à cause de ce que j'ai subi là-bas que j'ai autant de problèmes maintenant ! Tout ça est votre faute !

— Rejeter la responsabilité sur moi ou sur le système ne vous mènera nulle part. Vous n'imaginez pas le nombre d'anciens détenus qui me serinent ce refrain chaque jour…

Il se lève et range sa tablette sur laquelle il prenait des notes.

— Je vais recommander dans mon rapport final un suivi hebdomadaire par un psychiatre spécialisé. C'est lui qui décidera de vous faire renvoyer à Sincérité si besoin.

— *Quoi ?* La dernière fois vous m'avez dit que je ne serais pas réincarcéré, et maintenant vous replacez cette menace au-dessus de ma tête ?! Vous vous foutez de ma gueule !

— Soignez votre langage. Je ne suis pas Confident.

— Vous n'avez pas le droit de me garder indéfiniment sur la sellette ! J'ai déjà purgé bien plus que ma peine, pourquoi vous continuez de me harceler avec vos robots et vos psychiatres ? Laissez-moi tranquille ! Vous comprenez le sens de ce mot ? Je ne veux de mal à personne, je veux juste qu'on me laisse *tranquille* !

Je ne devrais pas hurler. Je le fais quand même. Mon indifférence s'est muée en une rage incontrôlable, nouvel effet à retardement de l'euphorisant consommé en grande quantité. L'agent du SPV n'a pas ce problème et me toise avec un mépris à peine voilé.

— Si vous vouliez rester tranquille, il ne fallait pas vous faire remarquer. Le nom de votre psychiatre et la date du premier entretien vous seront communiqués sous quarante-huit heures.

— Espèce de gros fils de pute ! Sors de chez moi avec ta sale gueule d'hypocrite à la con !

Mes insultes paraissent glisser sur lui sans l'atteindre. Ce pauvre homme doit avoir l'habitude d'inspirer haine et rancœur, depuis le temps qu'il brise des vies… Son visage n'est qu'un masque de neutralité alors qu'il se dirige vers la porte pour quitter le studio.

— Au revoir, Monsieur Tournier.

11

— B*ienvenue chez* Un Monde d'Hommes *! Je suis Florian, c'est moi qui vais m'occuper de vous aujourd'hui. De quels services souhaitez-vous bénéficier ?*

— Coiffure et achat de maquillage.

Le robot affiche un visage numérique ravi puis tend son bras mécanique vers un fauteuil libre.

— *Installez-vous confortablement pendant que je prépare le matériel adéquat. Je remarque que vos cheveux sont ternes et très secs ; nous allons arranger cela ! Décrivez-moi la nouvelle coupe qui vous ferait plaisir.*

— J'aimerais des extensions jusqu'au bas de la nuque, avec beaucoup de volume façon crinière.

— *Voici une sélection de modèles correspondant à votre description. Choisissez le plus proche de vos désirs et n'hésitez pas à me donner d'autres détails pour l'adapter à vos envies.*

— Le deuxième en partant de la droite.

— *Quelle coloration aimeriez-vous ?*

— Fauve.

— *... Je crains de ne pas connaître ce mot. Pouvez-vous être plus spécifique ?*

— Brun-roux.

— *Voici une sélection de modèles correspondant à votre description. Choisissez le plus proche de vos désirs et n'hésitez pas à me donner d'autres détails pour l'adapter à vos envies.*

— Le dernier.

— *Parfait! Nous avons déterminé à quoi ressemblera votre nouvelle coupe. Vous avez évoqué l'achat de maquillage, mais je peux aussi directement vous l'appliquer pendant la séance et ainsi vous accorder une réduction.*

— Non merci, je préfère le mettre chez moi.

— *Comme vous voudrez! C'est pour une occasion spéciale?*

— Une soirée d'entreprise.

— *L'occasion de grimper les échelons! Je vais faire en sorte que vous ne passiez pas inaperçu avec votre nouveau style.*

— Je n'ai aucune inquiétude par rapport à ça… Les gens se souviendront de moi longtemps.

*

On m'a communiqué ce matin les coordonnées du connard chargé de mon suivi hebdomadaire. J'hésite à prendre le risque de le snober… Mon quotidien me paraît si pénible entre les *girly movies* que je suis toujours obligé de regarder à la chaîne, les assauts du SPV et tout le reste, que je commence à me demander s'il ne vaudrait pas mieux que je retourne à Sincérité. J'y étais certes maltraité, mais la routine immuable régissant chaque minute de chaque journée avait un côté réconfortant. Je pouvais également parler aux autres détenus sans être regardé de travers, puisque nous étions tous logés à la même enseigne. La vie manichéenne et monotone de la maison de rééducation s'étirait comme un fleuve tranquille… Mon cœur balance: que choisir entre une captivité paisible et une liberté sous tension? Cette question ne m'aurait jamais traversé l'esprit il y a encore quelques semaines; à présent elle me turlupine de plus en plus souvent.

C'est dans ce climat d'incertitude que je manie soigneusement le crayon khôl acheté tout à l'heure chez *Un Monde d'Hommes*. J'ai rassemblé mes nouveaux cheveux en arrière pour qu'ils ne me tombent pas devant les yeux. Le robot-coiffeur a fait du bon boulot: une volumineuse crinière couronne désormais mon crâne. Je m'observe longuement dans la glace une fois le maquillage terminé, tandis que le miroir me complimente sans s'apercevoir du caractère scandaleux de mon apparence. J'achève ensuite de m'habiller pour la soirée puis prends une copieuse dose de Hiss avant de sortir.

J'arrive à rester relativement invisible pendant le trajet vers La Spirale. La nuit est tombée, les rues surchargées sont assaillies de lumières et de bruits en provenance de toutes les directions – autant de stimulations qui détournent l'attention des gens. Quelques passants me remarquent, mais je m'empresse de disparaître dans la foule sans leur laisser le temps de comprendre ce qu'ils ont vu.

Je scrute une nouvelle fois la surface du Dôme alors que l'ascenseur vitré s'envole vers le toit de l'immeuble. L'idée d'apercevoir un trou noir, qui me terrifiait jusqu'ici, a plutôt tendance à me faire sourire ce soir. Ma puce dûment scannée, je m'avance d'un pas nonchalant sous la verrière où j'ai découvert les affres du spleen et le doux venin des euphorisants. Personne ne se préoccupe de moi pour l'instant. Je cherche Matthieu sans le trouver, puis me rappelle qu'il est en arrêt maladie pour une durée indéterminée (« syndrome d'épuisement général », d'après ce qu'on dit). Alors je me dirige vers le bar. Peu à peu les têtes se tournent, les silhouettes se figent, les conversations s'évanouissent sur mon passage. Je salue tout le monde avec assurance puis rejette ma chevelure en arrière afin de mettre le maquillage bien en évidence. Seul le robot-serveur ne semble en rien perturbé par mon apparition et me sert diligemment. La musique diffusée par les enceintes souligne le profond silence qui vient de s'établir autour de moi. Aucun commentaire, pas même un murmure, ne s'élève. Nul n'ose émettre le moindre bruit… jusqu'à ce qu'un claquement de talons furieux annonce l'approche d'Élodie. Celle-ci m'empoigne avec une telle force que j'en renverse mon verre.

— Faut que je te parle, siffle-t-elle.

Nous fendons la foule médusée en direction du bâtiment des toilettes situé à l'autre bout du toit. Au passage, un invité m'envoie son cocktail à la figure. Tout le côté droit de mon visage est trempé. Des insultes et exclamations outrées commencent à se faire entendre alors que ma boss m'entraîne dans le compartiment des femmes. Je crois d'abord les lieux déserts avant de repérer une porte verrouillée dans le fond.

— T'es sûre que c'est ici que tu veux discu…

— On peut savoir à quoi tu joues, bordel ?!

Elle me repousse brutalement. Si elle avait été un peu plus costaude, j'aurais sans aucun doute valdingué à travers la pièce ; elle semble littéralement enragée. Ses yeux brillent avec autant d'éclat que les faux diamants éclairés aux LED qui parsèment sa robe.

— Mais t'es malade, ou quoi ? Te ramener maquillé en Fauve… ! Tu veux un aller simple pour Sincérité ? Ton premier séjour t'a pas suffi ?

— Ça va, c'était juste pour déconner.

— *Hein ?* Je vois pas ce qu'il y a de drôle là-dedans !

— T'as pas vu leurs têtes, à tous ces abrutis ? Ils étaient tellement stupéfaits qu'ils en avaient la bouche grande ouverte ! Avoue que c'était marrant à voir.

— Je vais mettre ces propos sur le compte de la drogue que tu as de toute évidence consommée. N'empêche qu'il faut que tu partes. Tout de suite.

— Je viens juste d'arriver !

— Tu viens surtout de me mettre la honte suprême devant le conseil d'administration ! C'est moi qui ai insisté pour te reprendre en disant que t'étais un bon gars, et comment tu me remercies ? En faisant le truc le plus indécent qu'on puisse imaginer !

La porte du fond est toujours verrouillée. La pauvre fille à l'intérieur n'ose pas sortir de crainte de se retrouver prise au milieu de notre engueulade… Je tente d'apaiser l'atmosphère afin d'écourter sa séquestration :

— Tu dramatises… C'est rien qu'un peu de maquillage.

— Personne n'a jamais eu l'audace de se pointer en public avec une figure de Lion, et tu sais pourquoi ? Parce que c'est *grave* ! On parle de mecs qui tuent, qui violent, qui détruisent des vies !

Mon œil me fait mal. En croisant mon reflet dans le grand miroir des lavabos, je note que le cocktail dont on m'a aspergé a fait couler le khôl, qui dessine des larmes noires sur mon visage. Quelle arnaque : avoir payé si cher pour un produit qui n'est même pas waterproof… Élodie m'arrache à ma contemplation :

— Pourquoi t'as fait ça, Matéo ?

Je ne trouve d'abord rien à répliquer et laisse mon regard s'égarer dans le vide. Puis une phrase surgit des profondeurs de ma mémoire et se forme tout naturellement sur mes lèvres :

— Pour voir jusqu'où je pouvais aller.

12

« NOUS CONSTRUISONS L'AVENIR »

Voilà bientôt cinq minutes que je suis planté devant le mur où s'expose sans complexes une nouvelle œuvre de mon artiste préféré. L'auteur du Bandit Léopard et du Tigre Enchaîné a ici parodié la campagne pour Hedera. C'est de loin sa réalisation la plus provocante, aussi a-t-il choisi de la situer dans l'Améthyste, au fond d'une ruelle malfamée. Le courage de ce graffeur me laisse pantois... Si seulement je savais de qui il s'agissait, j'irais lui serrer la main. Son dessin grandeur nature reprend exactement la mise en scène de la campagne officielle, où une équipe d'architectes pose en souriant devant la maquette de la future ville – mais hommes et femmes ont été transformés en lions et lionnes, tandis que la maquette a été remplacée par une carcasse d'animal si déchiquetée qu'il est impossible d'en identifier l'espèce. Ne subsiste qu'un amas de chair sur lequel s'acharne la meute. Les félins ont la tête couverte du sang de leur victime et se battent férocement pour se l'approprier. Leurs figures déformées par la colère dévoilent des crocs rougis, leurs griffes se plantent dans le pelage de leurs congénères. Ils se grimpent les uns sur les autres, se mordent, se grognent dessus avec une sauvagerie indescriptible. L'aspect le plus percutant réside toutefois dans le fait que ces fauves sont habillés : les lions se sentent à l'étroit dans leurs vestes de costume lacérées, et leurs cravates disparaissent presque sous leurs épaisses crinières. Les lionnes sont quant à elles handicapées par des chaussures à talons trop petites pour contenir leurs grosses pattes, mais elles n'hésitent pas à s'en servir pour piétiner leurs adversaires. Certains des félins portent une montre, d'autres des bijoux ou un foulard en soie. Je ne peux qu'être admiratif devant cette dénonciation explicite du monopole des riches sur la future Hedera, réduite à un bout de viande que chacun de ces prédateurs voudrait garder pour lui seul.

— Pas mal, hein ?

Un type me rejoint devant la fresque. Il porte l'uniforme militaire. Je lui réponds sans lâcher les lions du regard.

— Vous tolérez la présence de ce dessin devant votre bâtiment ?

— Au début on avait pensé l'effacer… Il était déjà là lorsque le gouvernement a racheté cet endroit. Mais tout le monde trouvait ça marrant, et puis on était quand même impressionnés par le cran de l'artiste. Alors on a décidé de le laisser. Quasiment personne n'est au courant de son existence en dehors de l'Améthyste donc il ne gêne pas… pour l'instant, du moins.

Le militaire m'analyse rapidement de haut en bas, s'arrête un instant sur ma crinière dont la ressemblance avec celle des fauves muraux le fait sourire.

— Vous êtes Matéo Tournier, le jeune homme qui s'est maquillé en Lion lors d'une soirée professionnelle ?

— Ouais.

— Vous ne manquez pas de cran non plus. Je suis néanmoins au regret de vous annoncer que pour intégrer l'unité SAFARI, il va falloir me couper tout ça. Ici on garde les cheveux courts.

— Je sais. Ça ne fait rien.

— Entrez, on va s'occuper des formalités.

Je le suis à l'intérieur d'un immeuble gris et morne. Devenir soldat ne faisait pas initialement partie de mes projets de vie, c'est le moins qu'on puisse dire. Je n'ai cependant pas trop eu le choix : ma petite plaisanterie m'a fait perdre mon emploi à *Prometheus* et mis une bonne fois pour toutes dans le collimateur du SPV. En temps normal j'aurais été renvoyé à Sincérité, toutefois les circonstances ont voulu qu'une seconde option me soit proposée. SAFARI rencontre en effet des difficultés à recruter des volontaires si bien que les autorités ont décidé de piocher dans la masse des délinquants. Je vais donc rejoindre une unité formée de citoyens déchus, condamnés à purger leur peine en participant à la sécurisation du site de Hedera. Le militaire qui s'occupe de m'enregistrer derrière son bureau m'est d'emblée sympathique ; il s'adresse à moi sans mépris ni dégoût et ne semble accorder que peu d'importance à mes antécédents. On sent qu'il a l'habitude de côtoyer d'anciens détenus. Je regarde un peu autour de moi tandis que les détails administratifs sont gérés un par un. Le décor n'est pas très folichon, tout est strictement fonctionnel. Les locaux de SAFARI se situent au cœur de l'Améthyste, loin des gens respectables que notre présence risquerait d'incommoder. On y trouve des salles de simulation, d'entraînement, de cours théoriques, ainsi que deux bâtiments dédiés aux dortoirs, cuisines et autres lieux de vie. Les soldats résident sur place et je ne ferai pas exception. Je n'ai de toute manière nulle part où aller : il m'a fallu quitter mon studio de l'Émeraude suite à mon licenciement. Ce départ s'est effectué sans regrets car il ne me reste là-bas plus rien qui en vaille la peine. Candice m'a largué pour la seconde fois : rester ma copine après un tel scandale aurait trop sérieusement entaché sa réputation. Nous étions tristes de nous quitter, mais ainsi va la vie… Ce qui m'inquiète surtout à propos de ma nouvelle existence, c'est la perspective de me détourner des euphorisants. Bien que leur prise soit tolérée au sein de l'Armée, j'ai pris la résolution de ne plus toucher à ces substances qui ont conduit à ma perte. Ce sevrage s'avérera sans doute l'épreuve la plus difficile à surmonter au cours des prochaines semaines.

Une récompense exceptionnelle m'attend néanmoins au terme de ces efforts : je vais découvrir l'Extérieur. Ce monde sauvage, mystérieux, à propos duquel circulent les rumeurs les plus folles. L'univers des hors-la-loi où le crime n'existe pas car il constitue la norme. Tout le monde fantasme plus ou moins à propos de ce qui se passe en dehors du Dôme ; j'éprouve moi-même une fascination secrète pour l'envers du décor et me sens plein d'excitation à l'idée de voir ce que la majorité du peuple ne verra jamais. Quand on y réfléchit, je jouirai d'une position privilégiée qui me permettra de toucher du doigt le quotidien des Fauves sans être exposé à ses dangers, grâce à la protection de l'Armée. Une sorte de tourisme de l'extrême… Peut-être aurai-je l'occasion de croiser Nathaniel, s'il est toujours en vie.

Je suis prêt. Bientôt, je traverserai le trou dans le ciel.

DEUXIÈME PARTIE
VIE ET MORT DES AMAZONES

13

— On va s'arrêter ici, je peux plus marcher.

Esther laisse tomber le sac usé contenant ses maigres possessions au pied d'un arbre mort. La zone où ses jambes ont décidé de l'abandonner n'offre aucun abri : devant elle s'étend une plaine poussiéreuse parsemée de troncs pétrifiés, victimes des incendies. Quelques touffes d'herbes sèches émergent çà et là. Il faudra se contenter de ce paysage désolé où l'ombre est rare… La Panthère n'ose pas encore se détendre et scanne minutieusement les environs à la recherche du moindre indice présageant une menace. Elle déteste devoir s'arrêter en milieu découvert, exposée aux prédateurs, sans possibilité de se cacher. Cette situation se présente bien trop souvent depuis qu'elle a décidé de longer une voie ferroviaire croisée par hasard. Les rails rouillés traversent exclusivement d'anciennes zones agricoles – quant aux villes desservies par les trains de jadis, Esther ne s'en approcherait pour rien au monde. C'est d'ailleurs afin d'éviter l'une d'entre elles qu'elle a choisi de s'éloigner temporairement des rails, se retrouvant ainsi perdue au milieu de la plaine. Sa gourde restée des heures dans le sac contient un fond d'eau chaude que la jeune femme boit sans plaisir, adossée contre son arbre. Ses lèvres craquelées lui font mal, de même que ses pieds couverts d'ampoules qui l'empêchent de porter des chaussures. Une épaisse couche de corne s'est formée au fil des jours de marche forcée à travers des territoires inconnus. Esther sent que sa ténacité va bientôt atteindre ses limites alors qu'aucune terre accueillante ne se profile à l'horizon. Depuis combien de temps erre-t-elle dans ces semi-déserts et ces savanes arides ponctuées de bosquets épars ? Le feu a tout ravagé sur des dizaines, peut-être des centaines de kilomètres.

— Léopard, reste pas debout… Tu vas nous faire repérer.

La jeune femme ignore toujours le nom de son compagnon et a renoncé à le tirer de son silence. Elle le surnomme donc Léopard, ce dont il paraît s'accommoder.

— Allez, viens !

L'intéressé sort enfin de sa torpeur pour la rejoindre. La poussière s'est accumulée au point de former un masque sur son visage tatoué.

— T'es tout sale, murmure Esther en tendant la main pour le nettoyer.

Il s'écarte aussitôt. La Panthère laisse retomber son bras dans un soupir. Elle peine à s'habituer à ces refus qu'il lui oppose, elle qui aimerait tant trouver un peu de réconfort auprès de lui. Pas grand-chose : une main sur l'épaule, un sourire, un simple contact… Mais non. Léopard l'esquive systématiquement lorsqu'elle tente une approche. Il ne l'a jamais regardée en face malgré les longues journées et les nuits passées ensemble. Esther ignore jusqu'à la couleur de ses yeux. Sa présence n'en est pas vraiment une : il est comme un animal qui se contente de la suivre sans la soulager du poids de la solitude. La jeune femme le hait pour son indifférence, tout en éprouvant à son égard une jalousie non avouée, car il semble que rien ne peut atteindre Léopard. Quand sa compagne crie de peur, gémit de souffrance, pleure ou tempête de désespoir et de rage, lui demeure aussi stoïque que la pierre. Esther envie son extraordinaire endurance physique et mentale, sa capacité à ne jamais se plaindre ni montrer une once de crainte devant quoi que ce soit. Elle aimerait savoir surmonter les épreuves avec autant de sang-froid au lieu de gaspiller son énergie dans de vaines émotions ; le monde où elle évolue dorénavant n'est pas tendre envers les âmes sensibles. Il lui faut s'endurcir pour survivre.

C'est pourtant avec une nostalgie toute sentimentale qu'elle repense à sa précieuse forêt, quittée quelques semaines plus tôt sous la pression des incendies. Le relatif havre de paix qu'elle avait trouvé au cœur des bois a été entièrement détruit. La Panthère croit encore sentir contre sa peau la chaleur mortelle des flammes qui plus d'une fois les ont encerclés, Léopard et elle. Ses jambes conservent d'ailleurs le douloureux souvenir d'un de ces épisodes, dont elle s'est tirée en sautant maladroitement par-dessus un buisson ardent.

— Je comprends toujours pas comment la forêt a pu brûler aussi vite. Ça me dépasse.

Son frère de tatouage observant son habituel mutisme, la voix intérieure d'Esther se charge de lui répondre :

La végétation était desséchée, il n'y avait plus aucun point d'eau pour ralentir le feu.

— Mais on aurait dit que les incendies nous poursuivaient volontairement ! Chaque fois qu'on s'installait quelque part, il y en avait un pour se déclencher juste à côté ! C'est quand même pas croyable d'avoir une malchance pareille !

Léopard écoute le monologue de la jeune femme sans y prêter grande attention. Ce doit être la quinzième fois qu'elle se lance dedans... Son esprit fonctionne comme un disque rayé : elle tient à plusieurs reprises les mêmes conversations avec sa voix intérieure selon un cycle régulier. Son compagnon en a entendu certaines tant de fois qu'il peut maintenant prédire mot à mot chacune des répliques. Esther ne se lasse jamais de rejouer encore et encore ces « dialogues » ; on croirait qu'elle récite une pièce de théâtre. C'est sa manière de se rassurer, de canaliser le flot de ses pensées quand celles-ci s'emballent.

— ... parce qu'une fois je me rappelle que le feu s'était mis à avancer dans le sens contraire du vent, et ça, c'est carrément pas normal... Ben écoute, j'en sais rien... Oui, c'est aussi ce que je me suis dit sur le coup...

Le jeune homme trace des lignes dans la poussière avec une brindille. Il commence par une rangée de droites parallèles, avant d'y superposer des perpendiculaires pour former un quadrillage. Cela fait, il contemple son œuvre une minute. Puis il l'efface d'un revers de main et reprend le processus depuis le début. Tout comme Esther peut s'engager dans de longues conversations solitaires, Léopard est capable de consacrer une heure entière à la réalisation de ces motifs insignifiants, jusqu'à tomber dans une sorte d'autohypnose. Il lui arrive aussi de dessiner des cercles, bien que cela soit moins fréquent.

Une soudaine et intense douleur le tire de son activité. En se retournant, il découvre une colonie de fourmis cheminant sur la partie du tronc qui lui servait de dossier. Les belliqueux insectes se dirigent à présent vers Esther, mais son équipier ne cherche pas à l'en avertir et se contente d'observer jusqu'à l'inévitable cri outré. La jeune femme bondit sur ses pieds en se frottant furieusement le dos.

— Putain, y a un truc qui m'a piquée!

Une série d'injures sort de sa bouche en apercevant la légion miniature qui vient de la déloger. Elle s'arme de sa gourde en métal pour écraser sauvagement les fourmis, puis finit par se calmer. Une lueur calculatrice s'allume dans son regard alors qu'elle remarque un trou à la base du tronc : l'entrée de la fourmilière.

— Léopard, viens m'aider : si on attrape assez de ces saloperies on pourra en faire une pâte et la cuire. Ça nous aidera à tenir.

Ils consacrent donc le reste de la matinée à élargir le trou d'entrée pour récolter le plus d'insectes possible. Cette opération leur coûte d'innombrables piqûres, mais cela en vaut la peine : les pains de fourmis, une fois cuits au feu de bois, constituent une bonne ressource alimentaire. Les deux Fauves se sont vite habitués à ce régime insolite ; en cette saison de terrible sécheresse, leur opportunisme atteint des sommets. Rien ne les rebute : ni les charognes carbonisées, ni les gros vers blanchâtres, ni les scorpions. Il leur arrive même de manger des mues de serpent. Leur seul tabou reste la chair humaine – ultime frontière avant la bestialité totale.

*

Ils auraient dû passer les heures chaudes à se reposer puis reprendre la route au crépuscule, comme l'exige la routine établie par Esther, mais celle-ci s'avère incapable de rester à découvert. Tant qu'un abri ne sera pas trouvé, il faudra marcher. Alors ils marchent, ils marchent sous le soleil, ils marchent malgré leurs pieds abîmés et leurs corps recrus de fatigue. Léopard suit docilement ; il obéit toujours aux directives de sa partenaire. Quand elle lui demande de l'aider, il vient. Quand elle ordonne d'aller par-là, il y va. Quand elle décrète l'heure de la sieste, il dort (toujours d'un seul œil). La Panthère supporte donc l'entière responsabilité de leur survie à tous les deux. Elle accepte ce rôle sans pour autant savoir si ses choix sont les bons – son exil est encore récent et beaucoup d'aspects de l'Extérieur lui restent inconnus. Faute d'un modèle sur lequel s'appuyer, elle apprend par essais-erreurs avec la conscience que chaque maladresse peut être la dernière. Sa stratégie consiste à compenser son manque d'expérience par un excès de prudence : Esther n'accorde sa confiance à rien ni personne avant d'avoir soigneusement investigué tous les paramètres en jeu. Chaque épisode négatif se grave au fer rouge dans sa mémoire et prend valeur de loi. Ainsi, elle s'est promis de ne jamais remettre les pieds dans une zone urbaine depuis qu'une meute de Lions l'a pourchassée dans les rues de la ville où le gouvernement l'avait relâchée. Aucune entorse à la règle ne sera faite, quand bien même cette contrainte lui complique l'existence. Voilà pourquoi elle aimerait retrouver une forêt au plus vite, car la plaine s'avère en général tout aussi dangereuse que la ville. On y croise les deux ennemis qu'Esther craint le plus : les chiens et les hommes. Or, elle a remarqué que ceux-ci semblent nourrir une peur instinctive à l'égard des zones densément boisées. Ils ne s'y aventurent que rarement et toujours avec réticence. C'est donc sans trop d'hésitations que la Panthère s'y est réfugiée pour en faire son royaume. Cela n'a pas été simple pour autant, car elle-même redoutait ce milieu fermé et ténébreux, où des créatures inquiétantes rôdent au sein d'une flore bardée d'épines. Sa première nuit dans un arbre a failli lui coûter cher lorsque la frayeur de tomber nez à nez avec une araignée de la taille de sa main l'a fait tomber de sa branche. Il s'en est fallu de peu qu'elle se rompe les os. Esther a néanmoins choisi de rester dans la forêt ; elle préfère encore se confronter à des arachnides géants qu'aux hommes et aux chiens.

Le destin ne semble pour l'heure guère enclin à lui offrir un nouveau foyer si l'on en juge par l'étendue tristement plane qui défile devant ses yeux. Alors, faute de trouver des arbres, la Panthère place tous ses espoirs dans son second objectif : se rapprocher de la mer. Qui dit mer dit humidité ambiante… Peut-être les incendies auront-ils fait moins de ravages sur la zone côtière que dans l'intérieur des terres. En vérité la jeune femme n'en sait rien, elle n'a tout simplement pas d'autre idée. Elle perçoit parfois d'étranges odeurs disséminées dans l'air et se demande s'il s'agit des fameux embruns dont elle a entendu parler sans pouvoir les imaginer. L'océan demeure une chose abstraite pour elle qui ne l'a jamais vu. Bien sûr, elle a étudié la géographie à l'école et sait que l'immense étendue d'eau qui borde son pays se nomme Atlantique. Elle sait aussi que la mer est salée, qu'on ne peut pas la boire, et que cette puissance naturelle a joué un rôle dans la Grande Crise en submergeant une partie des terres habitées. Le monde marin a mauvaise réputation auprès des habitants d'Oxalis, qui n'y voient qu'une source de désastres empoisonnée par des siècles de pollution. Esther éprouve cependant le besoin de contempler cette entité maléfique de ses propres yeux, au moins une fois.

— T'as déjà vu l'océan, Léopard ? Avant qu'on se rencontre ?

Pourquoi tu t'obstines à lui parler ? Tu sais bien qu'il ne répondra pas.

La question tombe en effet dans le vide, mais le silence qui s'ensuit est inhabituel. On n'entend aucun bruit de pas. Un coup d'œil en arrière apprend à la jeune femme que son compagnon s'est arrêté pour fixer quelque chose vers l'ouest. Aussitôt son instinct de survie passe en alerte maximale ; avant même de savoir de quoi il s'agit, elle s'empare du couteau qu'elle garde toujours à la ceinture.

Bordel, je te l'avais dit : on n'aurait pas dû se déplacer en journée !

Le cerveau d'Esther a appris à discriminer rapidement les informations dans ce genre de situations, et se focalise en premier lieu sur les mouvements. Tout ce qui bouge doit être traité en priorité. La Panthère repère ainsi immédiatement de petits points noirs qui volent en cercle dans le ciel. Elle s'en désintéresse aussitôt – ces oiseaux ne représentent pas une menace. Un balayage express du paysage l'informe que rien d'autre ne se déplace dans la zone. Elle analyse alors les formes immobiles, cherchant une silhouette animale ou humaine, sans en discerner aucune. Son esprit affûté a effectué ces différentes actions en moins de deux secondes. Comme nul danger flagrant ne lui saute aux yeux, elle prend le temps de mieux observer Léopard pour suivre précisément son regard. Il s'avère que le jeune homme fixe simplement les oiseaux qui planent au loin. L'adrénaline retombe aussi vite qu'elle était montée tandis qu'Esther range son arme en soufflant. Elle s'apprête à reprendre la marche quand une pensée la stoppe dans son élan : en dépit de son mutisme, Léopard a maintes fois prouvé son talent pour interpréter les signes de l'environnement ; son intérêt à l'égard des volatiles doit donc reposer sur une bonne raison. Esther a tôt fait de parvenir à son tour à la conclusion que ce rassemblement indique la présence d'une carcasse. L'endroit est éloigné mais cela peut valoir le coup d'aller vérifier si la viande est toujours comestible.

— On va jeter un œil à la scène de crime. Prions pour qu'elle nous offre un beau festin.

14

Le soleil atteint son zénith lorsqu'ils parviennent en vue d'un bosquet d'arbres décharnés. Les oiseaux sont à présent plus nombreux et certains ont déjà plongé vers le cadavre masqué par la végétation broussailleuse. Esther et Léopard s'arrêtent à une quinzaine de mètres et s'accroupissent, prudents. Aborder une charogne constitue une entreprise risquée étant donné que tous les prédateurs ont tendance à converger vers elle. Ce n'est qu'après vingt minutes d'affût immobile que les deux Fauves entament leur approche. À peine ont-ils franchi la lisière du bosquet qu'une odeur insoutenable les prend à la gorge.

— Merde, on arrive trop tard…

La carcasse demeure invisible mais la pestilence qu'elle dégage en dit long sur son état de décomposition : ils ne pourront pas manger ça. Esther décide toutefois d'aller voir de plus près afin de se faire une idée de la faune de la région. Elle ordonne à son équipier de faire le guet puis s'engage parmi les troncs et les buissons épineux, prenant garde où elle pose ses pieds nus. Une silhouette commence à apparaître derrière le tourbillon de plumes, de becs et de serres des oiseaux qui se chamaillent à grand renfort de croassements. La jeune femme pousse alors une exclamation étouffée par le tissu couvrant son nez et sa bouche ; c'est le cadavre d'un homme qui pend à une branche d'arbre. Le peuple aviaire et d'autres animaux de passage ont bien entamé le corps, dont les deux jambes sont sectionnées au niveau du genou – peut-être par des chiens incapables de sauter plus haut. Il tourne le dos à Esther, qui ne peut donc pas identifier son tatouage. Cette information lui serait utile : s'il s'agit d'un Lion, cela signifierait que d'autres traînent sans doute dans les parages car ces criminels s'organisent souvent en groupes. La Panthère renonce pourtant à faire le tour du pendu, révulsée par la vision de ses chairs en putréfaction investies par tout un microcosme de bestioles immondes. Elle fait volte-face et rejoint à grands pas son compagnon, qui ne pose aucune question lorsqu'elle décrète leur départ immédiat.

L'angoisse consume Esther au cours des heures qui suivent, cependant qu'elle s'applique à augmenter la distance qui la sépare de la macabre scène. Le ou les meurtriers rôdent peut-être encore à proximité… Cette idée a de quoi donner des sueurs froides, mais dans sa hâte à quitter la zone, la jeune femme néglige les signaux d'alerte lancés par son organisme exténué. Ce qui devait arriver finit donc par survenir : une crise d'hypoglycémie la frappe comme un coup de massue. Esther vacille, trébuche, puis s'effondre. Le mélange de nausée et de migraine qui s'empare d'elle est si violent qu'elle se sent tout d'un coup à l'article de la mort. Sa vue se brouille pour laisser place à une cécité complète pendant plusieurs affreuses secondes. Il lui faut lutter pour rester consciente. Lorsqu'elle recouvre enfin ses esprits, seules des formes ternes et floues lui apparaissent. Retirer son sac à dos puis l'ouvrir à la recherche d'un pain de fourmis lui demande un effort considérable. Ses mains tremblent sans discontinuer et heurtent la gourde vide.

— Léopard, va chercher de l'eau…

Tandis que son docile mais décidément peu secourable acolyte part en quête d'une source, Esther se traîne jusqu'à un plan d'herbes hautes où elle pourra se camoufler. Une fois bien cachée, elle s'autorise à manger le pain déniché au fond du sac. La galette racornie sur laquelle on distingue encore des pattes et des têtes d'insectes n'a rien de très appétissant ; les premières bouchées sont à vomir. Mais la jeune femme se force à avaler le tout, puis enchaîne avec une seconde portion avant de s'allonger doucement. La clarté du ciel l'oblige à fermer les yeux et détourner la tête. Ses prunelles se sont habituées à des mœurs crépusculaires au point de devenir trop sensibles pour la lumière du jour. Ce n'est qu'en l'absence du soleil qu'elle peut contempler le Dôme sans limites de l'Extérieur, qui la surprend toujours par sa similitude avec les cieux numériques générés par Oxalis. Il lui arrive d'oublier que ce ne sont pas des écrans solides qui la surplombent mais un vide infini débouchant tout droit sur l'Espace (une réalité qui l'effraie chaque fois qu'elle y pense).

— Je me demande si les sociétés extraterrestres ont leurs Fauves, elles aussi…

Cette hypothèse me paraît hautement improbable.

*

Esther n'a jamais aimé paresser, et encore moins ici. Dès que son corps a recouvré assez d'énergie, elle décide de partir à la recherche de son partenaire – absent depuis trop longtemps à son goût. Elle a encore un peu froid mais parvient à se mettre debout sans être prise de vertiges. Les empreintes que Léopard a laissées dans la poussière se dirigent vers une forme sombre dans le lointain (peut-être de la végétation, et donc une source d'eau). La Panthère remet son sac avec des gestes ralentis puis se lance sur la piste. Les vêtements usés qu'elle porte depuis des jours sont trempés de sueur en quelques minutes. Elle doit rapidement s'accorder une pause et en profite pour raccourcir ses cheveux avec la paire de ciseaux rouillés trouvée dans une maison. Ce fut pour elle un crève-cœur de se séparer de la belle chevelure qui couronnait autrefois sa tête ; Esther ne s'y est résolue qu'au plus fort de la saison sèche, lorsque cet ornement lourd et inutile est devenu trop handicapant. Porter les cheveux courts lui permet d'avoir moins chaud et lui épargne un entretien compliqué en ce monde dépourvu de shampoing. Sa nouvelle vie ne laisse aucune place au superflu. La jeune femme repart donc sans un regard pour les mèches noires qu'elle abandonne derrière elle.

Sa traque la mène jusqu'à une petite route goudronnée bordée d'arbustes. Esther se retrouve démunie devant la disparition brutale de la piste, incapable de deviner si son compagnon a pris à droite ou à gauche. Il règne un silence pesant, uniquement troublé par les stridulations des insectes. La Panthère a perdu l'habitude de voyager seule et commence à se sentir inquiète. Si son allié a fait une mauvaise rencontre, alors elle se dirige droit vers le danger en voulant le rejoindre. Il est tentant de rebrousser chemin – mais elle ne sera guère plus en sécurité si elle revient sur ses pas : d'autres prédateurs ont pu remarquer ses empreintes et les suivre. Mieux vaut encore brouiller les pistes en empruntant la route à son tour. Elle franchit donc le fossé et s'engage sur le goudron brûlant. Un petit cercle d'arbres plus verts que les autres indique comme elle l'espérait la présence d'eau à quelques dizaines de mètres sur la gauche. S'en rapprocher implique cependant de passer devant les ruines d'une maison dont les contours inspirent une méfiance instinctive à Esther. C'est avec moult précautions, feintes et postures d'agent spécial qu'elle aborde le jardin ensauvagé. Rien à signaler, si ce n'est l'envol bruyant d'un pigeon. Le soulagement lui fait baisser la garde alors qu'elle franchit le rideau d'arbres et découvre un minuscule ruisseau en partie masqué par la végétation foisonnant sur ses berges. La jeune femme tremble presque d'émotion devant ce miracle. Elle n'a pas vu autant d'eau au même endroit depuis des semaines. Le choc passé, elle se reconcentre sur sa mission et utilise l'ensemble de ses sens pour déterminer où se trouve Léopard. Elle perçoit nettement l'odeur de sa transpiration, qu'elle a appris à reconnaître, et en déduit que son équipier vient juste de passer par ici. C'est à l'odorat qu'elle s'oriente sur les derniers mètres, ses talents d'observatrice n'étant pas assez affûtés pour repérer une piste sur la rive encombrée du ruisseau. Celui-ci s'écoule lentement au cœur d'une ceinture chlorophyllienne dense jusqu'à déboucher sur une sorte de cratère, vestige d'une mare dont il ne subsiste qu'une grande flaque. Là, au fond du trou, Esther aperçoit enfin son partenaire et découvre avec frayeur qu'il n'est pas seul : une jeune femme se tient derrière lui. Vêtue d'un short et d'un débardeur troué, elle appuie un couteau contre la gorge de Léopard. La compagne de ce dernier est encore affaiblie mais n'hésite pas une seconde à se lancer à l'attaque en hurlant. Les berges friables de la mare asséchée se dérobent sous elle, transformant sa course guerrière en une suite de glissades ridicules. La manœuvre a néanmoins l'effet escompté puisque l'inconnue se laisse distraire, offrant à Léopard l'opportunité de se libérer. Tout muet qu'il soit, il reste capable de se défendre et c'est sans difficulté qu'il désarme son agresseuse puis l'expédie dans la flaque, où elle s'écrase avec un grand cri. Pendant ce temps, Esther est parvenue tant bien que mal à rejoindre le fond de la dépression. Elle pousse Léopard hors de son chemin pour se précipiter sur sa rivale avec une fureur implacable. Les deux Fauveresses s'engagent alors dans un corps à corps aussi violent que désordonné, sous le regard impassible de leur unique spectateur.

Entre deux éclaboussures d'eau fangeuse, Esther remarque des larmes noires dessinées sur le visage de son adversaire : une Guéparde. Cette dernière est plus frêle qu'elle mais compense ce handicap par une férocité remarquable. Le duel dégénère rapidement, le sang commence à couler alors qu'ongles et dents sont mis à contribution pour infliger les plus cuisantes blessures. La Panthère est si enragée qu'elle ne pense même pas à utiliser le couteau accroché à sa ceinture. Elle s'ingénie à maintenir sous l'eau la tête de son ennemie pour la noyer lorsqu'une exclamation s'élève depuis le sommet du cratère.

— Mais qu'est-ce qui se passe, ici ?!

La terre s'effrite une nouvelle fois au passage d'une troisième jeune femme, qui saute à son tour dans la flaque pour tenter de séparer les deux belligérantes.

— Hé, ça suffit ! Arrêtez de vous battre !

Esther peine à en croire ses oreilles tandis qu'elle jauge la trouble-fête, une autre Guéparde.

« Arrêtez de vous battre » ? Non mais elle s'est crue dans un salon de thé, celle-là ?

Et de lui envoyer son poing dans la figure en guise de réponse. La pacifiste tombe à la renverse cependant qu'Esther raffermit sa prise sur les cheveux de sa première victime et lui enfonce à nouveau la tête sous la surface. Léopard, de son côté, observe tout cela sans faire mine d'intervenir. Il caresse la vieille cicatrice qui barre son cou et dont le souvenir a été ravivé par le contact de la lame contre sa gorge. Sa partenaire sait qu'elle ne pourra guère compter sur lui et n'attend rien de sa part. Elle espère juste avoir le temps de tuer la première Guéparde avant que l'autre ne revienne à la charge. Sa victime se débat de moins en moins : ce n'est plus qu'une question de secondes.

Un objet lourd s'abat soudain sur le crâne de la Panthère, brouillant sa vision dans un flash qui laisse aussitôt place à l'inconscience.

15

Une douleur lancinante dans les bras, les épaules et le dos accueille Esther à son réveil. La jeune femme met du temps à comprendre où elle se trouve tandis que son cerveau se remet difficilement du coup asséné par la Guéparde. Elle a toutefois assez recouvré ses esprits pour s'étonner d'être encore en vie. Léopard l'aurait-il sauvée au dernier moment ? Cette idée lui redonne espoir : son compagnon éprouve donc de l'attachement pour elle malgré son apparente indifférence. La Panthère cligne des yeux et tente de se lever, mais ses mouvements sont entravés par quelque chose. Elle est avachie contre un mur rugueux qui lui égratigne la peau. Le sol sous ses jambes est plus tassé que celui de la plaine. Ses bras sont levés au-dessus de sa tête, maintenus dans cette position inconfortable par des cordes attachées à un anneau de métal. Une forte odeur de fumier embaume l'air.

— C'est quoi ce délire…

— Ah, t'es réveillée.

Cette voix inconnue fait sursauter Esther qui redresse vivement la tête – pour être aussitôt prise de vertiges. Son corps paie durement les efforts fournis pendant le combat, ajoutés au manque d'eau et de nourriture. Installée dans un fauteuil déglingué, une femme l'observe. Il ne s'agit pas de l'une des Guépardes affrontées dans l'ancienne mare : la Fauveresse porte un tatouage de Tigre que son impressionnante carrure justifie amplement. Elle paraît plus musclée que la majorité des hommes et doit les dépasser d'une tête lorsqu'elle se tient debout. Ses longs cheveux roux étalés sur une poitrine puissante lui confèrent une apparence de déesse viking. Esther ne sait que dire face à pareil personnage. La Tigresse la jauge d'un regard neutre, ni amène ni hostile.

— T'as le crâne solide. Au début on croyait qu'Émilie t'avait tuée avec cette pierre.

La Panthère commence à comprendre qu'elle se trouve dans de beaux draps ; les deux filles de la mare appartiennent à une meute dont elle est maintenant la prisonnière. Une rapide analyse des alentours lui apprend qu'elle est détenue dans une sorte de ferme entourée de bosquets d'arbres.

— Où est mon partenaire ? Qu'est-ce que vous lui avez fait ?

— Il va bien, on l'a mis là-dedans.

La Tigresse désigne une rangée de boxes destinés aux chevaux, juste en face du mur auquel Esther est attachée. La porte et le volet de l'un d'entre eux sont maintenus fermés par des verrous manuels archaïques.

— Comment je peux savoir que c'est la vérité ?

— Tu peux pas.

Elle se fout de ma gueule, en plus ! Attends un peu que je sois détachée, je vais lui en coller une !

L'inconnue crie alors en direction des bâtiments voisins :

— Émilie ! Ta copine s'est réveillée !

L'intéressée fait irruption un instant plus tard. Esther constate avec satisfaction que son coup de poing lui a ouvert la lèvre, puis prend le temps de la détailler un peu mieux. Des cheveux blonds coupés à hauteur d'épaule encadrent son visage anguleux décoré de larmes et de petites taches. Ses yeux sont d'un vert sombre. Des traits durs et des seins quasi inexistants font d'elle une femme peu attirante, sans toutefois être vraiment laide. Elle doit avoir dans les vingt-cinq ans.

— Tu m'as fait mal, tout à l'heure…, déclare-t-elle en toisant sa captive.

Esther conserve le silence, déterminée à ne pas se laisser impressionner. La Tigresse se redresse dans son fauteuil.

— Il faut que j'aille aux toilettes.

— On peut pas laisser la Panthère sans surveillance... Autant son mec ne m'inquiète pas trop, autant je me méfie de celle-là. Tu penses que t'arriverais à y aller toute seule avec Anaïs ?

— On se débrouillera.

— Je vais la chercher.

La Guéparde se dirige vers la longère qui fait office de bâtiment principal. Esther, bien qu'intriguée par ce curieux échange, ne pose aucune question et tente discrètement de se défaire de ses liens. Elle n'y est pas encore parvenue lorsque Émilie revient accompagnée de la jeune femme à l'origine de la bagarre. Celle-ci foudroie son ennemie de ses yeux bleus emplis de haine. Ses cheveux châtains sont encore collés par l'humidité mais débarrassés de la boue qui les encombrait. D'une corpulence similaire à sa congénère, Anaïs s'en distingue par sa beauté ensorcelante. En dépit de son corps couvert d'hématomes et d'écorchures, de ses vêtements sales et de son expression malfaisante, il émane de sa personne une grâce naturelle que nombre de citadines lui envieraient. Son visage délicat évoque une princesse de conte aux antipodes du monde brutal de l'Extérieur. Esther remarque aussi qu'elle est parfaitement épilée, tandis qu'elle-même et les deux autres Fauveresses ont laissé le champ libre à leurs poils pour s'occuper de priorités plus vitales. Là s'arrête néanmoins la douceur féminine d'Anaïs : à peine a-t-elle croisé le regard de sa rivale qu'elle vient lui flanquer son pied dans le ventre, avec toute l'assurance que lui procure sa position de supériorité. Esther a le souffle coupé et n'entend que vaguement les cris des deux autres qui ordonnent à la Guéparde de s'arrêter.

— Maîtrise-toi, Anaïs ! Va aider Laurence, elle a besoin d'aller aux toilettes. Moi je reste ici pour surveiller.

Après un instant de suspense tendu, la jeune femme accepte finalement de se détourner de sa victime et attrape la Tigresse par les aisselles. S'ensuit une scène pathétique au cours de laquelle Esther, tout en reprenant son souffle, découvre pourquoi la guerrière viking a besoin d'assistance : la malheureuse a le bas du corps paralysé et se trouve incapable de marcher. Anaïs doit la traîner sur le sol jusqu'au lieu choisi. La tâche s'avère ardue étant donné l'énorme écart de poids entre les deux femmes, mais la Guéparde persévère et tire son fardeau sans se plaindre. Une fois qu'elles ont disparu à l'angle d'un bâtiment, Émilie prend place dans le fauteuil.

— Ça va, t'arrives à respirer ?

— Va te faire foutre, murmure Esther.

— J'aurais dû prévoir qu'elle s'en prendrait à toi… Tu l'as un peu énervée en essayant de la noyer : elle déteste qu'on lui salisse les cheveux.

— Ferme ta gueule et tue-moi, qu'on en finisse.

— Te tuer ? Pourquoi je ferais ça ?

— Parce que je suis ton ennemie !

— Et pourquoi tu serais mon ennemie ?

— Ben… Parce qu'on se connaît pas !

Émilie considère sa captive avec perplexité cependant qu'Esther lutte contre la nausée qui menace.

— Tu dois pas te faire des amis très souvent, avec une philosophie pareille.

— Je suis pas là pour me faire des amis mais pour *survivre* !

— Les deux ne sont pas incompatibles. En fait ça nous arrangerait que tu rejoignes notre meute : t'as prouvé ta vigueur et on a besoin d'aide pour s'occuper de Laurence, des chevaux, et tout ça. On peut aussi accueillir ton copain ; normalement on n'accepte pas les hommes, mais il a l'air tranquille. Il n'a même pas essayé de se débattre quand on l'a enfermé dans le box.

— Il est malade.

— Malade comment ?

— Ça te regarde pas ! Tu me gonfles avec tes questions !

Les yeux de la Guéparde s'assombrissent mais elle s'abstient de répliquer. Au terme d'un silence troublé par le hennissement d'un cheval quelque part derrière les bâtiments, la jeune femme déclare d'une voix posée :

— Si je te libère, tu vas me sauter dessus ?

— Essaie pour voir.

Émilie soupire avec bruit et croise les bras.

— Tu resteras attachée tant que tu te montreras rétive. Si tu te calmes, on t'apportera à boire.

— Je t'emmerde.

— Hé, cocotte : je vais pas tolérer très longtemps ton manque de politesse. Ma patience a des limites et tu risques de les trouver plus vite que tu crois.

— C'est vous qui nous avez agressés alors qu'on n'avait rien demandé !

— « Rien demandé » ? Vous avez pénétré sur notre territoire en ignorant nos avertissements !

— Quels avertissements ?

— Réfléchis, t'en as forcément croisé un. On les a installés un peu partout à nos frontières.

Esther pense tout d'abord que la Guéparde se paie sa tête, puis le souvenir atroce du cadavre pendu à l'arbre lui revient en mémoire.

Putain de merde… !

La macabre mise en scène était donc l'œuvre de cette meute. En voulant s'en éloigner, la Panthère s'est en réalité enfoncée au cœur de son royaume. Elle pourrait se gifler d'avoir été si stupide. Désormais à la merci d'une bande de sadiques et dans l'incertitude quant au sort réel de son compagnon, la jeune femme ne se voit plus guère d'avenir.

*

À la nuit tombante, lassées de devoir se relayer pour la surveiller mais ne lui faisant pas assez confiance pour la détacher, les Fauveresses décident finalement d'abandonner leur captive dans son inconfortable position et partent se coucher. Esther se doute qu'elles doivent néanmoins l'observer depuis une fenêtre au cas où elle essaierait de s'enfuir – ce qui n'est pas le cas : la Panthère est trop affaiblie pour lutter contre ses entraves. Elle parvient tout juste à se mettre debout afin de soulager ses bras. Son regard se porte vers les boxes à présent plongés dans l'ombre.

— Léopard, t'es là ?

Sa voix éraillée par la soif sonne comme une plainte misérable. Aucune réponse ne lui parvient. Un souffle accompagné d'un bruit de sabot s'élève à quelque distance. Esther est intriguée par la présence des chevaux évoquée par Émilie ; elle n'a jamais croisé de Fauve cavalier et ignorait que les bêtes de l'Extérieur pouvaient être dressées. Une part d'elle-même est impressionnée par l'exploit qu'ont accompli ces amazones d'un nouveau genre. En attendant, elle passe la nuit à changer de position, appeler Léopard en vain, et se demander avec angoisse le sort qu'on lui réserve.

Au matin, nul prédateur n'est venu la dévorer malgré la proie facile qu'elle représente. Elle n'a d'ailleurs pas entendu de hurlements de chiens, si fréquents aux abords de son ancienne forêt. C'est Laurence qui vient lui rendre visite la première. La Tigresse se déplace avec davantage d'élégance que la veille puisqu'elle est montée sur un grand cheval bai. L'animal est suffisamment robuste pour supporter cette cavalière hors normes, mais ses côtes saillantes et son poil rêche trahissent la malnutrition dont il souffre. Un tapis rongé aux mites, une antique selle en cuir et un filet tout aussi usé lui servent de harnachement. Il mâchouille son mors sans guère d'enthousiasme. Laurence l'arrête près de la silhouette avachie d'Esther, qui n'a plus la force de se tenir debout et semble au bord de l'évanouissement. Elle sort une bouteille d'eau de sa sacoche puis asperge la captive avant de se pencher pour défaire ses liens.

— On a préparé cette bouteille pour toi. Il y en a une autre pour ton copain. Je vous ai aussi apporté de la viande séchée.

Pendant qu'Esther considère sans trop y croire l'eau et la nourriture qui lui tombent du ciel, la Tigresse dirige son cheval vers le box fermé, qu'elle déverrouille afin de lancer les vivres à l'intérieur. Elle laisse la porte et le volet ouverts.

— Vous êtes libres de partir si vous voulez. Sinon, vous pouvez vous joindre à nous pour la patrouille matinale. Ce sera l'occasion de relever nos pièges et récolter tout ce qui peut nous être utile. On se rassemble d'ici une demi-heure dans la carrière juste derrière les écuries.

16

— Attends, t'as vu comme moi ce qu'elles ont fait à ce pauvre mec!

Oui, mais peut-être que ledit mec était un connard qui l'avait bien mérité: je te rappelle qu'il n'y a ici que des criminels. Et dans tous les cas, ces nanas nous offrent le gîte et le couvert.

— C'est sûrement un piège!

Esther tourne en rond devant les boxes, le reste de son bout de viande serré entre ses mains jointes. Léopard est assis dans un coin et mange en attendant qu'elle prenne une décision. Les Fauveresses ne sont pas réapparues; il semble qu'elles autorisent bel et bien les deux intrus à s'en aller. La méfiance demeure toutefois de mise, car il serait vraiment trop bête d'être trompés puis exécutés après avoir surmonté tant d'épreuves. Esther est déchirée entre son désir de fuite et le fol espoir qu'a fait naître la viande qu'elle tient entre ses doigts. Que choisir: la prudence ou la nourriture?

La bouffe, lui glisse sa voix intérieure.

La Panthère ne peut cependant se résoudre à accepter si facilement une alliance. Elle n'est pas un animal qu'on amadoue en lui jetant une friandise! Et puis, elle n'a aucun besoin de l'aide de ces filles: elle se débrouillait très bien avant de les rencontrer.

Admirez la grosse mytho qui se voile la face: t'étais en train de crever de faim dans la poussière, et t'as même pas tenu deux minutes au combat.

— Mais ta gueule !

L'insolence de cette petite voix qu'elle considérait autrefois comme sa meilleure amie commence à lui taper sur le système. La situation est grave. Pour relâcher un peu de la pression qui l'empêche de réfléchir, la jeune femme décide de s'en prendre à Léopard :

— Eh toi, là, je suppose que t'as rien à proposer ? Tu préfères me laisser galérer comme d'habitude ! Quand je pense que je me suis cassé la voix toute la nuit à t'appeler sans que tu daignes me donner un seul signe de vie… J'aurais dû te laisser mourir le jour où je t'ai trouvé !

Elle se précipite sur lui et lève un bras prêt à frapper. Ses menaces ne recevant strictement aucune réponse de la part du jeune homme, elle se contente de griffer le vide à quelques centimètres de sa tête, puis s'en détourne et poursuit son monologue :

— Bon… J'ai un plan : on va faire croire à la meute qu'on a quitté les lieux, se cacher quelque part, puis on va la suivre discrètement pour voir comment elle fonctionne. Si ces connasses ont l'air assez compétentes et malignes pour former une équipe digne de ce nom, peut-être qu'on tentera une nouvelle approche et qu'on restera avec elles le temps de reprendre des forces. Sinon on continue vers la mer comme on a dit.

C'est nul, comme plan. On va se faire repérer direct.

— Ce plan est très bien et il va marcher !

Les minutes suivantes donneront tort à la jeune femme. Perchée dans un arbre à proximité de la carrière, elle observe les trois Fauveresses se mettre en selle. La meute ne possède que deux chevaux ; le premier sert de monture à Laurence tandis qu'Émilie et Anaïs s'installent l'une derrière l'autre sur un équidé à la robe bai brune, qui renâcle et paraît en aussi piteux état que son congénère. Une impressionnante cicatrice décore l'une de ses cuisses. Esther entend les amazones échanger quelques paroles :

— Ils viendront pas, déclare Anaïs.

— Attendons encore un peu.

— On ne va quand même pas se mettre en retard à cause de cette salope et son débile de mec !

L'intéressée transperce la Guéparde du regard puis lui adresse un bras d'honneur, se croyant invisible au sein des branchages. C'était sans compter sur la vision perçante de Laurence qui remarque aussitôt ce mouvement inhabituel.

— Tiens : la voilà justement !

Trois paires d'yeux sont à présent fixées sur Esther qui s'est pétrifiée sur sa branche.

Je t'avais dit que ton plan était nul.

— Vous venez avec nous, alors ? lance Émilie.

— Euh... Ouais, puisque vous y tenez tant...

La Panthère tente de sauver la face, mais jamais elle ne s'est sentie aussi ridicule qu'en cet instant où elle descend piteusement jusqu'au sol. D'un geste, elle ordonne à Léopard de la rejoindre. Ce dernier surgit des fourrés où il se cachait puis approche du groupe avec sa nonchalance coutumière. Anaïs les jauge d'un air méprisant cependant que sa partenaire explique les conditions de leur alliance :

— Comme vous le voyez, on est en manque de chevaux. On a dû en sacrifier un à cause de la famine... Donc vous nous suivrez à pied le temps qu'on arrive à en capturer d'autres. On va essayer de repérer leurs traces pendant notre patrouille : il y a une harde dans le coin mais elle est très mobile et difficile à intercepter. Vous ne serez pas de trop pour nous aider, y compris quand viendra l'heure de la capture.

Un discret soupir s'élève tout près d'Esther, si faible qu'elle n'ose y croire : ce serait la première fois que Léopard exprime quelque chose – en l'occurrence ce qui ressemble à une forme de lassitude ou d'agacement. Est-ce le programme du jour qui lui déplaît ? La jeune femme note soudain que son compagnon reste à bonne distance des chevaux et paraît s'en méfier. Émilie la tire de ses réflexions :

— En route ! Vous marchez devant, je veux vous avoir à l'œil.

*

Ils cheminent durant de longues heures à travers un paysage de brousse sillonné de petites routes longeant d'anciens champs. De grandes structures métalliques à la fonction mystérieuse parsèment ce décor aride. Les rares constructions sont en ruine. Certaines ont brûlé mais d'autres paraissent avoir été vandalisées et volontairement démolies. Esther apprendra plus tard que ses nouvelles coéquipières se sont appliquées à supprimer tout bâtiment pouvant servir de refuge à un intrus. Elles se montrent intraitables lorsqu'il s'agit de protéger leur territoire et ne tolèrent aucun homme chez elles. Léopard ne doit son salut qu'à son lien avec Esther ; il fait l'objet d'une étroite surveillance mêlée de curiosité et d'attraction. Anaïs, en particulier, le fixe avec insistance.

— La zone devient quasi désertique, commente Laurence. Si l'herbe ne repousse pas, les chevaux vont définitivement quitter notre territoire…

Esther marche sans mot dire et ne se retourne jamais, ce qui ne l'empêche pas d'écouter les conversations afin de cerner les personnalités. Il apparaît clair qu'Émilie fait office de leader : elle donne les directives et prend les décisions. Anaïs est trop lunatique pour assumer cette fonction en dépit de son tempérament autoritaire. C'est l'élément agressif du groupe, prompte à attaquer l'ennemi sans lui accorder une once de pitié. Quant à Laurence, elle sert en quelque sorte de pilier sur lequel les autres peuvent s'appuyer. Elle n'a guère besoin de s'énerver pour en imposer, avec son expression calme et sa forte carrure (d'autant que si les Tigres sont communs parmi les Fauves, il est beaucoup moins fréquent de croiser leur pendant féminin). Quel pourrait être le rôle d'Esther dans cette meute ? La râleuse ? L'asociale ? La folle qui parle toute seule et préfère dormir dans les arbres plutôt que dans un lit ?

— Mais j'y pense : on sait même pas comment vous vous appelez ! l'interpelle Émilie.

— Esther.

— Et ton copain ?

— Léopard.

— C'est pas un prénom, ça.

— Il n'a jamais pu me le dire vu qu'il est muet.

Cette réplique lancée d'un ton sec instaure un court silence, rythmé par le bruit de pieds et de sabots résonnant sur la terre assoiffée.

— Il a toujours été comme ça ? demande enfin la Guéparde.

— Depuis que je le connais.

— Bizarre… En tout cas vous êtes rigolos, tous les deux.

— « Rigolos » ?

— Vous me faites penser aux léopards de la légende. T'as déjà entendu cette histoire ?

— J'ai pas eu l'occasion d'en écouter beaucoup, ces derniers temps.

— C'est une rumeur qui circule dans le coin… Un couple de léopards – des vrais – se serait échappé d'un zoo de la région pendant la Grande Crise, puis aurait donné naissance à une lignée sauvage. Les descendants rôderaient encore parmi nous, cachés dans les bois.

— C'est des conneries, intervient Anaïs. J'ai entendu exactement la même histoire en version tigre. Un idiot a inventé ça pour s'occuper, puis ça s'est répandu parmi les Fauves jusqu'à devenir une légende. Mais la vérité c'est que les grands félins sont tous éteints depuis longtemps.

— Sans doute. N'empêche que j'aime bien l'idée d'un animal ancestral peuplant nos forêts… Ça doit être mon côté romantique.

Esther lève les yeux au ciel. « Romantique » n'est pas le terme qui lui vient à l'esprit lorsqu'elle songe au corps mutilé de la dernière victime de ces filles. Elle-même n'a rien d'une enfant sage, cependant elle n'a jamais tué d'être humain (et ce, bien qu'elle ait essayé avec beaucoup de conviction pas plus tard que la veille). Elle appartient à la catégorie des Fauves non meurtriers, exilés pour des crimes violents mais moins spectaculaires, et qui font en général figure de petits joueurs face aux assassins. La Panthère a conscience de son infériorité et sait qu'il lui faudra à tout prix la dissimuler si elle décide d'intégrer la meute. Sans quoi, elle risque de s'y faire maltraiter – voire pire.

17

D'immenses silhouettes verticales surgissent à l'horizon alors que l'équipée vient de quitter le bosquet où des pièges attendaient d'être relevés. Aucun gibier ne s'est laissé prendre dans les mécanismes mis en place par les Fauveresses. D'abord intriguée par ces inventions, Esther l'est à présent par les étranges constructions qu'elle découvre au loin. Il s'agit de gigantesques poteaux coiffés d'hélices et disposés régulièrement dans la plaine, pareils à des sentinelles. Leur peinture blanche est striée de longues traînées couleur de rouille. La jeune femme n'a jamais rien vu de tel.

— C'est quoi ? demande-t-elle à Émilie.

— Je crois avoir lu quelque part que nos ancêtres s'en servaient pour produire de l'électricité grâce à la force du vent. Lorsqu'il est assez fort, ça fait tourner les hélices.

— Comment des hélices qui tournent dans le ciel pourraient produire de l'électricité ?

— Ça, j'en sais rien... Les gens avaient de drôles d'idées, à l'époque. Maintenant ces machins servent de frontière à notre territoire : au-delà, c'est l'inconnu.

Tous les regards se perdent un instant vers ces terres inexplorées source de fascination. Chacun sait pourtant que les paysages qui s'étendent là-bas sont vraisemblablement identiques à celui que la meute connaît déjà : une steppe morose et sans grand intérêt. Mais les esprits ne peuvent s'empêcher d'imaginer un paradis perdu, un monde meilleur en lequel on pourrait encore croire. Personne n'a l'intention d'aller vérifier ; la désillusion serait trop dure à supporter. Ce qui se trouve par-delà les hélices géantes doit rester un mystère pour que le mythe ne s'effondre pas.

Esther aperçoit tout à coup quelque chose à proximité des immenses poteaux. Elle frissonne en identifiant un autre des avertissements créés par les amazones : plantés dans le sol se dressent cinq piquets couronnés de crânes humains blanchis par le soleil. Émilie suit le regard de la Panthère et croit bon de justifier le choix de cette mise en scène :

— Il n'y a rien pour pendre les corps ici, donc on a fait ce qu'on a pu.

— Vous avez pensé au fait qu'en voulant s'éloigner de ces horreurs, il est impossible de savoir si on pénètre dans votre territoire ou si on en sort ? C'est à cause de ce manque d'indication que Léopard et moi sommes arrivés chez vous. À la base, on essayait de vous fuir.

— C'est pourtant évident ! Les crânes ou les corps font toujours face à l'extérieur de nos terres : ils montent la garde. Donc si t'es face à eux, ça veut dire que t'es dehors. Si t'arrives dans leur dos, c'est que t'es à l'intérieur.

— Je ne trouve pas ça si évident…

— Ah ouais ? Mais comment tu fais pour survivre en ayant aussi peu de bon sens ?

— Mon bon sens va très bien, merci !

Le reste de la patrouille s'effectue sans heurts notables. Après avoir inspecté les parties ouest, nord et est de leur propriété, les Fauveresses et leurs nouvelles recrues longent la zone sud. Des bouteilles d'eau et de la viande séchée sont extraites de sacoches fixées à la selle du cheval bai pour motiver les organismes fatigués. À l'occasion d'une pause, pendant que les montures broutent la maigre végétation environnante, Léopard se distingue en capturant deux gros lézards à mains nues. Il fait d'abord mine de les garder pour lui avant d'en céder un sous la menace. Esther tente à son tour de démontrer ses qualités de chasseuse – sans le moindre résultat. Il lui semble qu'elle enchaîne les bourdes depuis le début… Atterrée en songeant à la piètre impression qu'elle offre aux autres filles, la Panthère finit par renoncer à toute initiative et part bouder dans un coin. Elle se cache derrière une étrange plante composée d'un large bouquet de feuilles succulentes, au centre duquel s'élève un petit arbuste blanc dont les nombreuses ramifications se dressent vers le ciel. Lorsqu'une vipère cachée sous les feuilles siffle pour avertir l'intruse, cette dernière la saisit derrière la tête sans une seconde d'hésitation et la tue d'un geste expert. C'est là un pauvre trophée : le reptile ne mesure qu'une trentaine de centimètres. Quant au risque inconsidéré de s'attaquer à cette espèce venimeuse, Esther n'y pense même pas. Depuis qu'elle a vaincu un python de quatre mètres quelques semaines auparavant, plus aucun serpent ne l'effraie.

Des appels lui font relever la tête alors qu'elle s'apprête à décapiter sa proie. À vingt mètres de distance, Anaïs incite le groupe à la rejoindre ; elle semble avoir trouvé quelque chose. La fière chasseuse de serpents rechigne à bouger jusqu'à ce qu'Émilie l'interpelle :

— Va chercher le cheval de Laurence et aide-la à monter. Léopard, tu viens avec moi.

Alors ça c'est un peu fort ! De quel droit cette fille ose-t-elle donner des ordres à son compagnon ? Esther est d'autant plus ulcérée qu'elle voit ce dernier obéir docilement.

Ce traître ! Il va falloir que je le corrige…

L'œil noir, la jeune femme consent de mauvaise grâce à rejoindre Laurence qui attend qu'on vienne l'assister, adossée contre un mur en ruines.

— Mon cheval est parti par là-bas ; essaie de ramener l'autre en même temps si tu peux.

Les deux animaux sont occupés à brouter non loin. Leurs cavalières ne les ont pas attachés mais entravés au niveau des antérieurs, ce qui devrait les rendre faciles à maîtriser (c'est du moins ce que pense Esther). Alors qu'elle approche d'un pas déterminé, les équidés redressent la tête puis s'éloignent en lui tournant le dos. Elle accélère l'allure, accentuant le réflexe de fuite des bêtes qui luttent contre leurs entraves et font des bonds en avant.

— Pas comme ça ! crie Laurence. Tu dois les aborder de front, avec calme.

Elle aurait pu le dire avant…

La Panthère entreprend sans succès de contourner les chevaux. L'un d'eux menace de ruer lorsqu'elle tente de le prendre par surprise. Laurence continue de critiquer sa méthode cependant que la colère gonfle dans sa poitrine. Voilà qu'elle se ridiculise à nouveau en étant infoutue de ramener ces bestiaux !

— Arrête de t'énerver, Esther, ça ne fera qu'empirer les choses…

Ce n'est finalement qu'au terme de moult courses-poursuites qu'elle parvient à saisir les rênes du cheval bai puis le guider jusqu'à la Tigresse. L'animal traîne des pieds, décidé à se montrer exaspérant jusqu'au bout. Son congénère est par chance plus raisonnable et le suit sans faire d'histoires.

— Tu les as stressés, commente Laurence.

— Je m'en tape ! Ils n'avaient qu'à pas me faire chier !

La cavalière soupire avec résignation avant de détacher les entraves de sa monture, puis émet une série de claquements de langue particuliers. Aussitôt le cheval se couche afin de se placer à sa hauteur et lui permettre de monter. Esther observe la chose avec sidération.

— Comment tu fais pour qu'il t'obéisse ?

— J'ai instauré une relation de confiance. Ça prend beaucoup de temps. Aide-moi à placer mes jambes sur la selle.

Une fois installée, la Tigresse ordonne au cheval de se relever tandis qu'elle s'accroche à sa crinière pour garder l'équilibre. Elle le met ensuite au pas d'une simple injonction pendant qu'Esther guide à pied l'autre monture. Anaïs leur réserve un accueil peu chaleureux lorsqu'elles rejoignent enfin le reste de la meute :

— Vous en mettez du temps pour parcourir vingt mètres !

La Panthère ignore la provocation et demande d'une voix faussement détachée :

— Vous avez trouvé quoi ?

— Regarde à tes pieds, même toi tu devrais être capable de comprendre.

Frappe-la.

Non, ce n'est pas le moment de se battre. Cette pétasse aura ce qu'elle mérite en temps voulu. Esther ravale son désir de meurtre pour baisser les yeux sur les restes d'un foyer cerclé de pierres. Le sol tassé tout autour indique que quelqu'un s'est reposé ici.

— On a un intrus, confirme Émilie. Va falloir le débusquer.

— *Chasse à l'homme!* s'exclame joyeusement Anaïs.

*

Du temps de sa vie à Oxalis, Esther enchaînait les séjours à Bravoure, la maison de rééducation dévolue aux potentielles criminelles. Ses mauvais résultats aux tests psychologiques ont façonné son destin dès l'âge de onze ans et l'ont habituée à s'entendre qualifier de personnalité obtuse, immature, retardée, perturbée… À force d'être affublée de cette étiquette, l'enfant anxieuse qui s'efforçait de plaire sans y parvenir s'est muée en délinquante imperméable à toute forme d'autorité. La jeune femme cultive aujourd'hui un goût assumé pour la bagarre et ne se laisse pas facilement impressionner. C'est néanmoins avec un certain atterrement qu'elle constate l'enthousiasme que mettent les amazones dans la traque de l'imprudent intrus. La perspective de torturer puis exécuter un congénère vire bientôt à l'obsession : alors qu'Esther n'aspire qu'à rentrer se coucher, les Fauveresses l'entraînent dans un jeu de détective qui semble parti pour durer jusqu'au soir. Après deux heures de recherche d'indices et d'extrapolations quant aux faits et gestes du gibier, la Panthère en a plus qu'assez. Elle décide de fausser compagnie à la meute et s'approche discrètement de Léopard pour lui souffler à l'oreille :

— On s'en va.

Stupeur : le jeune homme refuse de la suivre.

— Tu me fais quoi, là ? Je te dis de venir !

Elle lui attrape le bras mais il se dégage aussitôt. L'envie de le saisir par les cheveux est grande, toutefois Esther n'ose pas créer d'esclandre devant les autres (ni se mesurer à son compagnon qu'elle redoute un peu). Alors elle crache avec mépris :

— Très bien, rejoins cette bande de folles ! Je serai mieux sans toi de toute façon.

Et de faire volte-face pour s'éclipser pendant que les Fauveresses regardent ailleurs. Elle marche sans s'arrêter jusqu'à une machine agricole gisant au milieu de la plaine, puis s'autorise un coup d'œil en arrière. Personne ne s'est lancé à sa poursuite. Son absence n'a même pas été remarquée. Une douloureuse sensation envahit sa poitrine alors qu'elle s'apprête à repartir ; se séparer de Léopard lui fend le cœur malgré sa colère à son encontre. Va-t-elle vraiment abandonner son partenaire à cette meute après avoir déployé tant d'efforts pour le sauver et s'occuper de lui ? La jeune femme hésite, esquisse quelques pas en avant, recule, trépigne… et se remet en marche pour de bon. Léopard a choisi son camp, on ne peut rien y faire. Mais avant de poursuivre son odyssée vers l'océan, Esther souhaite tout de même rentabiliser sa rencontre avec les amazones : elle a pris soin de mémoriser le chemin menant à la ferme et a vite compris que des réserves de nourriture y sont entreposées. L'occasion d'aller se servir est trop tentante pour être ignorée.

Le crépuscule s'annonce lorsqu'elle aperçoit enfin la propriété. La Panthère ne s'est accordé aucune pause et son souffle se fait bruyant tandis qu'elle traverse le rideau d'arbres entourant les bâtiments. C'est en boitant qu'elle atteint la longère où elle compte débuter ses fouilles. Il lui faut se hâter avant que l'obscurité ne complique trop les recherches. Ses doigts agiles examinent le contenu de chaque placard et de chaque tiroir, toujours avec prudence au cas où une bestiole inamicale surgirait d'un recoin… Rien dans la longère. Elle se dirige vers le hangar d'un pas rapide quand une petite porte isolée attire son attention : l'entrée de la cave. Esther s'engage précautionneusement dans l'escalier bétonné qui plonge vers les sous-sols. Une lueur émane des profondeurs, sans doute créée par la flamme d'une de ces vieilles lampes que l'on trouve souvent dans les maisons de l'Extérieur. Même en sachant les Fauveresses absentes, la jeune femme sent son cœur battre à vive allure et sa peau se couvrir de chair de poule. En parvenant au bas des marches, elle aperçoit tout d'abord la lampe de verre éclairée par sa flamme vacillante. Puis se dessine la forme d'un étendoir à linge sur lequel des morceaux de viande séchée ont été disposés. Enfin, elle remarque la silhouette humaine occupée à s'emparer des précieux aliments pour les jeter dans un sac. Quand l'ombre se retourne, c'est la figure d'un Guépard qui apparaît dans le halo de lumière. Le jeune homme fixe Esther d'un unique œil écarquillé de surprise. Son autre paupière ne surmonte qu'une membrane opaque et aveugle. Les deux voleurs se dévisagent quelques secondes dans un silence pétrifié. Le Guépard se reprend vite puis efface toute trace d'émotion de ses traits. Il a déjà compris que sa concurrente est seule, effrayée, donc potentiellement intimidable.

— Tu arrives trop tard, commente-t-il en fermant le sac contenant les morceaux de viande.

Il fait mine de s'avancer vers l'escalier. Esther dégaine son couteau.

— Bouge pas !

— Je ne te ferai aucun mal si tu me laisses partir. Il te suffit de t'écarter. C'est très simple.

— Mes alliées vont arriver d'une seconde à l'autre.

— Mensonges, mensonges… Je suis doué pour détecter les coups de bluff. Tu as peur, ça se voit.

Il s'approche. Esther note que les avant-bras du jeune homme sont constellés de petites brûlures circulaires qui forment sur sa peau un motif tacheté rappelant celui de son tatouage. Elle lève son arme, ce qui ne semble guère impressionner son adversaire.

— Regarde-toi, tu ne sais même pas où viser…

Il a raison. La Panthère n'a jamais poignardé personne et ignore jusqu'à la façon dont elle est censée tenir le manche du couteau pour frapper efficacement. Il y a cependant une chose qu'elle sait faire : deviner la nature des gens en sondant leur regard. Les yeux des meurtriers sont toujours animés d'une noirceur particulière. Ce Guépard est certes borgne, mais l'ardeur maléfique qui brille dans son unique œil suffirait à éclairer les enfers.

— Ma meute est féroce, bredouille Esther. Elle te réduirait en pièces sans problème !

— Mais pour l'instant ta meute n'est pas là. Et je préfère t'avertir que si tu veux te battre contre moi, tu risques de perdre.

Là, ce n'est pas un coup de bluff. Cet homme la tuera si elle reste en travers de son chemin.

Laisse-le partir, c'est trop dangereux de l'affronter, supplie sa voix intérieure.

La jeune femme croit entendre sa fierté se briser en mille morceaux et s'éparpiller sur le sol alors qu'elle recule vers un coin de la cave, l'arme toujours brandie au bout de son bras tremblant. Dès qu'elle s'est suffisamment éloignée, le Guépard s'engage dans l'escalier sans la quitter du regard.

— Merci ma belle.

Esther l'entend s'enfuir tandis qu'elle-même demeure prostrée contre le mur froid, seule avec sa lâcheté.

18

Les amazones sont de retour à la nuit tombée. Elles découvrent Esther assise sur le capot d'une carcasse de voiture au milieu de la cour. Anaïs, frustrée par leurs heures de traque infructueuses, ne manque pas cette occasion de déverser son amertume :

— Ça va, tu t'es bien reposée pendant qu'on faisait tout le boulot ?

Les chevaux exténués s'arrêtent, la tête basse et le poil trempé de sueur, tandis que la Guéparde saute à terre. Esther l'observe sans mot dire.

— Tu crois que tu peux nous lâcher comme ça et venir glander dans notre propriété sans te gêner ? Je parie que t'en as profité pour te servir dans nos réserves !

— Vos réserves ont été volées.

— … Quoi ?

— L'intrus que vous cherchiez est venu ici et a tout embarqué. Il s'était déjà enfui quand je suis arrivée.

— Tu déconnes ?! s'exclame Émilie.

La Panthère est un instant délaissée alors que les Guépardes se précipitent vers la cave en abandonnant leur monture. Laurence se charge de l'attraper par la bride puis emmène les deux animaux en direction des écuries. Léopard s'installe dans un coin comme à son habitude. Des cris scandalisés ne tardent pas à s'élever depuis les lieux du crime, suivis de la remontée furieuse des Fauveresses.

— Putain, j'en reviens pas comme on s'est fait baiser par ce connard ! T'es sûre que tu l'as pas vu, Esther ?

— Je suis arrivée trop tard.

— Décidément tu sers à rien, conclut Anaïs.

Cette fois il faut réagir ; impossible de fermer les yeux sur cette énième attaque.

— Tu vas te calmer direct, Barbie Équitation ! Léopard et moi on vient de se taper je sais pas combien de kilomètres dans des conditions horribles, on est à moitié morts de faim, alors j'ai aucune intention de gâcher le peu d'énergie qui me reste à pister un mec dont j'ai rien à foutre !

— Non mais sur quel ton elle me parle, cette pouffiasse…

La Guéparde s'avance, prête à en découdre. Esther a déjà dégainé son couteau pour la seconde fois de la soirée quand Émilie s'interpose :

— *Vous arrêtez ça tout de suite !* Ce qui s'est passé est notre faute : on n'aurait pas dû laisser la bouffe aussi exposée, et c'est pas en nous entre-tuant qu'on va régler le problème ! Alors vous n'avez pas intérêt à vous battre toutes les cinq minutes, parce que là ça commence à me gonfler !

La situation semble sur le point de dégénérer en affrontement général, mais le désastre est cependant évité : Anaïs finit par se détourner avec superbe et se dirige vers la longère sans adresser un regard à sa rivale – qui range son arme. Émilie profite de l'accalmie pour changer de sujet :

— Toi et Léopard, allez rejoindre Laurence à l'écurie ; elle doit déjà avoir rentré le premier cheval et a besoin d'aide pour descendre du sien. Ensuite vous la porterez jusqu'à la maison. Vous dormirez au rez-de-chaussée avec elle afin de pouvoir l'assister si elle a besoin de quelque chose pendant la nuit.

Le ton ne souffre aucune discussion. Esther s'exécute, la mine fermée, appelant son compagnon d'un geste impérieux. Ce dernier se révèle bien inutile puisqu'il refuse toujours d'approcher les chevaux et laisse les deux jeunes femmes se débrouiller seules. Une fois les bêtes enfermées dans leurs boxes avec un abreuvoir plein et Laurence installée sur son canapé-lit, les nouveaux venus sont dirigés par Émilie vers un matelas posé à même le sol.

— Voilà. Je vais vous chercher une couverture.

— Il n'y a qu'un seul matelas ?

— Ça vous suffit pas ?

— On aurait aimé avoir chacun le nôtre, si possible.

— Vous ne couchez pas ensemble ?

— Bien sûr que non ! se récrie la Panthère.

— J'en sais rien, moi. Comme vous voyagez tous les deux et qu'en plus vous êtes de la même catégorie, j'ai supposé que vous étiez en couple.

— T'as mal supposé.

— D'accord, t'énerve pas… Je vais voir si je trouve un autre matelas.

Pendant que la Guéparde monte à l'étage, Esther explore son environnement. Un miroir fendu posé sur une commode lui réserve une mauvaise surprise : la jeune femme découvre son reflet avec consternation. Les rigueurs de la vie sauvage lui ont fait négliger les règles d'hygiène les plus élémentaires. Un terrible accès de honte la submerge en songeant à l'image qu'elle offre aux autres filles avec sa peau crasseuse, ses dents jaunes et ses cheveux encroûtés de poussière. Elle n'ose plus regarder Émilie en face quand celle-ci redescend avec un matelas de taille réduite.

— C'est un truc pour enfants, mais j'ai rien trouvé d'autre.

— Ça ira… Euh… Est-ce qu'il y aurait un endroit pour se laver ?

— Viens, je vais te montrer.

Une douche solaire a été installée à l'extérieur de la maison. Composée d'une solide poche en plastique noir reliée à un tuyau, elle est pourvue d'un bouchon permettant d'ouvrir ou stopper l'arrivée d'eau qu'elle contient. L'ensemble est suspendu en hauteur grâce à un crochet.

— Il faut la remplir au bidon qui se trouve là-bas. Inutile de te demander d'être raisonnable dans ta consommation… Ici tu as de quoi te nettoyer et te sécher. Je vais aller te chercher une brosse à dents. Par contre n'avale surtout pas l'eau, elle n'a pas été bouillie.

— Je ferai attention. Merci.

— Je pense que tes vêtements sont bons à jeter… On t'en donnera d'autres. Et tu diras à ton copain de venir se doucher après toi ; il sent plus fort que nos deux chevaux réunis.

Cette première nuit en tant que membre de la meute plonge Esther dans de longues réflexions. Installée sur sa couche individuelle (qu'elle a pris soin de positionner loin de Léopard afin de ne laisser place à aucune ambiguïté), la jeune femme ressasse sa rencontre avec le Guépard borgne et les conséquences qui en ont découlé. Elle s'en veut de n'avoir pas eu le courage de mener sa fugue jusqu'au bout. Alors qu'elle s'imaginait continuer vers l'océan, pleine d'orgueil et indépendante comme une Panthère se doit de l'être, elle a pris peur au dernier moment. S'engager seule à travers des paysages ouverts où elle n'est pas à son aise – et ce, alors qu'un tueur rôde dans les parages – constituerait une violation de toutes les mesures de prudence qui lui ont permis de survivre jusqu'à présent. Esther sait au fond d'elle-même que cet argument justifie amplement sa décision de rester, mais le souvenir de sa retraite pathétique devant le Guépard la révulse. Quelle honte d'avoir été si faible ! Où est donc passée la guerrière qui se jetait au combat sans hésiter pour défendre son compagnon ? Qui est cette femme soumise qui recule devant l'adversaire et craint de se retrouver seule au point de joindre une meute où personne ne semble l'apprécier ?

Esther ne se reconnaît plus.

*

La vie des amazones reprend son cours après ces événements. Leur quotidien est rythmé par des activités régulières telles que le nettoyage de la maison, le transport d'eau depuis la fameuse mare où Esther et Anaïs se sont battues, l'entretien des armes et du matériel d'équitation, les soins aux chevaux, la fabrication de pièges et les patrouilles de surveillance. Vêtements et draps sont lavés deux fois par semaine – une tâche aussi éreintante que chronophage mais jugée indispensable. La meute se rassemble également matin et soir pour accomplir un rituel typiquement féminin : installées dans le salon, les Fauveresses se coiffent, se coupent les ongles, s'inspectent mutuellement pour se débarrasser des tiques, poux et autres parasites qui les harcèlent. Ces séances sont l'occasion de bavardages à propos du planning de la journée ou tout autre sujet. Esther, qui n'a jamais été fan des réunions entre filles, n'y participe qu'à contrecœur. Seul Léopard échappe à ces traitements pour avoir fait clairement comprendre qu'il refuse d'être approché à moins d'un mètre. Sa présence continue de produire un effet singulier sur les amazones, qui ne cessent de l'observer à la dérobée. Pour ces prédatrices habituées à massacrer tous les hommes qu'elles croisent, accueillir un inconnu taciturne au sein de leur foyer représente une petite révolution.

Mais la priorité est de reconstituer les réserves de nourriture. La meute a renoncé à capturer l'intrus qui l'a dépouillée (Esther n'a pour sa part jamais révélé l'avoir croisé), aussi les Fauveresses consacrent-elles leurs journées à poser des pièges et parcourir leur vaste territoire à la recherche de gibier. Ces randonnées sont éprouvantes pour la Panthère et son compagnon, qui ne possèdent pas encore de monture et n'ont visiblement pas mérité l'honneur d'en emprunter une. La situation est d'autant plus difficile que les prises sont maigres. La meute vit au jour le jour sans pouvoir rien mettre de côté.

Au cours d'une énième patrouille, elle s'accorde une pause agrémentée d'eau tiède et d'un oiseau rôti au goût horriblement fort. Les plumes arrachées en hâte jonchent le sol autour du foyer. Peu de mots sont échangés, les visages sont résignés.

— La situation devient préoccupante, commente Émilie. Les troupeaux ne reviendront pas tant qu'il fera aussi sec. Si les pluies tardent encore, on va devoir quitter ce territoire.

— Ou alors sacrifier un autre cheval…, conclut Laurence.

Les têtes se tournent vers les deux bêtes efflanquées qui errent en quête de végétation. Leur maigreur fait peine à voir.

— J'aimerais autant ne pas en arriver là. On a consacré beaucoup d'énergie à les dresser, ce serait dommage de gâcher tous ces efforts.

Les jours qui passent et se ressemblent commencent cependant à entamer la détermination de la meneuse, au point que les précieux équidés font de plus en plus souvent l'objet de conversations à caractère gastronomique. C'est le bai brun monté par les Guépardes qui semble promis à la mort, car la monture de Laurence lui est trop indispensable pour se déplacer. Si les amazones se désolent à l'idée de cette perte et tentent de repousser l'échéance au maximum, Esther l'attend plutôt avec impatience. Elle a du mal à comprendre qu'on fasse un tel drame à propos de ce canasson, et cela fait trop longtemps qu'elle n'a pas mangé à sa faim. Ce sacrifice leur permettrait à toutes de prendre un peu de repos. La jeune femme doit aussi avouer qu'il lui plairait de voir les Guépardes réduites à marcher au même niveau qu'elle ; il leur est si simple de la toiser du haut de leur monture... Elles feront moins les fières sans cet avantage. En attendant l'heure de sa revanche, Esther exécute bon gré mal gré les tâches quotidiennes qu'on lui assigne. Elle apprend entre autres à s'occuper des bêtes sous la désagréable tutelle d'Anaïs.

— Pourquoi ton mec a aussi peur des chevaux ? s'enquiert la Guéparde un matin, alors qu'elles s'occupent de brosser le bai.

— Ce n'est *pas* mon mec, juste un compagnon de voyage... Et j'ignore d'où lui vient cette phobie. C'est la première fois que je le vois montrer de la crainte devant quelque chose.

— Ah bon ? Rien d'autre ne l'effraie ?

— Sans doute que si, mais il le cache bien.

— Son mutisme, là... Tu penses que c'est vrai ou est-ce qu'il joue la comédie ?

— Pourquoi il ferait semblant ?

— Pour qu'on le laisse tranquille. Ou peut-être pour se donner l'air mystérieux.

— Je pense pas que ce soit un numéro. Il est comme ça, c'est tout.

— T'es bien patiente de supporter son comportement. Moi ça m'aurait fait péter un câble d'être ignorée en permanence. J'ai envie de le gifler chaque fois que je le croise.

— À ta place j'éviterais.

— Pourquoi ? T'aimerais pas que je touche à ton « compagnon de voyage » ?

Esther soupire. Quel intérêt cette fille trouve-t-elle à sans cesse vouloir créer des conflits ? La Panthère s'efforce d'ignorer le sous-entendu et répond d'un ton calme :

— Si tu le frappes, Léopard ripostera. Il est moins inoffensif qu'on peut le croire.

— Comment tu le sais ? Il t'a déjà cognée ?

— Évidemment que non ! Mais je l'ai vu à l'œuvre, et d'ailleurs il me semble que t'étais là le jour où il t'a balancée dans la mare. Cette démonstration ne t'a pas suffi ?

— Je l'aurais égorgé en moins de deux si tu ne m'avais pas déconcentrée, réplique Anaïs d'un ton glacial.

Mieux vaut interrompre cette conversation. Esther s'applique à brosser l'encolure du cheval en évitant le regard de son interlocutrice. Mais celle-ci revient à la charge :

— Tu brosses dans le mauvais sens, c'est pas comme ça que je t'ai montré ! Non mais tu le fais exprès ou quoi ?

— Fous-moi la paix cinq minutes ! T'es qui pour te permettre de me critiquer en permanence ?

— *Qui je suis ?* Pour ta gouverne, je suis sans doute la meilleure cavalière que t'aies jamais rencontrée. Je sais de quoi je parle quand il s'agit de chevaux : je pratique l'équitation depuis l'âge de quatre ans et j'ai possédé plusieurs pur-sang. J'étais même qualifiée pour le championnat national de saut d'obstacles cette année, mais on m'a exilée avant la date du concours donc je n'ai pas pu participer.

— Quel dommage.

La Guéparde ne paraît pas saisir l'ironie de cette dernière réplique (ou bien l'ignore-t-elle délibérément). Esther commence à mieux cerner le personnage : seul un citoyen du Saphir ou du Diamant peut se vanter d'avoir possédé des pur-sang ; Anaïs n'est donc qu'une gosse de riches pourrie gâtée, tellement habituée à se croire au-dessus des lois qu'elle a fini par commettre un crime. Esther la trouve soudain moins intimidante en l'observant sous cet angle nouveau. Pour elle qui vient des bas quartiers de l'Améthyste, les habitants des Cercles supérieurs ne sont qu'un ramassis d'imbéciles prétentieux et superficiels. Elle les méprise au moins autant que ces derniers méprisent les banlieusards. Il n'y a qu'à voir le soin avec lequel Anaïs s'obstine à s'épiler alors qu'elle n'a désormais plus personne à séduire. Faut-il être idiot pour gaspiller son énergie à garder la peau douce au lieu de la consacrer à survivre… ! La Guéparde vient de chuter de son piédestal dans l'esprit d'Esther, si bien que son venin ne fait maintenant que glisser sur elle. La séance de brossage s'achève donc sans que la guerre ait été déclarée – pour le moment.

19

— Léopard, qu'est-ce que tu fabriques dans les fourrés ? On a creusé des toilettes exprès pour éviter que chacun fasse son business n'importe où, alors tu vas me faire le plaisir de les utiliser !

Émilie fustige le jeune homme du regard jusqu'à ce qu'il rejoigne la meute rassemblée dans la carrière. Laurence et les deux Guépardes sont déjà à cheval.

— Tout le monde est prêt ? On y va.

Les départs pour la chasse sont devenus si fréquents que plus aucun commentaire ne les accompagne. Le groupe se contente de se mettre en marche dans une atmosphère maussade. Les nerfs sont cependant plus à vif que d'ordinaire depuis que des empreintes de chien ont été repérées la veille dans la zone nord du territoire. Il semble que les canidés n'ont fait que traverser la région sans s'y arrêter, toutefois leur passage a éveillé une crainte ancestrale dans le cœur des Fauveresses. Alors que le soleil de midi rend la progression particulièrement pénible et que le butin ne s'élève qu'à une poignée de reptiles, une découverte inattendue donne un coup de fouet à la meute. Et c'est Esther qui en est l'auteure :

— Regardez, là !

— Quoi ?

— Il y a des traces de grands animaux.

La Panthère croit identifier la piste d'un troupeau de chevaux mais n'ose pas trop s'avancer, craignant de se tromper puis d'être raillée par les autres. Seule Laurence prend d'ailleurs la peine de s'approcher pour vérifier. Le scepticisme qu'elle affiche a cependant tôt fait de se changer en enthousiasme :

— Elle a raison ! La harde est dans les parages !

Un vent d'excitation souffle sur le groupe. La fatigue accumulée ces derniers jours s'envole et chacune y va de sa suggestion :

— Voilà pourquoi les chiens sont passés par là, ils devaient suivre les chevaux !

— Il faut qu'on capture une nouvelle monture.

— On se calme, la priorité est de manger. Le premier qu'on attrapera servira à faire des réserves de viande.

— Dans ce cas il faut viser le plus faible. Un vieux ou un blessé.

— On peut faire une tentative dès aujourd'hui si on arrive à les retrouver avant le soir. Esther et Léopard, vous vous sentez d'attaque ?

— J'ai jamais chassé de très gros animaux, et lui en a peur…

— T'inquiète, vous ne ferez que nous aider à isoler la bête qu'on aura choisie, sous ma direction. Laurence et Anaïs s'occuperont de la partie la plus sportive. La piste a l'air fraîche, on se dépêche !

— Et si on croise les chiens ?

— On avisera.

La constellation de traces de sabots accompagnée de crottin les guide au travers d'un biotope rocailleux à la végétation éparse, où les rayons solaires chauffent le sol à blanc. L'unique avantage qu'offre cette étendue semi-désertique est la facilité de repérer les indices dans la poussière. Les montures de la meute deviennent tout à coup nerveuses alors que celle-ci s'engage dans un canyon formé par le lit d'une rivière asséchée. La raison de leur frayeur se précise lorsque des empreintes à quatre doigts pourvus de griffes apparaissent dans le sable. Au détour d'une sinuosité, à travers le voile dansant des ondes de chaleur, se dévoile ensuite la silhouette d'une carcasse : un membre du troupeau est déjà tombé sous les crocs des prédateurs. Ces derniers ont heureusement quitté les lieux.

— Les sales bêtes se sont servies avant nous…, observe Émilie. Mais bon, puisqu'elles viennent de manger ça veut dire qu'elles nous laisseront tranquilles.

Anaïs considère le cadavre d'un air intrigué.

— Ce n'est pas la harde habituelle : il n'y avait aucun cheval gris parmi ceux qu'on connaît.

Esther et Léopard sont chargés d'aller inspecter la charogne. La jeune femme s'approche de l'animal mort avec curiosité. Elle n'aperçoit que son dos, resté étonnamment indemne à l'exception d'une zone où les côtes sont mises à nu. La vue des os exposés à la lumière fait surgir dans son esprit le souvenir de l'homme sans jambes dont elle n'a pas su correctement interpréter la signification. Elle éprouve néanmoins une attirance morbide pour cette masse sans vie. Les yeux ont déjà été prélevés ; une corneille s'est posée à quelques centimètres et approche par petits sauts précautionneux. Son bec vient bientôt picorer une orbite dont il extrait de minuscules lambeaux. L'oiseau est sur le qui-vive, pourtant ce n'est pas Esther qu'il semble redouter…

La Panthère s'immobilise, et le doute qui vient de la saisir se confirme d'une terrible façon : un chien surgit de derrière la carcasse en poussant un aboiement rauque à faire dresser les cheveux sur la tête. Son corps élancé, ses oreilles pointues et son long museau lui confèrent une allure de loup. Du sang frais macule sa face noire et son pelage beige. Esther attrape son couteau tout en reculant le plus vite possible – si vite qu'elle trébuche et tombe assise par terre. Le chien bondit en avant, babines retroussées dans une grimace de mort. En fond sonore s'élèvent les cris des amazones dont les montures paniquées menacent de les désarçonner. La Panthère croit déjà sentir des mâchoires d'acier lui briser les os lorsque son assaillant est brutalement stoppé dans son élan par une pierre reçue en pleine tête. Les grondements furieux se transforment en plainte aiguë alors que l'animal tente de comprendre ce qui l'a frappé. Un second projectile s'abat non loin de lui. Il en faut encore un troisième, qui l'atteint cette fois au poitrail, pour le convaincre de battre en retraite. Le chien s'enfuit au galop puis disparaît dans les méandres de la rivière exsangue. Léopard le poursuit sur quelques mètres et jette une dernière pierre pour faire bonne mesure.

— Ça va, Esther ? crie Laurence qui s'efforce toujours de maîtriser son cheval.

— Oui…

La jeune femme se relève doucement. L'adrénaline la fait trembler de tous ses membres.

— Bordel, je l'avais pas vu venir celui-là ! s'exclame Anaïs. Ça devait être un paria ou un solitaire qui suit les autres chiens à distance pour profiter de leurs restes.

Léopard revient sur ses pas. Quand sa partenaire le remercie de l'avoir protégée, il la dépasse sans lui prêter attention. Les chevaux ont quant à eux fini par se calmer et obéissent de nouveau à leurs cavalières, qui se rapprochent.

— Tu t'es pas blessée ? s'enquiert Émilie.

— C'est bon… Le chien a abandonné la partie assez vite, en fait.

— Je pense surtout qu'il avait fini de manger et n'était pas très motivé. S'il avait vraiment voulu t'attaquer, tu serais morte à l'instant où je parle.

— Ça n'a pas l'air de beaucoup t'émouvoir…

— Le prends pas mal, mais je préfère que ce soit toi plutôt que moi. Allons inspecter la carcasse.

Leurs concurrents ont dévoré les meilleurs morceaux mais il reste quelques parties intactes. La viande est découpée puis soigneusement emballée en attendant d'être fumée et mise à sécher.

— On devrait tenir un moment avec ça.

— Retrouvons quand même le troupeau, déclare Anaïs. Il me faut une nouvelle monture, j'en ai marre de rester en croupe.

— On n'a pas emporté le matos nécessaire à une capture…

— Tant pis, on se débrouillera sur place. C'est peut-être notre seule occasion !

— Bon… D'accord, mais si la traque s'éternise trop, on fait demi-tour.

Remise de ses émotions, la meute poursuit sa route en abandonnant la charogne aux corneilles qui affluent maintenant en nombre.

*

Le crépuscule s'annonce sans que la harde ait été rattrapée. Pire : la meute a dépassé les frontières de son territoire. Les chasseurs évoluent désormais dans l'inconnu et sont contraints de camper pour la nuit au fond du canyon. Un feu est allumé, les montures sont attachées à une branche morte affleurant de la paroi argileuse, et des tours de garde sont organisés – autant pour surveiller la viande mise à sécher sur des bâtons que pour prévenir une attaque. Nul ne se sent en sécurité depuis l'incident du chien, sans compter l'éventuelle présence d'autres Fauves dans les parages. Le sol demeure très inconfortable même une fois débarrassé de ses cailloux, or aucune couverture n'a été emportée. L'équipe ne s'était pas préparée à rester si longtemps dehors. Émilie s'approprie l'unique tapis de selle pour s'en faire un oreiller tandis que les autres se couchent dans un dénuement total. Personne n'a réellement sommeil ; froid, courbatures et nervosité maintiennent les organismes dans un état de tension permanente. Esther se laisse envahir par des idées noires alors qu'elle contemple le ciel parsemé d'étoiles. Une fois encore, elle a été faible. Incapable de se défendre seule face au danger. Son existence d'ermite au fond des bois aurait-elle amoindri ses capacités de survie ? Il est vrai que les épreuves qu'elle affrontait à l'époque n'ont pas grand-chose à voir avec ce qu'elle traverse aujourd'hui. La forêt lui a surtout appris à évoluer dans les arbres, ce qui ne sert strictement à rien dans la plaine…

T'es nulle, on a compris. Mais c'est pas en te lamentant que les choses vont s'arranger, alors tu ferais mieux de te bouger le cul et apprendre de tes erreurs. Tu connais la loi : s'adapter ou mourir.

Oui, Esther connaît la loi. Et elle sait que personne ne la soutiendra si elle cède au désespoir, alors elle tait ses doutes et se prépare en silence le lendemain matin. La nuit s'est déroulée sans heurts malgré la situation précaire du groupe. Celui-ci a même de quoi prendre un petit-déjeuner grâce à la viande fumée. La meute repart donc revigorée sur la piste des chevaux. Celle-ci finit par quitter le lit de la rivière pour traverser une zone où des touches de végétation commencent à apparaître.

— Ils ne devraient plus être loin, analyse Laurence.

— Trouvons-les, dans ce cas.

La mission est enfin accomplie en milieu de journée : le troupeau s'est rassemblé dans une plaine aride où subsiste un peu d'herbe. Comme soupçonné plus tôt, il s'agit d'une harde inconnue caractérisée par une dominante de robes grises, noires et pie. Les Fauves observent ce patchwork depuis le couvert d'un gros buisson. Anaïs est chargée de repérer le meilleur candidat ; sa connaissance des chevaux lui permet d'identifier au premier coup d'œil les bêtes âgées, blessées ou malades.

— J'ai l'impression qu'il n'y a que des mâles. Ça doit être un groupe de célibataires.

— T'en vois un qui te plaît ?

— Laisse-moi tous les regarder…

Ces jeunes étalons qui enchaînent simulacres de combat et courses-poursuites ne seront pas faciles à capturer. Anaïs prend tout à coup une grande inspiration et plaque une main sur sa bouche pour étouffer un cri. Son doigt se tend vers la harde.

— Regardez !!

La meute suit la direction indiquée jusqu'à apercevoir l'objet de son excitation : un cheval se démarque des autres par sa robe d'un blanc immaculé, sans la moindre tache. Il caracole pompeusement devant ses congénères et semble briller d'un éclat surnaturel au soleil. Esther elle-même est admirative.

— Qu'il est beau !

— C'est lui que je veux, décrète Anaïs.

La Guéparde s'est déjà levée, prête à se mesurer à la somptueuse créature. Émilie la retient par le bras.

— Hé, du calme. T'as vu le gabarit de ce bestiau ? On va galérer à le maîtriser, il est trop puissant.

— Mais tu te rends pas compte: c'est hyper rare de voir un vrai cheval blanc, surtout dans la nature! On n'en croisera plus jamais!

— Meuf, on n'est pas là pour préparer un concours de beauté mais pour trouver une monture docile et facile à dresser. Faut que tu révises ton sens des priorités.

— Je m'en fous. Je veux celui-là.

Les mâchoires d'Émilie se crispent. En réponse, le regard de son interlocutrice se durcit.

— Excusez-nous un instant, déclare la meneuse en entraînant Anaïs à l'écart.

Les deux jeunes femmes s'engagent dans une dispute tandis qu'Esther, Laurence et Léopard contemplent le cheval blanc qui continue de rouler des mécaniques sans se douter de la convoitise qu'il suscite. Deux minutes plus tard, les Guépardes reviennent. Il est aisé de déduire à l'expression renfrognée d'Émilie qu'elle a cette fois échoué à affirmer son autorité.

— On va essayer de le capturer, sinon madame ici présente nous fera un AVC… Mais je dis bien *essayer*: si c'est trop dur, on laisse tomber, ajoute-t-elle à l'attention d'Anaïs (qui ne l'écoute absolument pas).

Laurence, restée à cheval, hausse les épaules et ouvre sa sacoche de selle pour en inspecter le contenu.

— On a des cordes pour faire les lassos, et il y a un licol. Par contre je n'ai pas pris le sac en toile.

— On utilisera un vêtement. Tu te sens d'y aller?

— Ouais, pourquoi pas.

— Fais gaffe à ne pas te blesser, d'accord? Ce serait trop bête.

Anaïs grimpe sur le bai brun, puis les deux cavalières s'arment chacune d'un lasso. Elles émergent de derrière le buisson et entreprennent d'approcher le troupeau.

— Et nous, on fait quoi? demande Esther.

— On les regarde. Pas question que je me mêle de cette affaire.

Le soleil tape fort, heurtant les yeux sensibles de la Panthère. Émilie sort alors de son sac une paire de lunettes noires raccommodées avec du Scotch.

— Tiens, mets ça.

— C'est quoi ?

— Je les ai trouvées dans une maison. Ça protège de la lumière sans modifier la vue.

Esther chausse l'étrange accessoire. Le monde lui apparaît maintenant de façon atténuée, comme à travers un filtre sépia. Elle distingue tous les détails mais sans plus souffrir des rayons solaires.

— C'est génial, ce truc !

Ainsi équipée, elle peut s'installer confortablement pour observer le spectacle. Laurence et Anaïs viennent d'être repérées par le troupeau. Les chevaux sont tendus, cependant ils ne prennent pas la fuite. Ils paraissent déconcertés par l'apparence de ces congénères portant sur leur dos des prédateurs ; ce doit être la première fois qu'ils voient des cavaliers. Les Fauveresses profitent de leur hésitation pour se lancer au trot et diviser la harde. L'agitation commence à gagner les bêtes qui se scindent en deux groupes. Les cavalières encerclent celui où se trouve l'étalon blanc tandis que quelques départs au galop viennent ajouter à la confusion qui s'instaure. Des souffles, des ronflements et des hennissements brefs retentissent. Esther et Émilie se redressent alors que Léopard observe la scène d'un air sombre.

— Si elles arrivent à capturer le cheval, qu'est-ce qu'elles en feront ensuite ?

— Tu verras.

20

Anaïs fait tourner son lasso, d'abord lentement, puis avec une vigueur croissante à mesure qu'elle se rapproche de la cible. Elle a lancé sa monture au grand galop et ne la dirige plus que d'une seule main. Par ailleurs, elle monte à cru puisque le bai brun ne porte jamais de selle afin que les deux Guépardes puissent s'asseoir dessus en même temps. Malgré ces handicaps et la présence des autres équidés qui perturbent sa trajectoire, la jeune femme conserve un équilibre parfait. Esther doit bien reconnaître qu'elle a une excellente technique. Laurence se débrouille pas mal non plus en dépit de ses jambes paralysées.

— Qu'est-ce qui lui est arrivé? demande la Panthère en la désignant.

— Pour ses jambes, tu veux dire? C'est un accident de chasse qui date d'avant notre rencontre. À l'époque elle vivait en solitaire et suivait un troupeau de vaches dans leur migration. Un jour elle a remarqué un veau qui s'était éloigné du groupe et faisait une proie facile. Elle a réussi à l'attraper mais ne l'a pas tué assez vite: ses cris ont alerté la mère, qui a chargé Laurence puis l'a piétinée. On l'a découverte trois jours plus tard; elle s'était traînée jusqu'à un point d'eau et attendait de mourir.

— Pourquoi vous l'avez recueillie?

— On a beaucoup hésité... Au début ça nous semblait plus humain de l'achever, mais on avait besoin de quelqu'un pour nous aider dans nos tâches quotidiennes, alors on l'a recrutée. Laurence s'est révélée très douée pour le dressage : elle sait se faire obéir des chevaux rien qu'avec la voix. Moi je fonctionne encore à la cravache ; j'ai pas la patience de leur murmurer à l'oreille...

Esther hoche la tête, se souvenant du bai s'agenouillant sur ordre de sa maîtresse ; une douceur tout à fait contraire aux méthodes brutales d'Anaïs. Néanmoins, à elles deux, les Fauveresses parviennent petit à petit à isoler l'étalon blanc. L'animal court vite et a tôt fait d'entraîner ses poursuivantes loin à travers la plaine, de sorte que leurs trois spectateurs ne distinguent plus que des silhouettes mouvantes à l'horizon. Le reste du troupeau a quant à lui pris la direction opposée et s'éloigne dans un grondement de sabots à faire trembler la terre. Le cheval blanc fait soudain volte-face pour tenter de les rejoindre, mais un lasso vient enserrer son encolure. Anaïs tire d'un coup sec pour verrouiller la prise. Laurence fait un premier essai manqué : la corde touche la tête de l'animal mais celui-ci parvient à se dégager de la boucle. La seconde tentative sera la bonne. S'enclenche alors un combat de longue haleine où l'endurance départagera le gagnant du perdant. L'étalon sauvage bondit, rue, se cabre, tire sur ses liens cependant que les cavalières s'efforcent de l'encadrer pour restreindre ses mouvements. Elles se sont à nouveau rapprochées du buisson où se dissimulent leurs acolytes. Esther distingue les grimaces de souffrance sur le visage des jeunes femmes qui retiennent leur prise à deux mains, ne dirigeant leurs montures qu'à la force des jambes pour l'une, et en répartissant finement le poids de son corps pour l'autre. L'étalon jette de violents coups de sabots qui pour la plupart sont encaissés par ses malheureux congénères bais. Ces derniers commencent d'ailleurs à fatiguer ; de l'écume sort de leur bouche pour venir s'échouer en traînées mousseuses sur leur poitrail. Leur respiration rauque s'entend depuis les broussailles où chacun – même Léopard – s'est mis debout pour ne rien rater de la scène.

— Bordel, ça va mal finir... Ce bestiau va nous tuer les seuls chevaux qui nous restent !

Laurence est parvenue à attacher son lasso à la selle de sa monture, ce qui lui permet de libérer ses mains. Elle s'empare des rênes puis ordonne au cheval bai de se diriger vers un arbre isolé se dressant un peu plus loin. La tâche est ardue, mais l'étalon blanc s'épuise lui aussi. Ses réactions de défense se font plus espacées, il trébuche à une ou deux reprises. Anaïs talonne sa monture pour lui faire suivre le mouvement de Laurence. Par leurs efforts conjugués, les Fauveresses guident progressivement leur prisonnier vers l'arbre solitaire.

C'est là une interminable manœuvre. Esther se rassoit aux côtés de Léopard, qui s'est allongé pour s'autoriser une sieste. Seule Émilie observe avec angoisse les dernières étapes de l'affrontement. L'étalon s'est à présent campé solidement sur ses quatre membres et refuse d'avancer. Les cordes qui le retiennent ont glissé le long de son encolure tendue à l'horizontale pour venir l'enserrer au niveau de la gorge. Son beau pelage est par endroits râpé jusqu'au sang. Il ne peut quasiment plus respirer mais résiste pendant de longues minutes.

— Ça traîne…, marmonne la Guéparde.

Puis, avisant Esther et Léopard :

— Vous deux, au lieu de vous branler, allez faire le guet au cas où notre raffut attire un prédateur !

Les intéressés se lèvent de mauvaise grâce. Rien à l'horizon pour le moment ; les rigueurs de la saison sèche ont réduit la population des Fauves au même titre que celle des animaux. Aucun signe de danger ne survient pendant les deux heures suivantes, au terme desquelles l'étalon blanc rend les armes. Laurence et Anaïs ont réussi à l'amener auprès de l'arbre et même à lui passer un licol. Les deux cordes y sont reliées avant d'être nouées autour du tronc. Voyant cela, Esther s'approche en se hâtant d'avaler le bout de viande qu'elle a subtilisé dans les provisions.

— Pourquoi vous l'attachez ici ? On ne le ramène pas à la ferme ?

— Il est encore trop dangereux, explique Anaïs. Ce coup de fatigue n'est que passager, il faut l'épuiser totalement avant de se risquer à l'embarquer.

La Panthère soupire. Elle qui se réjouissait à l'idée de pouvoir enfin rentrer…

— Il nous manque le sac en toile pour l'aveugler, rappelle Laurence.

— Pas grave, on va s'arranger.

La Guéparde saute à bas de sa monture puis, tout naturellement, retire son débardeur pour en couvrir les magnifiques yeux bleus du cheval sauvage. Elle ne porte rien en dessous mais ne paraît éprouver aucune gêne à se promener les seins à l'air devant l'assemblée. Les bretelles du vêtement sont nouées sous la gorge de l'étalon affaibli cependant que Laurence lui immobilise la tête. Anaïs est satisfaite de son bricolage.

— Voilà ! En plus le tissu est imprégné de ma sueur, ça lui permettra de s'habituer à mon odeur.

Pas sûr qu'il l'associe à quelque chose de très positif, songe Esther.

— Bon : Laurence et moi avons fait notre part du travail, on va se reposer pendant que vous le surveillez.

Émilie répond par un grognement et attrape le bai brun pour l'entraver tandis qu'Esther et Léopard aident Laurence à descendre de selle. Une fois tout le monde installé, une nouvelle épreuve de patience commence devant l'arbre-piquet.

— On attend quoi, en fait ? s'impatiente la Panthère.

— Que notre animal s'achève tout seul. D'ici quelques minutes il va trouver un second souffle et recommencer à se débattre. Il faudra s'assurer qu'il ne parvient pas à retirer son licol, auquel cas on le punira pour le dissuader de réessayer. S'il ne remue pas assez, on viendra le taquiner avec des bâtons et lui crier un peu dessus, pour l'obliger à dépenser l'énergie qui lui reste.

— Comment on saura lorsqu'il faut arrêter ?

— Tant qu'il tient debout, on insiste. Il ne sera mûr qu'au moment de tomber à terre sans être capable de se relever. Alors il sera temps de venir le toucher : on le caressera partout pour l'habituer à notre contact, tout en lui parlant pour le rassurer. Ensuite on attendra qu'il ait retrouvé juste assez de forces pour se mettre debout, et on l'emmènera à la ferme.

Léopard refuse d'approcher l'étalon, toutefois son aide se révèle dispensable : l'animal recommence comme prévu à se débattre sans besoin de stimulations extérieures. Les Fauveresses se contentent de lui tourner autour en l'invectivant pour maintenir son niveau d'énervement au maximum. Le moindre bruit le fait entrer en fureur. Il bondit tout autour de l'arbre avec pour seul résultat d'enrouler les cordes et ainsi resserrer ses liens. Le licol menace à une ou deux reprises de glisser mais ne se détache pas, y compris quand la bête se frotte la tête contre le tronc dans l'espoir de se débarrasser du débardeur qui l'aveugle. Ses explosions de rage alternent avec des instants d'immobilité totale, comme si elle était soudain frappée de stupeur. Bien qu'Esther ne voue pas une folle affection aux équidés, elle est néanmoins peinée au spectacle de cette belle créature terrorisée qui se blesse elle-même dans sa panique. L'idée d'aller discrètement la détacher pour lui rendre sa liberté lui traverse l'esprit – mais la perspective de subir les foudres de la meute l'empêche d'agir. Elle regarde donc l'animal lutter en vain sous le soleil, pendant ce qui lui semble une éternité, jusqu'à ce que les prédictions d'Émilie se réalisent : le bruit d'une lourde chute sonne la défaite de l'étalon blanc.

21

Cet épisode aura au moins eu le mérite de mettre Anaïs de bonne humeur. La jeune femme exultait de joie tout au long du trajet de retour vers la ferme. Assise en croupe du bai brun derrière Émilie, elle tenait fièrement les deux cordes au bout desquelles marchait sa capture toujours aveuglée par son débardeur. L'envie d'entamer immédiatement son dressage la consumait d'impatience si bien que Laurence a dû déployer des trésors de persuasion pour la convaincre que l'étalon avait besoin de repos. La Guéparde s'est finalement résolue à le laisser tranquille jusqu'au lendemain et s'est contentée de remplacer son débardeur par le fameux sac en toile réservé à cet usage. Elle a ensuite attaché sa nouvelle acquisition à un poteau dressé dans la carrière. Depuis cette position, l'animal peut entendre et sentir ses congénères enfermés dans leurs boxes, ce qui contribue à l'apaiser un peu. Chacun souhaiterait venir l'admirer mais Anaïs se montre très possessive et interdit à quiconque de s'en approcher. C'est elle qui se charge de le nourrir, l'abreuver et panser les plaies occasionnées par la phase de soumission. L'étalon est de toute évidence terrifié par sa maîtresse mais n'a pas suffisamment récupéré pour tenter de se rebeller. Il se laisse toucher sans trop protester.

Absorbée par son protégé, la Guéparde ne participe presque plus à la vie de la meute. Esther profite de ce répit pour essayer de mieux s'intégrer. Elle tente aujourd'hui d'aborder Émilie alors que celle-ci s'occupe de compter la quantité de viande fumée qui leur reste.

— Tu veux que je t'aide ?

— Ça ira, merci.

— Ah…

Cette première approche est un échec cuisant. La jeune femme ne sait plus que dire pour engager le dialogue et se sent ridiculement démunie. Comme elle reste plantée au milieu de la cour, sa partenaire lève les yeux dans sa direction.

— Qu'est-ce qu'il y a ? T'as besoin de quelque chose ?

— Non, en fait je… Je voulais juste discuter.

Bonjour la justification. Prépare-toi à te faire rembarrer comme une merde…

La maladresse d'Esther est pourtant récompensée :

— Fallait le dire tout de suite ! Viens, assieds-toi.

La Panthère prend timidement place aux côtés d'Émilie, trop heureuse de n'avoir pas été rejetée.

— Alors, comment ça se passe pour toi ? entame la meneuse. Tu t'adaptes bien ?

— J'en sais rien… C'est plutôt à toi d'en juger, non ?

La Guéparde conserve le silence quelques secondes tout en empilant les morceaux de viande, qu'elle répertorie avec soin sur un antique carnet en papier. Son écriture est bancale, elle rencontre des difficultés à tenir le crayon entre ses doigts.

— Je suis trop en galère avec cette technique manuscrite… Ça faisait au moins quinze ans que je n'avais pas écrit sur autre chose qu'un clavier.

— Je peux m'en charger. J'ai beaucoup écrit au stylet sur tablette, je me débrouille bien pour ce genre de trucs.

— OK, montre-moi.

Esther installe le carnet sur ses genoux puis se saisit du crayon. Elle le manipule un moment pour se l'approprier ; ce n'est pas très différent d'un stylet, elle n'aura aucun problème de ce côté-là. La texture souple du carnet et son papier friable la déconcertent davantage, mais elle s'y habitue vite. Émilie approuve son talent au point de la nommer scribe officielle de la meute.

— Eh bien voilà, on t'a trouvé un rôle. Tu te sens mieux ?

— Oui, sourit la Panthère. C'est sympa.

— On t'aurait pas recrutée si on n'avait pas besoin de toi, tu sais. Même Léopard nous est utile malgré son refus de communiquer. C'est un bon chasseur.

— C'est vrai.

— Par contre tu pourrais lui dire d'arrêter de traîner dans les fourrés autour de la ferme ? Ça fait trois fois que je lui demande et il s'en fout complètement... Je peux comprendre qu'il n'aime pas utiliser les toilettes communes, mais ça me stresse qu'il s'isole sans prévenir. On risque de le prendre pour un intrus.

— Je lui signalerai. Pas sûr qu'il m'écoute plus que toi, cela dit...

— Comment vous vous êtes rencontrés, tous les deux ?

— Je lui ai sauvé la vie. Il s'était empêtré dans des buissons épineux en essayant de fuir un incendie et avait perdu connaissance, sans doute à cause de la fumée. Je l'ai libéré et me suis occupée de lui.

— C'est drôlement risqué sachant que t'étais toute seule. Il aurait pu t'agresser.

— Je sais... Mais c'était la première fois que je rencontrais quelqu'un portant mon tatouage ; s'il était mort, j'aurais à nouveau été le seul Léopard de la région. Nous sommes très rares, pour une raison qui m'échappe.

— Le gouvernement doit juger que vous avez une personnalité peu commune. Pour quel genre de crime t'as été exilée ?

— Séquestration avec violences.

Émilie hausse des sourcils étonnés tout en achevant de rassembler la viande.

— Qu'est-ce qui s'est passé ?

— Une histoire stupide... J'étais incarcérée à Bravoure après avoir foiré mon évaluation psychologique, comme d'habitude, et je partageais ma chambre avec une dépressive qui se scarifiait. Au début je l'aimais bien, sauf que j'ai vite découvert que son activité favorite consistait à pleurnicher sur son sort, faire de l'autodépréciation, et accuser le monde entier d'être méchant avec elle… C'était carrément lourd.

— Tu m'étonnes.

— Un jour, en entrant dans notre chambre, je l'ai trouvée en train de s'entailler le bras avec un couteau volé à la cantine. Le problème c'est que là-bas les couteaux ne sont pas très tranchants, justement pour éviter les incidents, donc elle n'arrivait qu'à se faire de minuscules égratignures… Ça faisait tellement pitié que je suis partie dans un long discours sur l'inutilité de son comportement : je lui ai dit qu'elle ne méritait pas de souffrir et qu'elle devait se montrer forte, relever la tête, reprendre sa vie en main, etc. Je me suis vraiment donné du mal pour la convaincre. Et devine ce qu'elle m'a répondu ?

— Je sais pas, elle a dit quoi ?

— Rien. Elle a repris le couteau que j'avais posé sur la table, et a recommencé son petit manège en m'ignorant.

— Oh la pute… !

— Ça m'a mise hors de moi. Alors j'ai dit « attends, je vais t'aider » puis je l'ai cognée à la tempe pour l'assommer un peu, j'ai remonté sa chemise, et je lui ai tailladé le ventre avec le couteau. J'y ai mis de la conviction, donc mes entailles étaient plus profondes que les siennes, mais ça restait quand même léger. C'était juste pour lui montrer comment se faire de vraies cicatrices, puisqu'elle avait l'air d'y tenir tant.

— Elle s'est pas débattue ?

— Même pas. En fait je crois qu'au fond ça lui plaisait ; c'était une grosse maso, cette fille.

— Ouais, je vois le genre.

— Ça m'a bien défoulée sur le coup, mais après j'ai pensé que j'aurais des ennuis si les infirmières voyaient ça, donc je l'ai ligotée au lit et bâillonnée, puis je suis sortie en fermant la porte.

— Je suppose que le personnel a fini par la découvrir ?

— C'était inévitable… Elle leur a dit ce qui s'était passé, puis je me suis retrouvée à l'Extérieur.

— Moche. Tout ça pour une pleurnicheuse.

— Franchement, je trouve qu'ils ont été durs de m'exiler pour si peu. Je me suis montrée brutale mais il n'y avait aucune séquelle grave. C'est pas comme si la fille était restée handicapée...

Le regard d'Émilie s'assombrit soudain, son visage se ferme.

— J'ai dit quelque chose qu'il fallait pas ? s'enquiert Esther.

— Non, t'inquiète.

La Panthère sent bien qu'elle vient de commettre un impair et hésite à poursuivre. Leur conversation est alors écourtée par l'irruption de Laurence, montée sur son cheval.

— Anaïs va tester l'étalon, elle estime qu'il est prêt.

— Et toi, t'en penses quoi ?

— Je pense que c'est beaucoup trop tôt, mais pas moyen de la convaincre d'attendre... Faudra pas qu'elle se plaigne si elle finit par terre.

22

La meute se rassemble au niveau de la carrière. Esther observe Émilie grimper sur le bai brun pour rejoindre les deux autres cavalières près du piquet d'attache. Anaïs a sellé et bridé l'étalon tout en le gardant aveuglé. Elle se hisse sur son dos tandis que ses acolytes encadrent l'animal pour le maintenir immobile. Ce dernier est ensuite détaché puis mis au pas, toujours sous bonne garde. Sa dresseuse le mène d'une main de fer. Il renâcle et lutte contre la traction du mors qui lui blesse la bouche, mais se montre néanmoins relativement docile pendant les premières minutes. Un tour de carrière, puis un second, sont effectués. Esther ne peut s'empêcher d'admirer Anaïs : ainsi juchée sur le destrier blanc, son couteau de chasse à la ceinture, elle incarne à la perfection l'image de la guerrière amazone.

— Je vais lui retirer le sac, déclare-t-elle.

À l'instant où l'étalon recouvre la vue, son comportement change du tout au tout. Il bondit en avant et tente d'éjecter sa cavalière. Celle-ci reste en place ; la Guéparde a déjà connu des chevaux nerveux, elle n'est pas facile à désarçonner. Les trois montures sont à présent lancées dans une folle cavalcade. Émilie et Laurence rencontrent quelques difficultés à soutenir la vitesse de l'étalon dont les foulées soulèvent un épais nuage de poussière. Comme la situation ne se calme pas après plusieurs tours de piste, la chef de meute se permet d'émettre des doutes :

— Il est encore super sauvage, tu devrais laisser Laurence le travailler un peu. Avec sa carrure elle aura moins de mal à le maîtriser.

— Ce n'est pas une question de carrure mais d'autorité ! File-moi ta cravache.

— Je suis pas sûre que ce soit une bonne idée avec un cheval aussi caractériel...

— Donne, je te dis !

La cravache est maladroitement transmise, puis Émilie et Laurence s'écartent pour préserver leurs montures des coups de sabots et laisser le champ libre à Anaïs. Celle-ci rassemble les rênes dans une main avant d'abattre son instrument sur l'épaule de l'étalon.

— Tu vas vite comprendre à qui t'as affaire, mon coco !

Mais le coco en question ne s'apaise point. L'encolure arquée, la bouche grande ouverte, il oppose une farouche résistance. Lorsque la Guéparde lui demande de ralentir, il accélère. Quand elle lui ordonne de tourner à droite, il vire à gauche. Et si elle lui signifie d'avancer, il recule ou s'immobilise tout bonnement. La patience n'étant pas la vertu première d'Anaïs, celle-ci finit par se mettre en colère : les coups pleuvent, toujours plus violents, sur la croupe, les flancs et l'encolure. L'étalon refuse pourtant de céder. Il s'est figé dans le sol et ne bouge plus d'un centimètre. De quoi faire enrager sa cavalière.

— Si tu crois que tu vas m'avoir comme ça...

La cravache se lève très haut. Elle fend l'air avec un sifflement de serpent puis vient s'abattre sur la tête de l'animal, frappant ses naseaux sensibles.

— *Obéis !*

C'est le coup de trop. Le cheval qui conservait jusque-là une immobilité de statue libère soudain toute sa force dans un déchaînement de sauvagerie. S'ensuivent sept ou huit secondes d'un rodéo de tous les diables. Émilie et Laurence tentent en vain de venir encadrer la tornade blanche qui sévit d'un bout à l'autre de la carrière. Esther ne bouge pas, fascinée autant qu'effrayée par ce spectacle, jusqu'à ce que l'étalon mette fin au combat d'une ruade magistrale. Anaïs part en vol plané puis vient littéralement mordre la poussière. Émilie se hâte vers elle pendant que Laurence s'occupe d'aller rattraper la bête furibonde.

— Meuf, ça va ?!

L'intéressée ne répond pas mais parvient à se relever. Par miracle, elle semble n'avoir rien de cassé. Un frisson parcourt néanmoins Esther lorsqu'elle croise son regard : jamais elle n'avait vu autant de haine dans les yeux d'une personne. La fierté de la Guéparde vient certes d'en prendre un sacré coup… Émilie s'efforce de relativiser la situation tout en ménageant son orgueil blessé :

— C'est un dur à cuire ; t'as pas choisi le plus tranquille. Je pense sincèrement qu'on devrait laisser Laurence s'en occuper pendant quelques jours.

La Tigresse est justement parvenue à saisir les rênes de l'étalon et lui parle d'une voix douce. Ce dernier respire encore avec force. Il roule des yeux fous quand Anaïs fait mine de s'approcher.

— Marche lentement, lui conseille Laurence. Ne le fixe pas. Parle-lui, rassure-le…

La jeune femme ralentit son allure. Elle tremble un peu mais s'oblige au calme.

— Tout va bien, mon beau… Tu as raison, je t'ai manqué de respect. Je n'aurais pas dû te traiter comme n'importe quel cheval. Toi et moi sommes de la même trempe, je le sens.

Sa main vient se poser sur le chanfrein endolori par la cravache. L'animal tressaille à ce contact et lève la tête afin de s'y soustraire. Laurence lui gratte la crinière pour l'apaiser. Avec une tendresse qui lui demande sans doute un effort surhumain, Anaïs caresse son cheval plusieurs minutes, jusqu'à le sentir se détendre progressivement sous ses doigts. La bête demeure toutefois en alerte ; la moindre erreur briserait la paix fragile qui commence à s'instaurer.

— C'est bien, tranquille…, encourage Laurence. On va rester là-dessus pour aujourd'hui et le laisser se reposer. Je sais que tu es impatiente de le monter, mais je crois qu'il faut attendre.

Anaïs reste muette. Un souffle quasi imperceptible s'échappe des naseaux de l'étalon, signe qu'il relâche la tension. Il semble prêt à pardonner sa dresseuse et peut-être lui offrir une seconde chance. Alors la Guéparde tire le couteau de sa ceinture et l'enfonce profondément dans la gorge du cheval. Son geste est d'une précision sans faille. La lame entre et sort en l'espace d'une seconde. Un flot de sang jaillit avec une puissance phénoménale, arrosant la jeune femme, le sol de la carrière, la monture de Laurence et la Tigresse elle-même. Émilie ouvre grand la bouche sans que rien en sorte. Esther est pareillement stupéfaite. L'étalon se cabre avec un cri étranglé alors que le cheval bai pris de panique marque un écart si brutal qu'il en désarçonne sa cavalière. Laurence tombe comme une pierre et manque d'être piétinée.

— *Merde!* Émilie, le laisse pas s'enfuir!

Le bai s'élance vers l'une des barrières délimitant la carrière. S'il la franchit sans se prendre les pieds dans ses rênes et réussit à quitter le périmètre de la ferme, il sera très difficile de le rattraper. Émilie a pour sa part toutes les peines du monde à maîtriser sa propre monture ainsi que l'émotion qui vient de la submerger. Le cheval de Laurence lui passe devant sans qu'elle puisse l'arrêter.

— Esther, bloque-le!!

— Comment?!

— Coupe-lui la route!

— T'es folle, je veux pas me faire écraser!

— Fais-le, putain!

La Panthère siffle une bordée de jurons puis court vers le fuyard en agitant les bras et en hurlant. Elle ignore si elle améliore ou aggrave les choses, mais il n'est en tout cas pas question qu'elle vienne se planter sur le chemin d'un animal de quatre cent cinquante kilos lancé à pleine vitesse. Ses gesticulations incitent le cheval à freiner brièvement puis modifier sa trajectoire – laissant juste le temps à Émilie de le rattraper avec sa monture, qu'elle a enfin reprise en main.

— Je le tiens presque! Pousse-le vers moi!

Pendant ce temps, Laurence assiste dans la plus grande impuissance à la vengeance d'Anaïs. L'étalon s'est effondré et la Guéparde se jette sur lui. Elle commence par crever ses yeux couleur de ciel.

Puis elle s'acharne sur le reste de la tête avec une rage indescriptible. Des geysers écarlates surgissent des plaies comme d'une fontaine macabre.

— *Anaïs, non ! Arrête !*

Laurence sait que ses cris ne changeront rien ; il est déjà trop tard. Si seulement ses jambes pouvaient la porter, si seulement elle avait senti venir l'attaque… Tout s'est produit si vite qu'elle n'a pas eu le temps de réagir. La jeune femme ne peut que contempler avec horreur le massacre qui se déroule devant elle.

*

— On l'enferme, allez !

Le cheval bai est expédié *manu militari* dans son box, encore harnaché de pied en cap et couvert du sang de son congénère.

— Vite, ferme la porte ! Et le volet supérieur aussi !

Esther s'empresse tellement qu'elle se coince un doigt dans le mécanisme et pousse une exclamation de douleur. Sitôt libérée, elle verrouille le box à l'intérieur duquel résonne le fracas de l'animal affolé qui se cogne contre les parois. La monture d'Émilie subit le même traitement, puis les deux Fauveresses se précipitent vers la carrière. Leur attention se porte d'abord sur Laurence qui gît toujours à terre.

— T'es blessée ?

— Non…

— Esther, vérifie ses jambes, elle a peut-être une fracture qu'elle ne peut pas sentir.

Ayant donné ses directives, la Guéparde s'approche lentement de la scène de crime. Anaïs a abandonné sa victime et s'éloigne en direction de la longère. Elle laisse dans son sillage un tableau dantesque : le corps inerte de l'étalon est indemne, mais de sa tête il ne reste rien. Le sable absorbe voracement la mare cramoisie qui s'en écoule. Émilie ignore ce qui la choque le plus entre la vision des chairs lacérées et la force herculéenne dont sa compagne vient de faire preuve en opérant un anéantissement aussi total. Elle se laisse un instant hypnotiser par cette image avant de relever les yeux vers Anaïs. Sa voix vibre d'une colère sur le point d'exploser :

— Je peux savoir où tu vas ?!

La tueuse ne daigne ni répondre ni jeter un regard en arrière. Elle continue son chemin d'une allure calme, son couteau ensanglanté à la main. Ses pas dessinent des empreintes rouges sur son passage.

— *Je te parle, connasse !*

Cette fois elle s'arrête. Mais aucune agressivité ne transparaît sur son visage tandis qu'elle toise Émilie par-dessus son épaule.

— Je vais me nettoyer. T'as cru que j'allais rester couverte de sang toute la journée?

— Non mais tu te fous de ma gueule ! Laurence a risqué sa vie pour t'aider à capturer ce putain de cheval, et toi le premier truc que tu fais c'est de le tuer ?!

— Il était vicieux, on n'aurait rien pu en faire.

— S'il y a bien une créature vicieuse ici, c'est toi !

Anaïs s'est déjà détournée. Elle a justifié son acte, cela est amplement suffisant à ses yeux. Le reste ne l'intéresse en aucune façon.

— Y a pas intérêt que je te revoie avant au moins deux jours ! hurle Émilie. Je te promets que si tu croises mon chemin, je te défonce ! Sale pute !

Esther écoute tout en examinant les jambes de Laurence. Elle n'ose pas regarder dans la direction de l'étalon, ni croire à ce qui vient de se produire. Force est de constater qu'elle s'est trompée en jugeant Anaïs : la Guéparde est loin de se résumer à une enfant gâtée. Quel genre de personne peut massacrer un cheval par simple vexation ?

Je me demande combien elle en a trucidé avant de se qualifier pour son championnat de saut d'obstacles…

23

Une atmosphère pesante écrase la ferme de tout son poids dans les jours qui suivent. En partie due au meurtre de l'étalon, elle est aggravée par un amoncellement de lourds nuages noirs à l'horizon ; les pluies approchent enfin après avoir délaissé le territoire de la meute pendant de longues semaines. Et au vu de la masse titanesque des cumulonimbus qui avancent en un bloc aussi compact qu'un mur de béton, l'orage promet d'être violent. Il menace par ailleurs d'éclater entre Anaïs et Émilie, qui ne lui pardonne toujours pas son acte. La viande de l'étalon a certes offert la nourriture dont le groupe avait besoin, mais le fiasco de son dressage suivi de sa mise à mort peu orthodoxe ont fait courir des risques inutiles à plusieurs personnes. Laurence a récolté un gros hématome sur la hanche, et son cheval s'est blessé en s'agitant dans son box. La tension est à son comble entre les Fauveresses ; l'humeur exécrable d'Émilie interdit désormais à Esther de resserrer les liens qu'elle commençait tout juste à nouer avec elle. La Panthère a donc essayé de se rabattre sur Laurence, sans succès : cette dernière s'inquiète davantage de la santé de sa monture que des états d'âme d'Esther. Quant à Léopard, il demeure inaccessible et paraît tendu, sans que sa partenaire puisse déterminer si cette nervosité résulte du drame dans la carrière ou de l'imminence de l'orage.

Pour tromper l'ennui de sa solitude, la jeune femme s'engage dans de longs dialogues avec sa voix intérieure. Elle prend soin de faire cela loin des regards afin de s'épargner d'éventuels commentaires moqueurs. Les arbres entourant la ferme sont trop frêles pour qu'elle puisse s'y installer confortablement, alors elle se contente d'un véhicule agricole déglingué qui repose parmi les hautes herbes. Installée sur le siège du conducteur, elle discute tout en contemplant le paysage à travers le pare-brise éclaté. Aucune émotion particulière ne la saisit devant l'étendue infinie de la plaine flavescente, ni face aux lumières changeantes qui teintent le ciel de couleurs intenses et sculptent le contour des nuages. La Panthère n'a jamais cherché à percevoir de la beauté dans le monde qui l'entoure ; elle laisse cela aux romantiques et aux doux rêveurs, qui se complaisent dans des paradis fictifs jusqu'au jour où la dure réalité vient les faucher en plein vol. S'extasier sur les nuances de l'aurore ou les feux du crépuscule ne l'aidera pas à survivre. Esther ricane en songeant à ses anciennes connaissances de l'Améthyste qui s'imaginaient l'Extérieur comme un lieu utopique, une terre promise libérée des lois injustes du système, où chacun pourrait s'épanouir dans une somptueuse nature sauvage… C'est là un mythe courant à Oxalis, en particulier dans les quartiers les plus pauvres qui tentent d'oublier leur misère en s'inventant un monde meilleur. Peu de gens ont la présence d'esprit nécessaire pour comprendre que si l'Extérieur était aussi merveilleux que certains le disent, alors le gouvernement n'y enverrait pas les criminels – l'exil doit être une punition, pas une délivrance. Il y a pourtant encore des citoyens qui s'accrochent obstinément à ce mirage au point de commettre délibérément un crime dans l'espoir de rejoindre les Fauves (ce sont en général les premiers à se faire tuer une fois dehors). Esther n'est pas si naïve : elle sait depuis son plus jeune âge qu'il n'y a rien à attendre de la vie, que ce soit sous le Dôme ou ailleurs. Ce cynisme lui a permis d'éviter le choc de la désillusion lorsqu'elle a découvert son nouvel univers. Un splendide coucher de soleil ne lui inspire donc pas grand-chose, si ce n'est le soulagement d'avoir vécu un jour de plus.

— T'étais où ? attaque Émilie à l'instant où la Panthère pose un pied dans la cour.

— Par là-bas… J'avais besoin de réfléchir.

— Mais bordel de bordel : si je demande à Léopard d'arrêter de s'isoler, c'est pas pour que tu fasses exactement la même chose derrière ! Ça fait une heure qu'on te cherche !

— Désolée, je pensais pas que…

— Je m'en fous de ce que tu penses ! Tu seras de garde cette nuit.

— Mais je l'ai déjà fait hier !

— Eh ben, t'as gagné le droit de recommencer. Tu sais très bien que j'aime pas quand des membres de la meute s'isolent ! Lorsqu'on vit en groupe il y a des règles à respecter, j'en ai marre que tout le monde fasse ce qui lui chante sans se préoccuper des conséquences pour les autres !

— Je…

— Tu la fermes ! On va dîner, puis tu prendras ton poste sans discuter. Et y a intérêt que ça te serve de leçon !

Esther en reste bouche bée. Personne ne l'avait enguirlandée de la sorte depuis son dernier séjour en maison de rééducation ! L'humiliation lui brûle les entrailles comme une lame chauffée à blanc. Grande est la tentation d'envoyer Émilie se faire voir puis de s'enfuir en courant dans la brousse, très loin d'ici. La jeune femme tourne son regard vers l'extérieur de la propriété, où l'horizon lui tend les bras en murmurant des promesses de liberté… Elle a cependant tôt fait de se reprendre : par-delà cette alléchante perspective se dissimule une vie de souffrance et d'incertitude qu'elle a trop longtemps subie. La crainte de connaître une mort précoce sans la protection de la meute surpasse sa colère à l'égard des contraintes qu'elle endure au sein de celle-ci. Alors Esther ravale ses désirs de rébellion et rejoint le feu de bois autour duquel son équipe a pris place. La viande de l'étalon, qui lui laisse toujours un goût bizarre dans la bouche, paraît ce soir encore plus répugnante que d'habitude.

*

La Panthère a peut-être plié devant Émilie, mais elle ne compte pas se faire avoir si facilement. Une fois isolée dans le grenier, qui sert de poste de surveillance en raison de sa fenêtre avec vue sur la propriété, elle attend que plus aucun bruit n'anime la maison puis descend discrètement récupérer un oreiller et une couverture. Elle s'en contentera (transporter un matelas dans l'escalier serait trop risqué). L'expérience lui a appris que personne ne vérifie si les gardiens nocturnes travaillent correctement ; les membres de la meute se font confiance pour assumer leurs tâches respectives avec sérieux. Esther est d'ailleurs prête à s'appliquer autant que les autres – à condition toutefois qu'on lui demande les choses poliment. Puisque Émilie lui a manqué de respect, la jeune femme n'obéira pas. Elle dormira à poings fermés et sans scrupule. De toute manière ces surveillances se font davantage par acquit de conscience que par réelle nécessité : nul intrus ne s'est aventuré sur le territoire des amazones depuis le Guépard borgne, et aucune meute de chiens ne vit dans les parages. Esther n'est pas inquiète au moment de se coucher dans un coin. Sa seule préoccupation consiste à réfléchir au meilleur moyen d'aller s'expliquer avec Émilie le lendemain.

— J'ai pas riposté sur le coup car elle m'a prise au dépourvu, mais si jamais elle me reparle sur ce ton… Je lui casse la tête.

Facile à dire quand elle n'est pas là… La vérité c'est que tu as trop envie de devenir son amie pour oser te fâcher avec elle.

— Arrête de parler, toi.

*

Esther rêve d'un incendie. Cela lui arrive souvent depuis qu'elle a dû fuir sa forêt. Non contentes de l'avoir chassée de son territoire, les flammes la poursuivent jusque dans son sommeil. Peut-être l'arrivée des pluies la guérira-t-elle de ce traumatisme… En attendant, elle se voit courir à en perdre haleine cependant que les arbres flambent comme des torches autour d'elle. Le feu lance à ses trousses des armées de démons rouges et orange dont le souffle brûlant se mêle aux craquements de la végétation qu'ils dévorent sur leur passage. La jeune femme s'enfuit avec la force du désespoir sans trouver aucune issue. Une fumée toxique lui masque la vue et l'empêche de s'orienter. Elle devine qu'elle va mourir dans ces ténèbres asphyxiantes. Son rêve est si intense qu'elle croit sentir l'odeur du bois carbonisé envahir ses narines, une odeur qu'elle a appris à redouter et qui devient de plus en plus insistante…

— Mais… ?!

Esther se redresse. L'odeur est là, bien réelle. Des lueurs dansantes mènent une sarabande sur les murs du grenier. La Panthère se précipite à la fenêtre pour découvrir avec horreur le spectacle dont se nourrissent ses cauchemars : la propriété est en proie aux flammes. Le hangar n'est déjà plus qu'un énorme brasier, et la ceinture d'arbres entourant le domaine est elle aussi assaillie par le monstre orangé. Des braises s'élèvent vers le ciel nocturne, pareilles à une pluie de paillettes qui tomberait à l'envers. Certaines propagent l'incendie en venant se poser sur les bosquets voisins. La jeune femme demeure tétanisée un long moment avant de retrouver l'usage de sa raison et s'élancer dans l'escalier. Toute la meute est réveillée, c'est le branle-bas de combat au rez-de-chaussée. L'irruption d'Esther provoque la colère d'Anaïs :

— T'étais pas censée nous prévenir de ce genre de trucs ?!

— C'est pas le moment de s'engueuler, intervient Émilie. Allez aider Laurence, moi je vais chercher les chevaux !

La Tigresse s'est assise sur son canapé-lit et attend qu'on vienne la transporter à l'extérieur. Esther l'attrape sous les aisselles pendant qu'Anaïs s'occupe des jambes. Les deux jeunes femmes acheminent tant bien que mal leur fardeau vers l'entrée, alors que la fumée commence à s'infiltrer dans la maison.

— C'est pas normal, la saison des incendies est terminée !

— Visiblement non, regarde autour de toi !

— Mais l'air est humide depuis plusieurs jours, les nuages sont juste au-dessus de nous, je vois pas comment le feu a pu se déclencher dans ces conditions !

— Tais-toi et accélère !

Laurence est tantôt portée, tantôt traînée sur le sol de la cour où Émilie lutte pour maîtriser les deux chevaux affolés. Elle a tout juste eu le temps de leur passer à chacun une bride et de grimper sur le dos du bai brun. Les écuries où ils se trouvaient une minute plus tôt sont maintenant en feu. Comme le cheval de Laurence refuse de s'agenouiller pour laisser monter sa cavalière, Anaïs l'enfourche et l'oblige à rester en place tandis qu'Esther se glisse sous la Tigresse et pousse sur ses jambes afin de la soulever le plus haut possible. Le résultat n'est guère concluant : même en y mettant toutes ses forces, la Panthère peine à supporter la différence de poids.

— Vite ! La ceinture d'arbres crame par les deux bouts, on est en train de se faire encercler !

Une quinte de toux noie les derniers mots d'Émilie ; il devient difficile de respirer dans l'atmosphère opacifiée par les cendres. Laurence réussit cependant *in extremis* à s'agripper à son cheval et entreprend de se hisser à la force des bras. Grâce au soutien de ses alliées, elle parvient finalement à se retrouver à demi allongée sur la croupe. Esther se charge ensuite de placer correctement ses jambes pour la mettre à califourchon, de sorte qu'elle puisse enfin se redresser puis se positionner derrière Anaïs. Celle-ci lance aussitôt leur monture au triple galop. Il ne reste à la meute qu'un étroit couloir de sortie qui se réduit comme peau de chagrin. Partout ailleurs, la barrière végétale entourant la ferme s'est transformée en un mur de flammes impossible à franchir.

— Esther, grimpe derrière moi !

La jeune femme se hisse maladroitement en croupe du bai brun et s'accroche à la taille d'Émilie tandis que l'animal se rue en avant. Elle a toutes les difficultés du monde à garder l'équilibre. Son unique expérience en matière d'équitation remonte à une balade en poney effectuée à l'âge de six ans : rien ne l'a préparée à galoper au milieu des feux de l'enfer.

— Je vais tomber !

— Serre les jambes et tiens le coup !

La fumée devient si épaisse qu'elle enferme les Fauveresses dans un brouillard opaque, irrespirable. La vision est désormais nulle; Émilie relâche les rênes et s'en remet à l'instinct de sa monture pour aller dans la bonne direction. Esther a fermé les yeux afin d'échapper à la brûlure des cendres qui lui dessèchent la gorge et les sinus. Elle sent soudain la chaleur ambiante augmenter jusqu'à atteindre les limites du supportable.

Cette saloperie de canasson nous a entraînées tout droit dans le brasier!

Elle imagine déjà sa peau carbonisée se détacher de ses chairs alors qu'elle suffoque en s'accrochant désespérément à Émilie. Le cheval trébuche, enjambe un obstacle, traverse un champ de buissons ardents qui griffent les jambes nues de ses cavalières. Puis le miracle se produit: la chaleur s'amenuise tout à coup, un souffle d'air frais dissipe la fumée autour du trio. Esther rouvre les yeux. Devant elle s'étendent les ténèbres uniformes de la plaine par une nuit sans lune. Le cheval ne s'est donc pas fourvoyé; ils ont passé la ceinture de feu – et il était temps, car la Panthère ne peut plus tenir sa position précaire. Elle lâche Émilie puis se laisse tomber au sol. S'ensuit une quinte de toux interminable avant qu'elle parvienne à se relever pour s'éloigner aussi vite que le lui permettent ses poumons irrités. L'incendie ne va pas tarder à gagner les hautes herbes, il faut continuer à fuir jusqu'à atteindre une zone plus sûre. À moins que l'orage ne sauve les amazones: voilà qu'un éclair déchire le ciel, accompagné d'un coup de tonnerre retentissant. Moins d'une minute plus tard, c'est une pluie diluvienne qui s'abat sur la terre. Des sifflements s'élèvent depuis la ferme alors que l'eau et le feu s'engagent dans un combat immémorial. Esther avance sans se retourner, gémissant de douleur lorsque la végétation fouette ses jambes blessées. La pluie trace des sillons dans la cendre qui recouvre sa peau. Le sol qu'elle a toujours connu craquelé par la sécheresse se transforme soudain en boue collante où ses pieds nus s'enfoncent avec un bruit spongieux. Par-delà sa peur, la Panthère est stupéfaite de constater avec quelle vitesse l'orage transforme son environnement. Elle qui croyait mourir brûlée vive commence maintenant à avoir froid ! Ses comparses ont arrêté leurs chevaux et l'attendent. Toute fuite est devenue inutile : la pluie a noyé les flammes qui s'attaquaient aux hautes herbes et aura raison du foyer principal d'ici quelques heures (qui suffiront malheureusement à détruire ce qui reste de la ferme). Les Fauveresses ne peuvent qu'assister à la perte de leur maison et de l'ensemble de leurs biens. Alors qu'elle rejoint sa meute, Esther est tout à coup foudroyée non par un éclair, mais par une effroyable prise de conscience :

— *Léopard* ! On a oublié Léopard !!

Le jeune homme n'est nulle part. Personne n'avait remarqué son absence dans la panique générale. Esther se retourne vers l'entité informe qui dévore le bâtiment où elle a vu son compagnon pour la dernière fois. Elle se met à courir vers le brasier, oubliant douleur et fatigue, projetant des gerbes d'eau en traversant les flaques qui envahissent la plaine. Elle a presque parcouru la moitié du chemin lorsque Émilie parvient à la rattraper par le bras.

— Mais t'es pas un peu cinglée ?! Tu peux pas retourner là-bas !

— Je dois aller chercher Léopard, je peux pas le laisser, il est peut-être coincé et il...

— Il s'est sûrement enfui de son côté !

— Il a besoin de moi, je m'occupe de lui depuis le début, il n'aurait pas survécu sans mon aide ! Il avait besoin de moi et je l'ai abandonné..., se lamente la jeune femme.

— Je suis sûre qu'il s'en est sorti, il nous rejoindra plus tard.

Esther est inconsolable. La meneuse doit la traîner de force pour l'éloigner du feu puis la ramener vers le groupe. Elle tombe à genoux sitôt relâchée et se prend le visage dans les mains en répétant inlassablement le nom de son partenaire disparu. Ces atermoiements ne sont guère du goût d'Anaïs : la Guéparde attrape Esther par les cheveux, puis lui redresse la tête afin de la gifler en pleine face.

— *C'est ta faute !* Si t'avais fait ton boulot de surveillance correctement, on aurait pu éteindre l'incendie avant qu'il soit trop tard ! Maintenant, regarde où on en est : on n'a plus de maison, plus de matériel, plus de nourriture ! On a tout perdu à cause de toi !

Nouvelle gifle, plus brutale que la précédente. Esther est trop dévastée pour riposter ; elle se laisse basculer dans la boue alors qu'Anaïs entreprend de la rouer de coups de pied et de poing. Ni Laurence ni Émilie ne cherchent à intervenir. La Panthère a commis une faute grave : cette correction est amplement méritée. Aucun réconfort ne lui est accordé quand son bourreau finit par se détourner d'elle après avoir déchaîné toute sa rage. Les amazones remontent à cheval et prennent la route sans un regard pour la silhouette recroquevillée qui sanglote sous le déluge.

24

« Comment ? »

Ce mot tourne en boucle dans l'esprit d'Esther pendant le reste de la nuit, puis la matinée du lendemain. Comment une telle coïncidence a-t-elle pu se produire ? Un incendie qui se déclenche lors de la seule et unique fois où elle décide de dormir pendant son tour de garde ! Alors que la pluie s'apprêtait à tomber ! Alors que la saison du feu était censée être terminée ! *Comment* peut-on avoir autant de malchance ? La jeune femme n'a jamais été superstitieuse, mais en cette funeste journée où elle s'efforce de suivre à pied les deux chevaux qui la précèdent, elle commence à se croire victime d'une malédiction. L'un de ses ancêtres aura provoqué la colère d'un dieu et condamné sa descendance à subir un châtiment éternel. Les flammes la poursuivent volontairement, il n'y a pas d'autre explication. Ces satanés incendies surviennent toujours à proximité d'elle, dans des circonstances souvent incompréhensibles. Elle l'avait déjà remarqué à l'époque où elle vivait encore dans la forêt. L'acharnement du feu à son encontre défie les lois de la physique.

J'apporte la destruction partout où je vais. Anaïs a raison : tout est ma faute. C'est à cause de moi que Léopard…

Elle préfère laisser cette pensée en suspens. Le jeune homme n'est pas réapparu, et les chances de le revoir s'amenuisent à mesure que les heures passent. Quand bien même aurait-il survécu qu'il serait sans doute incapable de retrouver la meute : celle-ci avance sans s'arrêter vers la frontière est de son territoire qu'elle se prépare à quitter. La ferme en constituait l'unique endroit habitable ; rester ici signifierait devoir construire une nouvelle maison (trop difficile) ou s'habituer à dormir à la belle étoile (trop inconfortable, surtout maintenant qu'il pleut en permanence). Les amazones ont pris leur décision : assez de cette brousse où jamais rien ne se passe ! Il est temps de changer d'air et de déménager dans une zone urbanisée. Le marché de l'immobilier y sera plus intéressant, et il y aura sûrement de sympathiques voisins avec qui se battre pour tromper l'ennui. La meute se raccroche à cet objectif pour se donner la force de continuer en dépit des seaux d'eau qui lui tombent sur la tête et de la faim qui la tenaille. Personne ne parle. Esther est royalement ignorée, on ne se retourne jamais pour vérifier si elle arrive à suivre. La Panthère s'oblige à garder le rythme et marche dans les pas des chevaux avec résignation. Une pause solennelle est effectuée lorsque le groupe parvient en vue des poteaux géants coiffés d'hélices qui délimitent la frontière est du territoire. Le temps est venu de découvrir les contrées situées au-delà de ces sentinelles de métal. Les cinq piquets où les guerrières avaient empalé des têtes ennemies sont toujours là, mais les crânes ont disparu. Un animal les aura sans doute emportés – cela n'a plus guère d'importance.

*

La meute longe une route dans l'espoir que celle-ci la mène à un village. Les rares maisons ou bâtiments croisés jusqu'à présent étaient en ruine. La plaine herbeuse a laissé place au bush, avec ses petits arbres et ses broussailles qui enferment les Fauveresses dans un labyrinthe d'épines. D'ici quelques jours la pluie incessante aura redonné vie à cette végétation squelettique. Pour l'heure, elle ne fait que ralentir la progression des amazones. L'eau qui leur coule dans les yeux brouille leur vision et crée un bruit de fond parasite alors qu'elles auraient justement besoin de rester tous sens en alerte ; un prédateur peut ici aisément se tapir dans les fourrés. La terre détrempée constitue par ailleurs un handicap pour les chevaux qui risquent à tout instant de se briser une jambe dans un trou dissimulé par une flaque. Cette saison des inondations a elle aussi ses inconvénients.

Après plusieurs heures d'une pénible randonnée, des silhouettes géométriques se dessinent au loin. La meute s'arrête pour observer à travers le rideau de pluie.

— C'est un village, décrète Laurence.

— Enfin ! On va faire une petite pause pour trouver à manger avant de s'aventurer là-bas.

La Tigresse reste à cheval et se charge de surveiller la monture d'Émilie et Anaïs tandis qu'elles se mettent en chasse. Esther est de nouveau prise en considération et réquisitionnée pour aider aux recherches.

— On avance groupées et on repère bien le chemin. C'est pas le moment de se perdre. Soyez vigilantes.

La meneuse est seule à avoir pensé à emporter son couteau dans la panique de la nuit précédente. Les jeunes femmes n'ont aucun matériel pour construire des pièges et rien pour transporter la nourriture. C'est à peine si elles sont vêtues. Il leur faut se résoudre à capturer à mains nues les insectes et petits animaux qu'elles trouvent dans les broussailles, ce qui les oblige à se baisser et ainsi devenir très vulnérables. Alors qu'Esther se réjouit d'être miraculeusement tombée sur une tortue noyée, un craquement la fait sursauter. La végétation tremble et frémit sous l'action de la pluie, créant partout l'illusion d'une présence. La Panthère scrute une minute les alentours sans rien déceler puis retourne à ses occupations – pour se rendre compte qu'elle a perdu de vue ses partenaires.

Elles étaient encore là il y a deux secondes ! Merde…

Esther s'engage d'un pas nerveux entre les buissons, sa tortue serrée entre les mains (elle pourra toujours lui servir de massue pour assommer un éventuel ennemi).

— Émilie ?

— Quoi ?

— Vous êtes où ?

— Par là.

La jeune femme se dirige vers le son en espérant avoir bien identifié sa provenance. L'angoisse commence à la gagner. Elle n'aime pas du tout cette situation.

Faut qu'on se casse d'ici… C'est un vrai coupe-gorge.

La silhouette floue d'Émilie (ou peut-être s'agit-il d'Anaïs) se dévoile finalement entre les arbres. Esther la rejoint en brandissant fièrement sa trouvaille.

— J'ai attrapé de quoi nourrir tout le monde, je crois. On va pouvoir s'en aller.

— Cool, fais voir.

Terreur : la voix provient d'une direction opposée à celle de la silhouette… qui à mieux y regarder s'avère être celle d'un homme. Il s'avance.

— Les filles, j'ai besoin de renfort tout de suite ! hurle Esther en levant haut sa tortue.

Elle espère faire hésiter l'inconnu mais celui-ci continue pourtant d'approcher à une allure imperturbable. La Panthère se prend les pieds dans des ronces en voulant reculer. Elle entend le bruit des amazones qui accourent quelque part derrière elle.

— Continue à parler, donne-nous ta position ! crie Anaïs.

Cette demande est accueillie par un grand silence. Esther vient d'abaisser son arme et n'éprouve plus aucune peur : elle a reconnu Léopard. Une exclamation de joie lui échappe au moment où ses acolytes surgissent des fourrés. La surprise les cloue sur place. Elles paraissent presque déçues de constater qu'il n'y a finalement aucun rival à poignarder.

— Ben ça alors, il a réussi à suivre notre piste malgré la pluie !

Esther lâche sa tortue et s'élance vers son compagnon, ivre de bonheur, pour le prendre dans ses bras. Elle n'est peut-être pas maudite, au fond. Le destin lui offre une seconde chance.

— J'étais tellement inquiète, j'ai cru que t'étais…

Sa phrase est coupée net par la réaction de Léopard, qui la repousse avec une telle violence que la jeune femme tombe à la renverse et finit dans un buisson. Des dizaines d'épines s'enfoncent dans sa peau. Il lui semble que des centaines d'autres lui percent le cœur. Elle reste un instant immobile sans essayer de se relever, choquée par le rejet qu'elle vient de subir. Les Guépardes assistent à la scène.

— J'ai jamais rien vu d'aussi gênant…, commente Anaïs avec sa délicatesse habituelle.

Esther sait bien sûr pourquoi Léopard l'a repoussée ; elle aurait dû se rappeler qu'il ne supporte pas d'être touché. Mais là c'est un peu fort : pour une fois qu'elle offre son affection à quelqu'un et qu'elle entrouvre la muraille qui d'ordinaire protège son âme sensible des morsures de la vie, on la récompense en l'expédiant dans les ronces ! Cette trahison va au-delà de ce que son ego peut tolérer. Un feulement de rage accompagne ses mouvements quand elle bondit sur ses pieds pour se ruer vers Léopard. Ses ongles devenus griffes s'abattent sur la joue du jeune homme et y tracent cinq lignes rouges.

— Non mais tu te prends pour qui ?! Me traiter comme ça après tout ce que j'ai fait pour toi ! Je t'ai sauvé la vie, je t'ai apporté à manger quand tu voulais te laisser mourir, je t'ai protégé contre toi-même et contre l'Extérieur ! Je suis la seule dans cette putain de meute à m'être souciée de ton sort quand t'as disparu ! *La seule !*

Léopard ne répond rien. Il encaisse sans broncher les assauts de sa partenaire, sous le regard quelque peu atterré de leurs deux spectatrices. Esther ne décolère pas :

— Je m'en fous que t'aies été traumatisé ou que tu sois un attardé mental : t'es un *salaud*. Tu vaux pas mieux que les autres ordures qui infestent cet endroit !

Et d'achever sa tirade en crachant aux pieds du jeune homme avant de s'éloigner sous la pluie battante.

*

Le village choisi par les amazones pour établir leur fief n'a rien de remarquable : un ensemble de maisons et bâtiments de faible hauteur, pour la plupart en pierre, dispersés le long de deux rues principales formant une croix et d'un fouillis de petites allées. La périphérie est envahie par le bush qui s'infiltre jusqu'à l'intérieur des constructions, mais le centre bétonné demeure relativement épargné. Le groupe inspecte les lieux avec précautions et cherche le meilleur endroit où emménager. Il lui tarde de se mettre à l'abri ; les sabots des chevaux dérapent sur le bitume mouillé, tout le monde est trempé jusqu'aux os. Aucun ennemi ne surgit lors de ce premier repérage – ce qui ne signifie pas pour autant que le village est désert. Les bâtiments bordant les rues sont autant de cachettes potentielles et n'importe qui peut épier depuis une fenêtre. Émilie paraît néanmoins confiante :

— On peut s'installer. Si une autre meute revendiquait la zone, elle aurait déjà attaqué. Il y a sûrement des solitaires qui traînent mais ils ne seront pas difficiles à gérer si on s'organise bien.

La meneuse se charge avec Esther et Léopard de visiter plusieurs maisons, profitant de l'occasion pour récupérer un stock de couteaux, avant de jeter son dévolu sur une solide bâtisse d'un étage faisant le coin d'une rue, à quelques mètres de l'église. La porte d'entrée à moitié défoncée a perdu sa poignée, l'une des fenêtres du rez-de-chaussée est brisée, mais qu'importe : l'ensemble tient debout, le toit est étanche, et la maison se dresse juste en face d'une cour dotée d'un hangar où les chevaux pourront être parqués. Il y a même un petit terrain herbeux pour les faire brouter. L'équipée s'empresse donc d'attacher les animaux dans leur nouvel abri avec les moyens du bord, leur donne quelques poignées de végétation arrachée au hasard ainsi qu'un abreuvoir, puis court se mettre au sec. Les chambres sont rapidement distribuées et chacun évalue son patrimoine. Enfin, les restes crus de la tortue sont consommés tout en surveillant les chevaux par la fenêtre. La journée touche à sa fin. Le ciel déverse des trombes d'eau depuis bientôt vingt-quatre heures et la température a chuté de quinze degrés en l'espace de quelques jours. Le groupe n'ose pas essayer d'allumer un feu après la catastrophe qu'il vient de vivre – mieux vaut avoir froid. Laurence reçoit la responsabilité d'effectuer le premier tour de garde.

25

Le Lion se terre à l'intérieur d'un bâtiment bordant un carrefour, au sud du village. Il sait qu'il a été repéré et ne mettra pas un pied dehors s'il a le moindre doute. Voilà pourquoi les amazones ont déployé des trésors de discrétion pour se mettre en position autour de leur cible. Ce solitaire leur a déjà échappé à deux reprises pendant leurs rondes de surveillance et s'obstine à rester au village comme pour les narguer. Il prend des risques… Son cadavre mutilé fera un beau signal d'avertissement à l'attention des autres petits malins dans son genre. On sait d'ores et déjà où il sera pendu – encore faut-il l'attraper. Cette mission est loin d'enchanter Esther ; tapie à l'angle d'une maison voisine, elle n'aspire qu'à retrouver son lit. Une pie l'observe d'un œil inquisiteur depuis le rebord du toit. Dommage qu'elle soit hors d'atteinte, elle aurait fait un bon déjeuner… La jeune femme tente de voir le côté positif des choses : au moins il ne pleut pas ce matin. Les averses jusqu'ici continuelles laissent enfin un peu de répit aux habitants de l'Extérieur. Une partie du village demeure toutefois inondée suite au débordement de la rivière la plus proche, et une brume à couper au couteau réduit la visibilité à son minimum. C'est à peine si Esther distingue les contours de la bâtisse qu'elle surveille. Des frissons la parcourent en dépit de la veste en cuir qu'elle s'est dégottée en fouillant une habitation. Porter la peau d'un autre animal lui procure une sensation bizarre, mais il faut admettre que cette matière est bien plus résistante que le textile synthétique qu'elle a toujours porté jusqu'ici. En jetant un rapide coup d'œil vers l'autre bout du carrefour, elle devine la silhouette accroupie d'Émilie derrière une carcasse de voiture. Anaïs et Laurence sont à quelques rues de distance, montées sur les chevaux et munies de lassos récemment confectionnés. Elles interviendront si jamais les deux chasseuses à pied échouent à capturer l'ennemi. Quant à Léopard, il est resté à la maison afin de s'assurer qu'aucun voleur ne profite de l'occasion pour piller les ressources de la meute. Esther ne lui a plus adressé la parole depuis leur altercation – ce dont il semble se moquer éperdument.

Un mouvement, soudain : le Lion sort de chez lui. C'est un type de corpulence moyenne, la barbe hirsute et le visage buriné par les ardeurs de la saison sèche. Sa masse de cheveux emmêlés lui descend jusqu'aux omoplates. Difficile de déterminer son âge, la chape de brouillard rend ses traits imprécis. Il avance un pas après l'autre, scrutant chaque détail de son environnement. Sa main serre le manche d'une hache prête à l'emploi. Esther retient son souffle. C'est folie de vouloir s'attaquer à cet homme… Cela va à l'encontre de la totalité des règles de prudence qu'elle s'oblige à suivre depuis son exil. Mais il lui était impossible de se débiner : un refus de sa part l'aurait définitivement exclue de la meute. La Panthère s'astreint donc au calme malgré les coups sourds de son cœur dans sa poitrine. L'homme se dirige dans la direction d'Émilie, qui attend que la cible se soit suffisamment approchée. L'effet de surprise est crucial dans cette affaire : les jeunes femmes, même à deux, sont physiquement plus faibles et auront du mal à vaincre ce Lion dans un combat au corps à corps. Il ne faut pas lui laisser le temps de réagir. Encore quelques mètres… Esther se lève pour entamer une approche dans le dos de l'ennemi. C'est alors que le drame survient : la pie (cette satanée pie dont elle avait oublié la présence) prend peur et s'envole à grands cris. Le Lion ne perd pas de temps à chercher la cause de cette perturbation et fait immédiatement demi-tour. Émilie surgit de sa cachette ; plus rapide, elle parvient à lui couper la route et l'empêche de rejoindre son abri.

L'homme se prépare à affronter la Guéparde, puis aperçoit Esther qui arrive en renfort et décide finalement de s'enfuir dans une rue transversale. La poursuite est engagée.

Les Fauveresses sont désavantagées par leur mauvaise connaissance du terrain. Elles n'ont pas encore retenu la topographie ni l'organisation exacte du village, de sorte que leur proie les entraîne sans difficulté vers les chemins les plus compliqués. Passages étroits, virages à angle droit et jardins ensauvagés semés d'embûches se succèdent. Le Lion a mémorisé tous les raccourcis, ce qui lui permet de conserver son avance malgré la vélocité de ses poursuivantes. Il disparaît soudain à l'intérieur d'une maison ; Émilie s'y précipite sans réfléchir tandis qu'Esther s'arrête, flairant quelque ruse. Son instinct ne l'a pas trompée : l'homme ressort derrière elle. Il a de toute évidence emprunté un passage secret pour revenir en arrière.

— Émilie, il a fait demi-tour !

— Le salopard…

Les amazones repartent à l'assaut. L'excitation de la chasse commence à gagner Esther au point d'oblitérer ses craintes. La dernière fois qu'elle s'est retrouvée dans ce type de situation, elle endossait le rôle peu enviable de la proie face à une meute de Lions hurlants. Aujourd'hui c'est elle la prédatrice : le temps est venu de prendre sa revanche. Elle allonge ses foulées avec allégresse et a tôt fait de distancer sa partenaire – ses longues marches forcées derrière les chevaux lui ont forgé des jambes d'acier. Au bruit de ses pas s'ajoute bientôt celui de sabots claquant sur l'asphalte. Anaïs surgit d'une rue voisine et manque de renverser sa coéquipière en se lançant aux trousses du fuyard, qui sans le savoir se dirige vers l'endroit où s'est postée Laurence. Un juron lui échappe lorsque celle-ci déboule devant lui. La Tigresse fait tournoyer son lasso puis le projette d'un mouvement habile tout en faisant virer son cheval de l'autre main. L'animal glisse alors sur le bitume mouillé et part en dérapage incontrôlé.

— Putain de sa mère !

La cavalière et sa monture réussissent par miracle à retrouver l'équilibre, mais le Lion leur est passé sous le nez. Il se faufile dans un étroit passage entre deux maisons afin d'empêcher les chevaux de le suivre. Laurence et Anaïs s'élancent pour faire le tour des bâtiments cependant qu'Esther et Émilie s'engouffrent dans le corridor. Ce dernier débouche sur un ancien terrain agricole que les pluies ont transformé en véritable bourbier. Les trois Fauves pataugent à grand renfort d'éclaboussures et de grossièretés. Ils s'enfoncent par endroits jusqu'aux genoux. Esther trébuche sur un obstacle et s'étale dans une flaque d'eau fangeuse. Le Lion s'en tire à peine mieux. C'est couvert de boue des pieds à la tête que chacun s'extirpe enfin de ce piège pour rallier la route voisine. Leur course les a menés à la sortie du village : au bout du chemin s'étend le bush. L'homme s'échappera pour de bon s'il parvient à s'engager dans la zone de fourrés denses, aussi Esther jette-t-elle toutes ses forces dans le sprint final. Elle ne sent plus la présence d'Émilie à ses côtés ; un coup d'œil en arrière lui apprend que la Guéparde s'est arrêtée, victime d'un essoufflement. Il faut continuer sans elle. Les cavalières ont heureusement trouvé un moyen de les rejoindre et surgissent en face du Lion, qui n'a d'autre choix que de faire volte-face puis bifurquer sur un parking s'ouvrant à sa gauche. Ce dernier est ceinturé par un mur de parpaings haut de plus d'un mètre et donne sur un bosquet d'arbres où le solitaire pourrait aisément disparaître. Ayant elle-même longtemps vécu seule, Esther a eu exactement le même raisonnement et anticipé cette stratégie de sorte que l'homme la découvre au beau milieu de son chemin alors qu'il se croyait sauvé. Sa hache fend les lambeaux de brume lorsqu'il se précipite vers la Panthère avec la ferme intention de l'écraser. Une décharge d'adrénaline électrise le corps de la jeune femme jusque dans ses moindres fibres. Son instinct la conjure de s'écarter. Elle reste pourtant campée sur sa position : cette fois, elle ne s'inclinera pas devant l'ennemi. Ses deux mains empoignent le manche de son couteau cependant qu'un cri de défiance monte du fond de sa gorge. Son regard se fixe droit dans les yeux fous du Lion qu'elle s'apprête à pourfendre. Esther ne songe pas en cet instant aux blessures terribles que cet homme pourrait lui infliger d'un seul coup de hache, ni au fait qu'elle se dresse face à un adversaire bien trop fort pour elle. Son esprit est tout entier concentré sur un formidable désir de destruction – la destruction d'une personne dont elle ignore tout si ce n'est qu'elle doit mourir. La confrontation de ces deux Fauves transcendés par la fureur eût sans aucun doute été mémorable… si seulement l'élan du Lion n'avait été coupé net par le lasso de Laurence, qui a fait bondir son cheval par-dessus les parpaings et tient à présent l'homme au bout de sa corde. Le couteau d'Esther lacère le vide. Emportée par son élan, elle part en avant tandis que son adversaire tombe sur le dos et porte les mains à son cou, autour duquel s'est resserrée la boucle du lasso. Un nuage de postillons jaillit de sa bouche en même temps qu'un râle étranglé.

La Panthère demeure interdite une seconde avant de reprendre ses esprits et courir vers l'homme qui se débat au sol. Elle envoie d'abord valser sa hache au loin, puis se met à lui tourner autour en cherchant le meilleur endroit où frapper. Une galopade effrénée accompagnée d'un ordre sec l'oblige soudain à relever la tête :

— *Dégage !*

Esther bondit sur le côté avec tant de précipitation qu'elle manque sa réception et s'écorche sur le goudron. À une fraction de seconde près, Anaïs l'aurait percutée de plein fouet. C'est la seconde fois qu'elle menace de la bousculer avec son cheval ; Esther commence à se demander s'il ne s'agirait pas de tentatives délibérées… La Guéparde emprisonne les jambes du Lion dans son propre lasso, en attache l'extrémité à la selle qu'elle s'est offerte lors du pillage d'un centre équestre voisin, puis fait reculer sa monture afin de tendre la corde. La victime est maintenant sans défense.

— Pourquoi tu m'as pas laissée finir ? s'insurge Esther d'une voix rendue tremblante par la nervosité.

Anaïs la considère avec dédain, puis balaie le parking du regard en fronçant les sourcils.

— Elle est passée où, Émilie ?

— Elle était essoufflée, elle n'a pas pu continuer. Mais je t'ai posé une ques…

— Pff… Elle est encore loin ?

La Panthère se raidit devant cette nouvelle marque de mépris. Elle songe à se diriger vers l'homme pour achever le travail sans plus se préoccuper de sa désagréable partenaire… puis s'aperçoit que son envie de tuer l'a quittée. L'adrénaline est retombée, et la vision du Lion luttant misérablement pour aspirer un peu d'air ne lui inspire plus que pitié. Elle range lentement son couteau.

— Allô, la Terre ! s'agace Anaïs. Est-ce qu'Émilie nous rejoint bientôt ?

— Je sais pas.

— Elle fait chier… Tant pis, on va pas l'attendre cent ans. Tu prends sa place.

La Guéparde fait signe à Esther d'approcher. Celle-ci reste immobile, méfiante. Comme Anaïs insiste avec virulence, elle finit par avancer. La cavalière met pied à terre tout en gardant les rênes en main et désigne l'étrier.

— Monte.

— Sur ton cheval ? hésite la Panthère.

— Non, sur ma tête ! T'as beaucoup d'autres questions débiles en réserve ?

— Mais je sais pas conduire ces bêtes-là…

— Je te demande juste de poser ton cul sur la selle et garder les rênes tendues : tu devrais t'en sortir. Mets ton pied ici et grimpe.

Esther s'exécute avec circonspection. Anaïs lui confie ensuite les rênes en lui montrant de quelle façon les tenir.

— Laisse tes mains dans cette position et reste bien droite. Place tes jambes comme ça… Voilà. Maintenant tu bouges plus.

Abandonnant son élève au sommet du bai brun, la jeune femme vient à la rencontre de l'homme suffoquant toujours au bout de sa corde. Une lueur inhabituelle brille au fond de ses yeux bleus.

— Ben alors, mon chéri ? On est tout seul ? On a perdu ses copains ?

Elle toise l'inconnu avec un mélange de convoitise et de férocité. Ses mains délicates viennent recoiffer sa chevelure aux reflets châtains, dont quelques mèches restent collées à son front par la sueur.

— Il paraît que nos ancêtres considéraient le lion comme un symbole de bravoure… Il suffit pourtant de vous séparer de votre meute pour découvrir à quel point vous êtes trouillards. Vous faites les fiers tant qu'un groupe d'amis est là pour vous soutenir, mais lorsqu'il s'agit de se débrouiller seul… C'est une autre histoire.

Le Lion tente de la saisir par les chevilles, mais Anaïs demeure hors de portée. Le visage de l'homme devient cramoisi.

— Ne lui serre pas trop le cou, Laurence. Je veux pas qu'il perde connaissance.

La Fauveresse fait le tour de sa prise pour l'observer sous toutes les coutures.

— Hum… C'est difficile à dire avec ce masque de boue, mais t'as pas l'air très beau. Dommage, on aurait pu passer un peu de bon temps, sinon.

Elle avise alors la hache qui gît un peu plus loin et va la ramasser.

— Je te trouve sympathique, même si t'es moche. Alors je te propose de me prouver que je me trompe au sujet des Lions. Tu vas me faire une démonstration de courage. Si tu réussis à ne pas t'évanouir quand je te trancherai les jambes, je t'épargnerai l'humiliation que j'impose normalement à tes congénères : je ne te couperai pas les couilles.

Esther sent son pouls s'accélérer brutalement. Elle voudrait s'enfuir loin, très loin de ce parking, de ce village, de cette région, de cette scène barbare à laquelle elle se voit contrainte de participer. Les rênes se mettent à trembler entre ses doigts.

— Je vais prendre tes râles incompréhensibles pour une approbation. Ne t'inquiète pas, j'ai plus de force que ce que mon physique laisse à penser : je n'aurai pas besoin de m'y reprendre à plusieurs fois.

Anaïs assure sa prise autour du manche de la hache. Celle-ci se dresse lentement au-dessus des jambes ligotées du Lion qui lutte en vain pour se libérer. La boucle du lasso maintenu par Laurence disparaît presque dans les replis de son cou alors qu'il ouvre grand la bouche sans parvenir à pousser le cri bloqué au fond de sa gorge. La lame rouillée mais encore tranchante s'abat dans un souffle d'air.

Esther ferme les yeux.

26

— Je dis juste que tu pourrais quand même faire un effort. Pas tous les jours, mais genre une fois par semaine.

— Mais putain, je vais pas me fatiguer à m'épiler avec une pince alors qu'on a déjà du mal à rester en vie ! De toute façon y a personne à draguer ici, ça change rien.

— Moi ça me gêne de voir une *toison* pareille. C'est d'une laideur sans nom.

— On est à l'Extérieur, meuf.

— Et alors ? Le fait d'être exilée ne signifie pas qu'on doit oublier toute forme d'élégance ! Prendre soin de son corps nous maintient au rang qui est le nôtre, celui des humains. Sans quoi on ne vaut pas mieux que des chiens.

— Peut-être que j'ai envie d'être une chienne.

Anaïs lève les bras au ciel dans un mouvement d'exaspération théâtral. Elle considère avec affliction les longs poils sombres couvrant les jambes d'Émilie. Celle-ci se coiffe sans lui prêter attention. La pluie tambourine contre les fenêtres du salon où les Fauveresses s'octroient leur traditionnelle séance de soins et de bavardages. Esther tente d'ignorer la conversation insipide des Guépardes. Comment peuvent-elles parler de pilosité aussi légèrement que des adolescentes après la boucherie de la veille ? La Panthère doit se faire violence pour masquer à quel point cette scène l'a choquée. Elle ne peut que feindre le stoïcisme en refoulant les images de cauchemar qui désormais hantent son esprit.

— Si tu veux je peux t'aider, ça me dérangerait pas de t'épiler. Et j'en profiterais pour te retirer cette tique que t'arrives pas à atteindre.

— Te fatigue pas…

— Et toi, Esther ? Tu voudrais pas que je t'apprenne à te couper les cheveux correctement ? Parce que là c'est un vrai carnage, si je puis me permettre.

L'intéressée grince des dents à l'idée qu'Anaïs puisse s'approcher d'elle avec une paire de ciseaux. Elle invente en catastrophe un prétexte pour s'éloigner du danger :

— Non merci. Je pensais aller chasser, en fait.

— Bonne idée, acquiesce Émilie. Mais n'y va pas seule : prends Léopard avec toi.

Esther grommelle ; la compagnie du jeune homme ne l'enthousiasme guère. Mais si cela peut lui permettre de s'éclipser, elle fera avec. Le duo se met en marche sous la pluie. Léopard ralentit devant le lampadaire auquel a été suspendu le cadavre du Lion et l'observe cependant que sa partenaire accélère en gardant la tête baissée. Elle croit encore entendre le son de la hache frappant les jambes du malheureux. Route et trottoirs sont tachés de sang tout le long du trajet entre la potence et le lieu de la mise à mort.

Ils se dirigent au nord du village, dans une zone où les jardins n'ont pas encore été prospectés. De petits animaux se cachent souvent au sein de la végétation anarchique entourant les maisons, offrant une ressource facile d'accès. Les chasseurs s'approprient deux terrains voisins puis entament leur travail chacun de leur côté. Leurs méthodes sont à l'opposé : tandis que Léopard est passé maître dans l'art de l'affût et de l'attaque foudroyante, Esther se lance dans des traques actives en fouillant la moindre parcelle de fond en comble. Elle tape des pieds, retourne les objets qui lui tombent sous la main, arrache les herbes par poignées, enfonce un bâton taillé en pointe dans chaque trou, afin d'obliger les proies à sortir de leur cachette. S'ensuivent des poursuites effrénées – généralement vouées à l'échec.

Il faut en moyenne une dizaine d'essais à la jeune femme pour réussir à capturer quelque chose. Cette technique épuisante pour les nerfs lui coûte beaucoup d'énergie, mais elle n'a pas la patience de rester sans bouger en attendant qu'un animal quitte son abri. Deux rats, un lézard et plusieurs oiseaux lui échappent en dépit de ses coups de bâton furieux. Elle s'interrompt au bout d'une heure pour se reposer sous le porche de la maison et essorer ses vêtements trempés. Au fond du jardin voisin, Léopard est accroupi devant l'entrée d'un terrier avec une immobilité parfaite. Esther crispe les mâchoires, assaillie de sentiments contradictoires à l'égard de son compagnon. Elle l'observe pendant quelques minutes en tournant son bâton entre ses mains.

Ce connard mériterait que je l'empale sur-le-champ...

La Panthère se lève puis traverse le jardin. Elle s'approche dans le dos du jeune homme, qui ne semble pas l'avoir entendue avec le bruit de l'averse. Il est resté torse nu et ne porte qu'un jean en piteux état. Ses cheveux mouillés sont plaqués en arrière afin de ne pas lui tomber devant les yeux. Esther distingue l'extrémité de la longue cicatrice qui lui barre le cou, et dont elle n'a jamais su l'origine.

— Léopard.

Il ne se retourne pas.

— Écoute... Je suis désolée de t'avoir griffé. J'avais oublié que tu n'aimes pas le contact et je n'ai pas compris ta réaction. J'étais juste très heureuse de te revoir ; on a vraiment cru que tu étais mort dans l'incendie.

Le bâton de la jeune femme trace des sillons dans la boue tandis qu'elle parle. En plantant son extrémité pointue entre les herbes, elle parvient à l'enfoncer de plusieurs centimètres.

— C'était nul de ma part de t'avoir insulté comme ça. Je ne pensais pas ce que j'ai dit. En fait, je crois que j'étais surtout en colère contre moi-même parce que... je m'en veux terriblement de t'avoir abandonné cette nuit-là.

Voilà, c'est dit. Esther se sent mieux à présent qu'elle a exprimé ce qu'elle avait sur le cœur. Elle sait que Léopard ne lui accordera rien en retour et n'espère aucune réponse. Son bâton s'arrache à la terre dans un discret bruit de succion.

— Je te laisse à ton travail.

C'est alors qu'une chose inconcevable se produit. Une chose à laquelle Esther n'aurait jamais osé croire, qu'elle n'aurait même jamais imaginé : Léopard se retourne et la regarde. Bien en face. La jeune femme en reste pétrifiée ; c'est la première fois qu'elle établit un contact visuel avec son partenaire.

Ses yeux ont la couleur de l'ambre. On y lit de la curiosité cependant qu'il dévisage la Fauveresse qui lui a sauvé la vie et l'accompagne depuis des semaines. Tous deux se contemplent pendant d'interminables secondes. La pluie elle-même semble s'être figée autour de leurs silhouettes.

Puis Léopard se détourne pour revenir à son affût. Esther demeure statufiée encore un instant avant de faire un, puis deux pas en arrière, et s'éloigner avec la plus extrême lenteur – comme si un geste trop brusque pouvait briser le miracle qu'elle vient de vivre. Ce n'est qu'une fois de retour dans son jardin qu'elle porte les mains à son visage dans un éclat de rire silencieux. Une euphorie sublime prend possession de son âme au point de lui faire esquisser une petite danse au milieu des flaques.

Léopard l'a regardée.

Il l'a *regardée.*

*

Au cours des jours suivants, la meute voit son environnement évoluer de façon spectaculaire : les teintes jaunes et ocre synonymes d'aridité se muent en un océan de vert tendre. De l'herbe fraîche, des arbres bien feuillus, et même des tapis de fleurs multicolores s'épanouissent à l'intérieur et autour du village. Les amazones contemplent avec émerveillement ces nuances de couleurs dont elles avaient presque oublié l'existence. On croirait passer de l'enfer au paradis. Mais tout n'est évidemment pas rose : avec les pluies et la verdure ont débarqué des cohortes d'insectes encore plus insupportables que d'habitude. Les proies se sont également dispersées à présent que les points d'eau se multiplient, augmentant la durée des traques. Les chevaux sont cependant mieux nourris de sorte qu'ils peuvent endurer des randonnées plus longues. Aujourd'hui la meute part justement en mission : après avoir nettoyé le village des solitaires errants, elle compte se charger des chiens qui rôdent à proximité. Une cohabitation avec ce genre d'animaux est impossible aux yeux d'Émilie : les canidés n'ont encore jamais attaqué mais pourraient un beau jour décider de s'en prendre aux chevaux. Ils font par ailleurs concurrence aux Fauves car ils chassent les mêmes proies. Pareils rivaux n'ont aucun droit d'asile sur le territoire des amazones. Armées de fourches, de pieux, de la fameuse hache ayant déjà fait ses preuves, ainsi que de matériel pour fabriquer des pièges, les Fauveresses ratissent méticuleusement le bush. Elles ont un excellent guide : Léopard marche en tête, analysant le moindre indice attestant du passage des chiens. Empreintes, excréments, poils... Rien ne lui échappe. Esther l'observe avec affection depuis la croupe du bai brun où elle a pris place ; elle commence à s'habituer aux mouvements du cheval et n'a plus besoin de s'accrocher à Émilie pour garder l'équilibre (tout du moins au pas). Cette situation privilégiée lui est accordée depuis qu'Anaïs s'est trouvé une nouvelle monture : le groupe de mâles célibataires a croisé une seconde fois le chemin de la meute, permettant la capture d'un jeune spécimen. Sa robe d'un gris sale et son apparence quelconque ne lui permettent pas de rivaliser avec la beauté sculpturale de l'étalon blanc... Mais il s'est laissé dompter sans opposer trop de résistance si bien qu'Anaïs n'éprouve aucune envie de le tuer. Il fera un bon cheval de selle à défaut d'être une source de fierté.

— Tu penses qu'ils sont encore loin ? s'enquiert la meneuse auprès de son pisteur.

Léopard s'est accroupi afin de scruter des traces que lui seul paraît capable de voir. Il secoue la tête pour signifier qu'ils approchent de leur objectif, se redresse en fixant quelque chose au loin, puis repart vers l'ouest.

— Je suis toujours scotchée par la précision avec laquelle il s'oriente... C'est toi qui lui as appris à traquer les animaux ? demande la Guéparde en se retournant vers sa passagère.

— Tu plaisantes, je suis nulle pour lire les empreintes ! Je sais pas comment il fait.

— En tout cas il communique mieux qu'avant. Je ne l'avais encore jamais vu hocher la tête pour me répondre. On dirait que votre réconciliation lui a été aussi bénéfique qu'à toi.

— Comment ça, « à moi » ? Je communiquais déjà très bien avant.

— Ouais, mais t'avais l'air malheureuse. Tu te mettais à l'écart, tu préférais parler à ton amie imaginaire plutôt qu'avec nous... Alors que depuis quelques jours t'es devenue plus sociable.

— Ah... Ben...

Esther ne sait que répondre. Les remarques d'Émilie l'embarrassent bien qu'elle comprenne qu'il s'agit de compliments.

— Ça fait plaisir de vous voir plus ouverts, tous les deux. Une bonne entente au sein de la meute est cruciale pour son fonctionnement.

— Avoue quand même que ce n'est pas nous qui créons le plus de problèmes...

— C'est-à-dire ?

D'un mouvement de la tête, Esther désigne silencieusement Anaïs qui chevauche quelques mètres devant elles. La jeune femme tient les rênes d'une main et porte de l'autre la hache maculée de sang séché dont elle a fait son arme favorite. Émilie lève les yeux au ciel.

— Je t'accorde qu'elle peut être méga chiante. Mais c'est notre meilleure combattante, et la seule capable de tuer sans hésitation.

— La seule ?

— Laurence et moi ne sommes pas très à l'aise avec ça. En ce qui me concerne, je n'ai jamais commis de meurtre.

Esther manque en tomber du cheval. La surprise la laisse sans voix pendant une seconde.

— T'es sérieuse ? T'as *jamais* tué personne ?

— On dirait que ça t'étonne.

— Bah oui, un peu… Je pensais que vous étiez toutes ici pour assassinat.

— Seulement Laurence, en fait. Anaïs n'a commencé à tuer qu'après son exil.

— Mais de quel genre de crime vous êtes accusées, alors?

— Laurence a étranglé son mari qui l'humiliait en permanence. Anaïs séquestrait des types qu'elle ramassait dans les bars et en faisait des esclaves sexuels ; elle a été condamnée pour viol et actes de torture, mais elle n'a tué aucune de ses victimes. Quant à moi… on m'a exilée pour *tentative* de meurtre.

— T'as pas réussi à aller jusqu'au bout ?

— J'ai raté mon coup. C'est une triste histoire…

— T'as voulu tuer qui ?

La Guéparde se mure dans le silence. Esther se mord la lèvre, regrettant d'avoir posé la question si brutalement. Des aboiements résonnent soudain dans le lointain.

— Les chiens ! s'exclame Laurence.

Les Fauveresses s'apprêtent à bifurquer vers la source du bruit quand Léopard vient s'interposer en levant les bras. Il secoue énergiquement la tête puis désigne la direction de l'ouest.

— T'es sourd ou quoi, les chiens sont de l'autre côté !

Le jeune homme insiste. Un instant de flottement s'étire, les chevaux dansent d'un pied sur l'autre alors que leurs cavalières hésitent.

— Qu'est-ce qu'il y a de si important là-bas ? Je te rappelle qu'on est ici pour tuer les chiens, on s'occupera du gibier ensuite.

Nouveau secouage de tête. Léopard est catégorique : il faut continuer vers l'ouest. Les amazones s'interrogent du regard, échangent leurs opinions, puis décident de faire confiance à leur pisteur qui ne les a jamais déçues jusque-là.

— OK, on te suit. Mais y a intérêt que ça vaille le coup.

27

Le jeune homme guide le groupe au cœur d'une zone arbustive particulièrement dense, où les montures peinent à circuler. La végétation touffue s'accroche dans les vêtements, égratigne jambes, bras et visages, et semble faire tout ce qui est en son pouvoir pour entraver la progression des Fauves. Anaïs râle depuis dix minutes, Émilie serre les dents, Laurence soupire. Esther elle-même commence à éprouver un certain agacement et se demande dans quel pétrin son compagnon les entraîne. Les aboiements ne sont plus audibles ; retrouver les chiens risque d'être compliqué maintenant qu'ils ont laissé passer leur chance. Bientôt deux heures que la meute avance sans savoir ce qu'elle cherche au juste... Les amazones sont sur le point de perdre patience lorsque Léopard leur intime de s'arrêter. Aucun animal en vue : rien qu'un fatras de plantes épineuses et d'arbustes tordus.

— Me dis pas que c'est pour ce tas de merde que tu nous as détournés de notre route ? fulmine la meneuse.

L'index du jeune homme se tend vers un large buisson s'ouvrant en tunnel au niveau du sol. L'entrée mesure moins d'un mètre de haut et à peine cinquante centimètres de large. Léopard s'y glisse à quatre pattes puis en ressort avec un chiot entre les mains. Le petit être geignard s'agite faiblement en couinant de détresse ; il ne doit pas avoir plus de quelques semaines. Ses frères et sœurs poussent eux aussi des cris aigus depuis les profondeurs du buisson. Esther n'en revient pas : son partenaire les a menées directement à la tanière des chiens. Par quel moyen en a-t-il deviné l'emplacement, voilà qui reste un mystère.

— Bien vu, admet Émilie. On va pouvoir installer des pièges tout autour avec l'assurance que les adultes tomberont dedans. Au travail !

Les pièges en question sont d'une redoutable simplicité : des collets construits avec du fil de fer et dissimulés sous des feuilles mortes. Les Fauves en placent trois devant l'entrée de la tanière. Quel que soit l'angle par lequel les chiens l'aborderont, ils marcheront forcément sur l'un des mécanismes. Cela devrait suffire à immobiliser au moins un individu, en espérant que ses congénères resteront à ses côtés de sorte que les amazones puissent revenir les achever tous. Le chiot sorti par Léopard a été remis au sein de la portée qui servira d'appât.

— On repassera ce soir pour vérifier s'il y a une prise. En attendant, allons chercher de quoi manger.

*

La chasse s'avère fructueuse : une espèce de cochon extraordinairement poilu surgit devant les chevaux alors que la meute ratisse les abords d'un entrepôt en ruine. L'animal, qui se cachait sous un amas de tôle ondulée, a bondi de frayeur quand Esther a frappé le métal avec sa lance. Celle-ci descend à terre pour laisser Émilie galoper à la poursuite de cette proie inespérée. Les trois cavalières assistées de leur équipe à pied réussissent sans trop de mal à encercler le cochon puis l'acculer contre un mur. De longues minutes et beaucoup d'efforts seront néanmoins nécessaires pour parvenir à l'immobiliser. Laurence finit par le transpercer de sa fourche. Les hurlements d'agonie de l'infortunée créature résonnent à travers toute la plaine pendant encore quelques secondes, jusqu'à ce qu'un couteau lui tranche la gorge. Un feu est allumé sur le sol bétonné de l'entrepôt, où la meute se rassemble pour préparer son premier repas digne de ce nom depuis l'emménagement au village. La viande du cochon est excellente, l'ambiance joyeuse. La tension monte lorsqu'une silhouette canine fait son apparition – puis retombe aussitôt : ce n'est qu'un chacal solitaire. Il ne représente aucun danger, mais sa façon de tourner autour de l'assemblée en jappant toutes les cinq secondes se révèle vite exaspérante… Il est finalement chassé par des jets de débris métalliques assortis d'une flopée d'injures.

*

Une déception attend les Fauves quand ils reviennent à la tanière en début de soirée : ils n'ont fait aucune prise. Des empreintes fraîches indiquent pourtant que les chiens sont repassés par ici. En s'approchant, Léopard découvre que l'un des pièges s'est déclenché mais que la victime est parvenue à se libérer en s'arrachant une partie de la patte. L'amas de chair, de peau et de griffes prouve qu'il s'agissait bien d'un canidé. Les chiots ont quant à eux disparu.

— Merde… Je pensais pas que ces sales bêtes seraient capables de se mutiler pour s'échapper du collet, marmonne Anaïs.

— On a raté notre coup, confirme Émilie. Mais l'individu blessé va ralentir leur meute, donc on devrait pouvoir les retrouver demain sans trop de difficultés.

L'équipée repart vers le village sans se soucier davantage de cet échec ; ses rivaux n'ont certes pas pu être éliminés comme prévu, mais les réserves de viande fournies par le cochon suffisent à rasséréner les esprits. Seule Esther s'inquiète :

— Est-ce que les chiens ne vont pas chercher à se venger ?

— Tu surestimes leur intelligence. Les animaux ne sont pas capables d'appréhender une notion aussi abstraite que la vengeance. Ils ne réagissent qu'à ce qui se trouve devant leurs yeux.

La Panthère ne semble guère convaincue et se retourne à plusieurs reprises vers l'emplacement de la tanière tandis que les chevaux s'en éloignent. La voix d'Émilie la tire de ses pensées :

— C'était ma petite sœur.

— Hein ?

— La personne que j'ai voulu tuer, à Oxalis.

— Oh… Qu'est-ce qu'elle t'avait fait ?

— Absolument rien. Je me suis trompée de cible à l'époque : c'est nos parents que j'aurais dû buter.

Esther conserve le silence par crainte de brusquer à nouveau la Guéparde avec des questions trop insistantes. Elle la laisse poursuivre spontanément.

— Ma famille vient du Diamant. Tu connais cette partie de la ville ?

— Je n'y ai jamais mis les pieds. Je sais juste que les habitants de ce Cercle sont très riches.

— Très cons, surtout. Là-bas, tout est régi par le culte de l'excellence : si tu as le malheur de ne pas correspondre à leurs critères de beauté, d'intelligence et de réussite sociale, tu es considéré comme « imparfait »… T'es une sous-merde, quoi. Et on te le fait bien comprendre.

— Ouais, j'imagine… Ça ne m'étonne pas de ce genre de quartier.

— Mes parents se sont choisis sur les conseils d'un généticien, comme cela se fait souvent là-bas. Ils voulaient une fille, de préférence blonde, très séduisante et dotée d'un QI d'au moins 130. Ils ont payé une fortune à un laboratoire pour obtenir l'enfant de leurs rêves. Alors autant te dire que quand j'ai débarqué, leur désillusion fut à la hauteur du fric qu'ils avaient gaspillé… Plus je grandissais, plus il devenait évident que seule la couleur de mes cheveux correspondait à leurs attentes. Les pauvres étaient catastrophés. Ils ont même intenté un procès au labo pour se faire rembourser.

— Ils ont gagné ?

— Non. On leur a expliqué que la science pouvait accroître les chances d'obtenir un enfant parfait, mais pas le garantir avec certitude. Il y a toujours une part de hasard dans la loterie génétique. Mes parents avaient joué de malchance, mais ce n'était pas la faute du labo.

— Quelle bande de connards…

— J'avais une dizaine d'années quand j'ai compris tout ça. Mes parents étaient furieux, ils ne savaient pas quoi faire de moi. Ils avaient honte de me sortir en public ou de m'envoyer à l'école. Je n'étais ni stupide ni particulièrement laide, mais j'étais *médiocre.* Et ça, c'est la pire chose qui puisse t'arriver dans le Diamant.

— Laisse-moi deviner : tes parents ont décidé de retenter leur chance à la loterie ?

— Exact. Ils sont allés consulter un autre laboratoire, ont de nouveau claqué un paquet de thunes, et ont obtenu ma sœur Noémie. Elle était parfaite : à onze ans, elle avait sauté deux classes et te parlait de physique quantique pendant que les autres gamines apprenaient à se maquiller. Elle était belle, sportive, et adorable avec ça : toujours au service des autres, bien élevée, pleine de compassion… Mes parents n'en pouvaient plus, ils l'exhibaient partout comme un animal de concours.

— Et toi, tu faisais quoi ?

— J'essayais de rester invisible comme on me le demandait. Lorsqu'on marchait dans la rue, je devais respecter une distance de plusieurs mètres afin que les gens ne pensent pas que nous appartenions à la même famille. Et quand des invités venaient à la maison, j'avais ordre de rester enfermée dans ma chambre pour qu'on ne me voie pas.

— C'est horrible ! J'aurais pété les plombs à ta place…

— Ben, c'est justement ce que j'ai fait. Un jour qu'on était au centre commercial, j'ai vu Noémie se pencher au-dessus d'une balustrade pour regarder vers les étages inférieurs. Mes parents étaient absorbés par une vitrine. Alors je me suis approchée puis j'ai poussé ma sœur dans le vide. Ça n'avait rien de prémédité, je n'étais même pas en colère… En fait je n'ai strictement rien ressenti à ce moment-là. J'ai vécu une sorte de déconnexion mentale et j'ai agi comme une machine, sans réfléchir.

Les deux jeunes femmes restent muettes un moment, bercées par le rythme tranquille de leur cheval et le bourdonnement des insectes qui suivent la meute dans chacun de ses déplacements.

— Tu disais qu'on t'avait exilée pour tentative de meurtre ; ta sœur s'en est donc tirée ?

— Oui, mais elle est restée handicapée. Les médecins n'ont pas pu réparer intégralement son système nerveux, les blessures étaient trop graves. Le pire, c'est que Noémie était la seule personne à se montrer gentille avec moi. Elle me répétait tout le temps que j'étais sa meilleure amie, son modèle… Elle m'adorait, alors que moi j'avais juste envie qu'elle meure.

— Je suis désolée.

Que dire d'autre? Esther ne trouve pas les mots pour exprimer la tristesse que lui inspire ce récit. Elle éprouve une compassion sincère pour son alliée malgré la froideur avec laquelle cette dernière vient de raconter son histoire. Il lui est impossible de voir le visage d'Émilie depuis sa place mais elle devine que son apparente indifférence dissimule une réelle douleur.

— Même tuer ma sœur, je n'ai pas été capable de le faire correctement, conclut la Guéparde. J'aurai été médiocre jusque dans le crime…

28

Les chiens ont attaqué à l'aube, alors que les amazones préparaient leurs chevaux pour une ronde de surveillance dans le village. Ils étaient trois ; trois molosses déchaînés surgis de la brume dans un concert d'aboiements et de grondements féroces. Ils se sont jetés directement sur les Fauves sans accorder la moindre attention à leurs montures. La mère des chiots, reconnaissable à ses mamelles gonflées et sa patte avant droite sectionnée, a bondi sur Émilie comme si elle avait deviné son rôle d'instigatrice du piège qui l'avait mutilée. Ses mâchoires se sont refermées sur le bras de la jeune femme. Le reste du groupe a tardé à lui porter secours, occupé qu'il était par les deux autres bêtes, si bien que la Guéparde a dû se défendre seule face à la furie de son adversaire. Les crocs vengeurs ont lacéré la manche de son blouson et entaillé ses chairs avant qu'elle réussisse à enfoncer son couteau dans l'œil de la chienne – qui a pourtant refusé de lâcher prise. Il a fallu attendre l'intervention musclée d'Anaïs pour vaincre l'animal que la rage semblait rendre insensible à la douleur. Esther, Léopard et Laurence ont de leur côté neutralisé les deux chiens restants, au prix de quelques morsures moins graves et de vêtements réduits en lambeaux. La meute s'évertue maintenant à calmer les chevaux paniqués sous la pluie qui commence à tomber. Émilie demeure assise par terre, les traits déformés par la souffrance.

— Laisse-moi regarder, murmure Anaïs en dégageant ce qui reste de la manche de blouson.

La jeune femme pince les lèvres en contemplant l'avant-bras de sa camarade ; la blessure est profonde. Un tissu déchiré est utilisé en guise de garrot puis Émilie est raccompagnée vers la maison pour désinfecter la plaie et faire un bandage avec les moyens du bord.

— Qu'est-ce qu'on fait des chiens ? demande Laurence.

— On peut les utiliser comme avertissements, de la même manière que les corps des Fauves solitaires, propose Esther.

— OK... Aide-moi à remonter à cheval. On va stocker les cadavres quelque part en attendant de décider où les pendre.

La tâche se révèle ardue tant les équidés sont effrayés. Une chance qu'ils aient été encore attachés lorsque les chiens ont chargé.

— Je le savais, déclare la Panthère tout en tenant le bai par la bride. Je savais qu'ils reviendraient se venger...

— Oui, on a fait une erreur. Il aurait fallu guetter près de la tanière pour ne pas les rater hier.

— Ça me laisse sur le cul que cette chienne ait eu la force de nous traquer pendant des kilomètres vu l'état de sa patte : elle est toute noire et gonflée ! C'est ignoble.

— C'est la gangrène. Elle n'en avait plus pour très longtemps.

— Tu crois que les chiots sont encore en vie ?

— S'ils ne se sont pas déjà fait bouffer par un prédateur, ils mourront bientôt de faim.

— C'est triste. Je les trouvais mignons.

— Va donc dire ça à Émilie...

*

Les cadavres sont simplement jetés à l'étage d'une maison voisine en attendant qu'un emplacement leur soit dévolu. Chacun rentre ensuite se changer puis panser ses plaies. Anaïs souhaite demeurer auprès d'Émilie pour la soigner et ordonne à Léopard de faire le guet à la fenêtre, au cas où le vacarme de la bataille ait attiré d'autres prédateurs. Le ton qu'elle emploie ne souffre aucune discussion. Laurence propose alors à Esther de lui apprendre à monter à cheval en attendant que les esprits s'apaisent. Celle-ci accepte, flattée d'être enfin considérée comme digne du rang de cavalière qu'on lui refusait jusqu'ici.

— Maintenant qu'Anaïs possède sa propre monture et qu'Émilie est blessée, il faut que tu sois capable d'éventuellement la remplacer sur le bai brun, explique la Tigresse.

Les deux jeunes femmes se dirigent vers le hangar. Esther sait déjà comment préparer puis harnacher son animal pour avoir souvent aidé ses camarades, mais elle se sent tout à coup moins assurée une fois en selle. Laurence a repéré un ancien terrain de sport à la sortie du village, dont le sol sablonneux est idéal pour s'entraîner – bien que particulièrement salissant depuis que les pluies le détrempent sans arrêt. Elle part dans cette direction, sachant que le bai brun suivra automatiquement son congénère. Esther observe la bête qui se déplace sous elle avec une fascination teintée de crainte ; elle est certes déjà montée en croupe à plusieurs reprises mais n'avait encore jamais dirigé l'animal. La Panthère serre les rênes de toutes ses forces en redoutant une ruade ou un départ au galop soudain. Une fois dans la carrière, les cavalières s'arrêtent au centre.

— Tu vas faire le tour du terrain au pas, déclare Laurence. Moi je te regarde d'ici pour te donner des conseils.

— Comment on lui demande d'aller par là ?

— Presse tes jambes contre ses flancs.

Esther s'exécute. Aucun mouvement ne s'ensuit.

— Encourage-le avec ta voix.

— Allez, avance… Allez…

— Sois plus ferme.

— Allez, avance !

Le bai brun se met pesamment en marche avec un soupir.

— Ne tire pas constamment sur les rênes, tu le bloques dans son élan. Détends-toi.

Esther et sa monture effectuent quelques tours de piste au cours des minutes suivantes, sous le regard vigilant de leur professeure.

La Panthère apprend comment tourner, s'arrêter, repartir, se tenir correctement en selle.

— C'est bien. On va faire un peu de trot.

L'exercice tourne court : l'apprentie cavalière est tellement secouée par cette allure saccadée qu'elle doit s'arrêter après quelques mètres, cramponnée à la crinière pour ne pas chuter. Laurence décrète la fin de la séance en apercevant Anaïs qui les rejoint, montée sur son cheval gris.

— Comment va Émilie ? s'enquiert la Tigresse.

— Elle aura une belle cicatrice, mais ça devrait aller. Léopard va veiller sur elle… ou plutôt l'inverse.

— Comment ça ?

— Je crois qu'il a mal vécu l'attaque des chiens, il est hyper nerveux. Il a sursauté si fort quand je suis passée près de lui que j'ai cru qu'il allait me mordre… Bref, allons faire notre ronde matinale.

— Tu veux y aller tout de suite ?

— On a un solitaire qui traîne encore dans le village : j'ai vu une silhouette traverser la rue cette nuit, pendant mon tour de garde. Il faut absolument retrouver ce type.

— Bon… Émilie ne vient pas, je suppose.

— Elle ne serait d'aucune utilité vu son état.

— Tu te sens de la remplacer, Esther ?

— Euh, pas vraiment…

La Panthère souhaite à tout prix éviter d'assister à une nouvelle boucherie. La mise à mort du Lion lui a suffi.

— Dans ce cas on te laisse ramener le bai brun au hangar. Tu sauras te débrouiller ?

— Oui, ça ira.

Les deux Fauveresses prennent la direction de la route principale du village cependant qu'Esther bataille contre son cheval, qui tente de suivre ses congénères. Une traction acharnée sur les rênes ainsi que quelques grossièretés bien choisies finissent par le convaincre d'obéir. La Panthère se retrouve seule dans les rues, exaltée par cette situation : admirez la fière amazone sur son destrier ! La guerrière parcourant son territoire avec l'assurance tranquille que lui confère sa puissance…

Dixit la fille qui ne sait même pas trotter sur dix mètres sans se vautrer.

— Oh, ça va ! Après quelques jours d'entraînement je galoperai comme une déesse.

J'ai hâte de voir ça.

Esther chasse d'un revers de main les sarcasmes de sa voix intérieure. Ses pensées se redirigent vers Léopard, ce qui entraîne une accélération subite de son rythme cardiaque ainsi qu'une vague de chaleur dans tout son corps. Il lui tarde de rentrer auprès du jeune homme, et elle espère qu'il l'autorisera à le réconforter. Elle voudrait tant pouvoir le prendre dans ses bras, lui murmurer des paroles apaisantes en lui caressant les cheveux… Dans ce monde de violence et de mort où l'amour n'a aucune place, Esther désespère de trouver quelqu'un avec qui partager l'affection dont son cœur a besoin. Cette sensibilité constitue une faiblesse – mais elle refuse de s'en défaire. Elle ne veut pas que son âme s'endurcisse jusqu'à devenir aussi sombre et froide que du plomb ; elle ne veut pas devenir comme Anaïs. Le lien qu'elle a su établir avec Léopard pourrait bien être sa seule chance de salut.

— Faites qu'il ne me repousse pas… Faites qu'il me laisse le toucher, juste une fois…

*

Une sorte de sixième sens acquis au fil des dernières semaines l'avertit du danger avant même qu'elle soit en vue de la maison. Le cheval a lui aussi perçu la menace et redresse la tête, oreilles pointées vers l'avant. Un léger ronflement s'échappe de ses naseaux. Sa cavalière est sur le qui-vive lorsqu'ils franchissent le coin de la rue. À première vue, rien à signaler. Puis Esther repère la fumée qui s'élève du hangar et flaire l'odeur beaucoup trop familière du feu.

Non, pas ça !

La jeune femme saute maladroitement à bas de son cheval qu'elle attache en catastrophe au premier poteau venu, puis s'élance vers le hangar. La fumée est encore ténue, elle devrait avoir le temps de stopper l'incendie avant qu'il devienne incontrôlable. Pas question de laisser la malédiction lui voler une nouvelle fois sa maison.

— Émilie, Léopard, venez m'aider !

Son compagnon est déjà sur place. Esther le découvre s'affairant devant le foyer qui s'est déclaré dans les herbes sèches servant de foin aux chevaux. Elle s'apprête à courir chercher de l'eau lorsqu'un détail incompréhensible retient son attention : Léopard tient une boîte d'allumettes. Il se tourne alors vers elle, mais ce second échange de regards n'est en rien comparable à celui qui les avait précédemment réconciliés. Esther n'aime pas ce qu'elle lit en cet instant dans ses beaux yeux d'ambre. Tous les mystères qui la déconcertaient s'éclaircissent : elle n'est pas victime d'une malédiction surnaturelle, mais a simplement eu le malheur de se lier avec un pyromane. Son âme s'effondre sous l'effet d'un séisme intérieur – mais il faut d'abord pallier le plus urgent. La jeune femme se précipite vers le bac où les chevaux s'abreuvent, le traîne comme elle peut à travers le hangar puis le renverse sur les flammes. Léopard s'est écarté et semble agacé de voir son œuvre si grossièrement interrompue. Son irritation n'est cependant rien face à l'explosion de colère de sa partenaire :

— C'est *toi* qui allumes les feux ?! C'est *toi* qui déclenches ces incendies depuis le début ?! Tu… tu… Tu as brûlé notre ferme ! *Tu as brûlé ma forêt !!*

Esther dégaine son couteau. Plus aucun mot articulé ne parvient à se former sur ses lèvres ; seul un long cri de rage accompagne son assaut quand elle se rue sur Léopard (qui a la sagesse de s'enfuir). Alors qu'ils s'engagent tous deux dans la rue en courant, Émilie apparaît au seuil de la maison, le teint pâle et son bras serré contre elle.

— Qu'est-ce qui vous prend ?!

Elle n'obtient aucune réponse et ne peut qu'observer avec ahurissement ses acolytes s'éloigner vers l'est du village.

29

— *Je vais te tuer!*

Léopard sent qu'il ne s'agit pas de paroles en l'air et qu'il a intérêt à courir plus vite qu'Esther. Si la jeune femme le rattrape, il est mort. Aussi met-il à profit toute la force contenue dans ses jambes musclées par des mois d'errance pour dévaler la rue et enchaîner les virages. Il ne jette aucun regard en arrière, n'essaie pas de calmer sa poursuivante, reste focalisé sur son effort tandis que la Panthère s'épuise en vociférations inutiles. Son sang-froid lui permet de prendre l'avantage; l'écart entre Esther et lui se creuse. Parvenu à la frontière des quartiers inondés, il saute sur une voiture puis se jette dans les eaux troubles qui ont transformé les rues en canaux. Il nage à l'aveuglette parmi les débris, la terre et les amas de végétation charriés par la crue, jusqu'à ce que le manque d'air l'oblige à refaire surface. Esther s'est engagée dans l'eau à son tour mais sans plonger; elle court avec difficulté à travers la masse liquide qui entrave ses mouvements. Le temps qu'elle prenne conscience de son erreur, Léopard a pris une avance considérable. Elle finit par le perdre de vue quand il disparaît derrière la carcasse partiellement émergée d'un camion. La jeune femme reste un moment plantée au milieu du courant, cherchant du regard la silhouette de sa proie. Un hurlement de frustration se répercute sur les murs des bâtiments lorsqu'elle comprend que la partie est perdue. Léopard s'est évanoui dans la nature.

— *Putain!* Sale enfoiré de ta race!

Esther se résigne à rejoindre la terre ferme, non sans frapper l'eau avec fureur et jeter au loin tout ce qui lui tombe sous la main. Son désir de destruction est toujours aussi impérieux lorsqu'elle quitte la zone inondée. Trempée jusqu'aux os, harassée par l'émotion autant que par sa course, elle plante son couteau dans le bois pourri encadrant la vitrine d'une boutique de chaussures. Elle avise ensuite un bout de métal tordu échoué sur le trottoir puis s'en sert pour fracasser la vitrine elle-même. Son arme s'abat sans relâche et chaque coup s'accompagne d'une injure.

— Le salaud! L'enfoiré! Le fils de pute! Il se fout de ma gueule depuis le début!

Le bout de métal finit par voler à travers le magasin pour achever son existence parmi les vieilles chaussures. Esther doit ensuite s'appuyer contre un mur; elle ne s'est jamais sentie aussi dévastée, pas même le jour de son exil.

Léopard l'a trahie. Elle lui a tout donné, et lui a tout brûlé.

La jeune femme voudrait pleurer mais ses yeux restent secs. Les seules larmes coulant sur ses joues sont des gouttes de pluie. Elle s'était pourtant juré, après son premier chagrin d'amour, qu'elle ne laisserait jamais plus un homme lui briser le cœur… L'unique personne envers qui elle éprouvait une affection sincère l'a poignardée sans une once d'hésitation. Esther n'oubliera jamais cette lueur de folie dans les prunelles de Léopard. Sa joie d'avoir rencontré quelqu'un portant le même tatouage qu'elle l'a aveuglée au point de lui faire ignorer l'évidence: aucun Fauve n'est digne de confiance. Aucun. Ses derniers espoirs viennent de s'envoler avec son compagnon.

— C'est fini…

— Allons, sois pas triste: un de perdu, dix de retrouvés.

La Panthère fait volte-face dans un hoquet de stupeur. Ses muscles se tétanisent alors qu'elle découvre l'homme qui se tient à quelques mètres. Un Tigre. Outre son marquage facial synonyme de violence brute, il a taillé ses cheveux de manière à former une crête iroquoise. Le résultat n'est pas franchement concluant… Pourtant, loin de le rendre ridicule, cette coupe ratée lui confère une apparence encore plus effrayante. Son sourire dévoile des dents jaunies et des gencives abîmées.

— T'es mignonne mais pas très futée, hein ? Comment tu vas faire maintenant que t'as chassé ton mec et que tes copines sont pas dans les parages pour venir t'aider ?

Le sang d'Esther ne fait qu'un tour. Elle bondit vers son couteau toujours planté dans l'encadrement de la vitrine, mais le Tigre a suivi son regard et se montre plus leste. Il s'empare de l'arme pour la jeter au loin puis agrippe la jeune femme de ses mains puissantes. Celle-ci se retrouve plaquée contre un mur avec tant de force que son front heurte la pierre. Sa vision se brouille alors qu'elle sent une surface rugueuse lui érafler la peau et le corps de l'homme se presser contre le sien. Il l'écrase de toute sa masse en lui tordant un bras dans le dos. Son visage se rapproche au point qu'elle perçoit les effluves de son haleine méphitique lorsqu'il lui murmure à l'oreille :

— Je vais t'enculer tellement fort que tu me supplieras de t'achever.

De sa main libre, il commence à tirer sur le jean d'Esther pour le baisser. Le contact de ces doigts sales et avides redonne un coup de fouet à la jeune femme qui se met à hurler à pleins poumons en se débattant sauvagement. Elle lutte tant et si bien que l'homme s'interrompt pour lui plaquer sa main sur la bouche.

— Tu la fermes ou je te tue d'abord ! Moi je m'en fous que tu sois vivante ou morte, ça m'empêchera pas de te baiser !

La Panthère referme ses mâchoires sur les doigts qui tentent d'étouffer ses cris et plante ses dents aussi profondément que possible. L'homme pousse un rugissement de douleur. Il relâche aussitôt son emprise puis assène un coup de poing terrible vers le crâne de la jeune femme – qui cette fois-ci se révèle plus vive et parvient à s'esquiver. La main déjà endolorie du Tigre vient percuter le mur, provoquant un nouveau beuglement de souffrance.

— *Salope !* Je vais t'arracher la tête !

Esther remonte la rue dans un sprint désespéré. Elle n'essaie plus d'appeler à l'aide ; sa voix s'est brisée à force de hurler, et elle doit conserver son souffle pour échapper au prédateur enragé qui la talonne.

Où sont Anaïs et Laurence ? Elles devraient pourtant m'avoir entendue !

En temps normal, la Panthère distancerait aisément cet ennemi visiblement peu entraîné à la course. Mais elle a gaspillé ses forces en poursuivant Léopard et peine à garder le rythme. Il lui semble que ses poumons en feu vont se déchirer. Le Tigre a dégainé son propre couteau et le brandit en l'air comme le fou furieux qu'il est sans aucun doute. Ses lèvres sont luisantes de bave. Esther n'a guère meilleure allure : son nez se met à couler de manière incontrôlable tandis qu'elle halète de frayeur. Son agresseur est presque remonté à sa hauteur et tend le bras pour la saisir.

Je vais pas y arriver… Je vais pas…

Une idée surgit dans son esprit, qu'elle applique immédiatement sans se poser de questions : elle se laisse tomber au sol puis se roule en boule devant le Tigre. Ce dernier est trop proche pour freiner et n'a d'autre choix que de lui trébucher dessus. La jeune femme a le souffle coupé par la violence du choc. Elle croit entendre ses côtes craquer quand les pieds de l'homme la percutent. Pas le temps de s'attarder sur le bruit sourd de sa chute ni de vérifier s'il est blessé : Esther s'oblige à repartir sans délai. Elle réussit à parcourir une vingtaine de mètres supplémentaires avant que la douleur et l'essoufflement n'aient raison de son endurance, puis s'effondre pour de bon au milieu de la route.

À travers le brouillard qui envahit son cerveau, elle perçoit des bruits de sabots à quelque distance ; ses partenaires se dirigent dans sa direction. Quant au Tigre, elle ne l'entend plus. Un regard en arrière lui apprend qu'il gît toujours à l'endroit de sa chute. Une flaque de sang auréole sa tête. La jeune femme le contemple avec une sorte d'hébétude pendant de longues secondes avant de se relever sur ses jambes tremblantes. Elle s'approche alors de la silhouette immobile de l'homme. La flaque de sang se transforme en mare à mesure que le liquide vermillon jaillit avec un débit spectaculaire : le Tigre est tombé sur son couteau et se l'est enfoncé dans la gorge. Il est parvenu à le retirer puis se traîner sur un ou deux mètres avant de perdre conscience. Peut-être même est-il déjà mort. La Panthère détaille encore ce macabre tableau quand Anaïs et Laurence la rejoignent enfin. Les cavalières considèrent à leur tour le corps inerte, puis le couteau ensanglanté.

— C'est toi qui lui as fait ça ? demande Laurence.

Esther met quelques instants à comprendre qu'on s'adresse à elle. Un état de transe la sépare du monde réel.

— En fait, il…

Non, ne leur dis pas que c'est un accident. Tu gagneras leur respect si elles pensent que tu as vaincu ce type au combat.

Elle prend le temps d'évaluer ce raisonnement. Sa voix intérieure est souvent irritante, mais aussi très pertinente. Sa proposition paraît sensée. La jeune femme se redresse donc, s'éclaircit la gorge, puis déclare avec autant d'assurance que possible :

— Ouais, je lui ai réglé son compte. Ce connard l'avait bien cherché.

Laurence hoche la tête avec approbation. Anaïs elle-même hausse des sourcils impressionnés. Rares en effet sont les Fauves pouvant se targuer d'avoir dominé un Tigre en duel. Esther perçoit un changement d'attitude immédiat chez ses camarades et comprend qu'elle vient de prouver sa valeur une fois pour toutes. Elle est désormais une véritable amazone.

30

Léopard ne reviendra pas. Les jours passent sans qu'aucun signe de sa présence soit repéré, ni dans le village ni aux alentours : le jeune homme a quitté la région. Cette séparation est une blessure pour Esther en dépit de la colère légitime qu'elle éprouve. Une page de sa vie à l'Extérieur s'est tournée, ne lui laissant en héritage que des souvenirs et des rêves brisés. Elle s'efforce de surmonter la perte de son compagnon en se jetant à corps perdu dans le travail, et notamment son apprentissage de l'équitation. Laurence, Anaïs et Émilie se succèdent pour lui enseigner l'art de monter à cheval. La Guéparde a retrouvé quelques forces bien que son bras la fasse toujours souffrir, et les deux jeunes femmes se découvrent des affinités au fil de leurs conversations. Esther est allée jusqu'à lui avouer n'avoir pas réellement assassiné le Tigre fou – une confidence qu'Émilie a accueillie avec un sourire entendu. Leur répulsion pour le meurtre constitue leur petit secret, une faiblesse qu'elles partagent et qui les rapproche. Il reste donc de l'espoir : la Panthère ne trouvera pas l'amour dans les ruines de ce monde, mais elle aura néanmoins gagné une amie.

Ses efforts en selle finissent également par porter leurs fruits. Après des heures d'entraînement, plusieurs chutes et beaucoup de persévérance, Esther a maintenant un niveau suffisant pour monter aux trois allures et même sauter de petits obstacles. Émilie la laisse parfois conduire le bai brun pendant les rondes. Il est question de lui capturer une monture si une harde vient à être repérée. La jeune femme brûle d'impatience d'avoir son propre cheval ; elle se demande de quelle couleur il sera. Un bel étalon noir, voilà qui serait merveilleux. Elle l'appellerait Orage et personne d'autre qu'elle ne pourrait le monter. Ils formeraient un couple invincible, régnant sur les grandes plaines…

Te fais pas trop d'illusions, cocotte : t'auras sûrement rien d'autre qu'une vieille carne toute moche.

— Peut-être… ou peut-être pas.

— Qu'est-ce que tu dis ? demande Émilie depuis la salle de bains.

— Non, rien.

— Tu parlais encore toute seule ?

Esther grommelle une réponse inintelligible, un peu embarrassée. Elle essaie en général de ne pas discuter avec sa voix intérieure devant les autres, mais il lui arrive de le faire inconsciemment tant elle s'y est habituée.

— Je n'ai eu personne à qui parler pendant longtemps, se justifie-t-elle.

— J'imagine.

— Vous devez me prendre pour une folle…

— Non. Pas moi, en tout cas. J'aurais sûrement fait pareil si je m'étais retrouvée isolée dans une forêt après mon exil.

Esther vient s'appuyer dans l'encadrement de la porte puis fronce le nez en observant son amie retirer le bandage qui entoure sa blessure. Le tissu est taché et dégage une odeur nauséabonde.

— Fais voir ta morsure…

La Guéparde ramène aussitôt son bras contre elle puis se détourne.

— Ça va très bien. Il me faut juste un bandage propre.

— Ce que j'ai vu n'avait pas l'air d'aller très bien.

— T'inquiète.

— Mais si jamais c'est la gangrène comme pour cette chienne ? J'ai vu l'état de sa patte, c'était horrible…

— C'est pas toi qui voulais voir la mer, au fait ?

— Hein ?

— Tu m'avais dit ça, un jour : que tu rêvais de savoir à quoi ressemble la mer.

— Oui, mais je vois pas le rapport avec notre discussion.

— Y en a aucun, justement. Je change de sujet pour que t'arrêtes de m'emmerder avec cette histoire de morsure.

Esther s'apprête à pousser un gros soupir mais Émilie enchaîne aussitôt :

— Dès que j'ai fini ça, on peut partir la voir.

— La mer ?

— C'est pas très loin d'ici. En chevauchant deux ou trois heures vers le sud, on y sera.

— Comment tu le sais ?

— J'ai été relâchée sur la côte. Par contre tu risques d'être déçue : l'océan n'est qu'une vaste étendue de plastiques et de déchets. Ça n'a pas grand intérêt.

La Panthère demeure un instant sans mot dire pendant que son amie s'empresse d'enrouler un nouveau bandage sur son bras et fourre l'ancien dans une poubelle.

— Allons sur la côte, j'ai envie de voir ça de mes propres yeux. Mais dès qu'on rentre, je veux examiner ta blessure.

— Ouais, ouais…

*

Contre toute attente, Anaïs et Laurence proposent spontanément d'accompagner cette randonnée qui ne revêt pourtant aucun but concret, hormis celui de traverser une zone inconnue pour aller admirer un paysage « sans grand intérêt ». Les deux jeunes femmes apprécient l'idée de chevaucher pour le plaisir, loin de leurs préoccupations quotidiennes. La meute se met en route après la ronde matinale. Tandis qu'elle descend la rue menant vers le sud, Esther lève les yeux vers le chien mort pendu à une enseigne. Un peu plus loin a été accroché le cadavre du Tigre. Elle a refusé de le mutiler, laissant ce soin à Anaïs, mais elle n'a plus peur de le regarder. Sa crête trempée par la pluie retombe misérablement sur un côté de sa tête.

Bien qu'il s'agisse de leur territoire, les amazones restent en alerte en pénétrant dans le bush. Entre la brume et la végétation, il est difficile de distinguer la silhouette d'un éventuel ennemi en embuscade. Les avertissements installés aux frontières du village paraissent toutefois suffisamment dissuasifs : les lieux sont déserts. Après une heure et demie de chevauchée, les arbustes se raréfient pour laisser place à une végétation plus basse, puis finalement à une plaine herbeuse. Le tapis émeraude parsemé de fleurs qui se déroule devant les Fauveresses leur inspire à toutes la même idée.

— Essayez donc de me rattraper, bande de feignasses ! s'écrie Anaïs en lançant son cheval au galop.

— On ne devrait pas épuiser nos montures pour rien, tempère Laurence.

— Allez, c'est pas tous les jours qu'on a l'occasion de s'amuser un peu !

Émilie se tourne vers Esther avec une expression malicieuse.

— T'es prête ?

— Montre-lui, à cette pétasse.

— Accroche-toi !

Le bai brun bondit au moment où la Panthère referme ses bras autour de la taille de son amie. La frayeur s'empare d'elle un instant, puis disparaît face à l'incroyable sensation d'apesanteur et de vitesse générée par l'allure souple du cheval.

— C'est puéril ! s'exclame Laurence.

Elle s'élance malgré tout pour suivre les autres et encourage sa monture qui file ventre à terre. Les trois chevaux produisent un grondement de tonnerre. Des nuées d'insectes s'envolent sur leur passage et divers petits animaux fuient en catastrophe à mesure que les bolides tracent de larges sillons dans les hautes herbes. Anaïs est toujours en tête, presque couchée sur l'encolure de son cheval pour lui hurler directement dans les oreilles. Laurence s'emporte moins mais possède une monture plus grande, dont les longues jambes la rapprochent peu à peu de sa concurrente. Émilie et Esther sont à la traîne : le bai brun peine à accélérer avec deux cavalières sur le dos.

Elles n'en font toutefois pas un drame et profitent de cet instant suspendu, véritable oasis de bonheur dans une vie de combats permanents. La Panthère respire l'air vif qui lui ébouriffe les cheveux et dépose de minuscules gouttes de pluie sur son visage. Elle prend le risque de lâcher sa partenaire pour écarter les bras – mais doit aussitôt se raccrocher.

— T'es folle ! s'esclaffe la Guéparde.

— Tu vois que tu le penses, au fond !

— Qu'est-ce que vous branlez derrière ? leur crie Anaïs. Je pourrais vous dépasser même à pied!

Émilie lui adresse un bras d'honneur plein d'allégresse cependant qu'Esther prend conscience du caractère extraordinaire de ce qu'elle est en train de vivre. Autour d'elle s'étend un espace sans limites, à l'opposé de la ville surchargée où elle a grandi : les tours insalubres de son quartier ne lui boucheront plus jamais la vue. Ses yeux peuvent désormais s'enivrer de ce ciel immense, de cette plaine infinie qui semble ne jamais devoir s'interrompre et où son cheval pourrait galoper éternellement. Aucun citadin n'aura la chance de connaître une telle sensation. Ce privilège leur est dévolu à elles seules, les amazones. Elles n'ont de compte à rendre à personne, vont où bon leur semble, ne dépendent d'aucune autorité, se battent pour la seule cause qui en vaille la peine : vivre. Une vie qu'elles célèbrent dans la douleur et le sang autant que dans l'euphorie la plus pure. La notion de liberté, qu'Esther connaissait sans vraiment savoir à quoi l'identifier, s'incarne soudain dans toute sa puissance à travers cette course effrénée.

— Nous sommes libres ! Nous sommes *libres* !

Ses cris de joie s'élèvent vers le ciel, résonnent sur la terre que martèlent les sabots de leurs infatigables montures. Ils sont bientôt repris par ses camarades qui, à leur tour, clament leur défiance à la face de l'univers.

— Nous sommes sans lois ni morale !

— Nous sommes sauvages !

— Nous sommes des Fauves !

L'ivresse gagne tout le monde. La stoïque Laurence part dans de grands éclats de rire, et les chevaux eux-mêmes paraissent galvanisés. Les amazones dominent leurs terres avec la fougue éclatante des déesses qu'elles ont choisi de devenir.

31

Une odeur iodée teintée de fragrances acides se répand dans l'air. La mer et ses embruns corrosifs ne sont plus très loin. Les chevaux avancent au pas ; l'accès de folie qui transportait la meute quelques minutes plus tôt s'est évanoui. Une grande fatigue transparaît dans la voix d'Émilie lorsqu'elle déclare tout à coup :

— Esther, passe devant… J'ai trop mal au bras.

Les jeunes femmes descendent pour échanger de place. La Panthère remarque avec inquiétude le regard brillant et les traits tirés de son amie. Une cohorte de mouches tourbillonne depuis un moment autour de son bandage, déjà taché à nouveau.

— Ça va aller ? Tu veux qu'on s'arrête ?

— Non. J'ai juste un peu forcé sur mes muscles lorsqu'on a galopé, ce sera bientôt passé.

— T'as l'air brûlante de fièvre.

— Je me reposerai sur la plage… Si elle n'a pas entièrement disparu sous les déchets.

Le bai brun repart avec Esther aux commandes. Alors que le groupe progresse vers la côte, une ligne sombre se dessine à l'horizon. La jeune femme sent son cœur s'emballer quand elle identifie la lisière d'une forêt gigantesque. Celle où elle vivait avec Léopard fait figure de jardinet en comparaison. Plus elle approche, plus elle s'émerveille de la dimension des arbres qui toisent les amazones du haut de leurs trente mètres.

— La vache, je pensais pas qu'il en existait encore de cette taille ! s'étonne Laurence.

Esther est réduite au silence par l'émotion. Ces majestueux géants habillés d'un épais feuillage émeraude l'invitent à les rejoindre pour se blottir au creux de leurs branches accueillantes. Certaines sont si larges qu'on pourrait y construire une confortable cabane, à l'abri des prédateurs, des insectes et des intempéries. Un foyer idéal tel que la Panthère en a toujours rêvé. Par-delà les rangées de troncs imposants s'étend le royaume des ombres, un univers antédiluvien à peine troublé par les rares rayons de soleil qui parviennent à percer la canopée. Dans ce monde obscur et secret évoluent des êtres furtifs qu'Esther a appris à côtoyer au point de devenir l'une des leurs – jusqu'à ce que les incendies l'obligent à sortir en pleine lumière. Un formidable instinct l'attire vers la promesse d'une existence cachée loin des regards ; chacun de ses nerfs tend vers le mur végétal nimbé de brume, chaque cellule de son corps lui conjure de gagner le sous-bois pour y disparaître. La jeune femme est si bien hypnotisée par l'appel de la forêt qu'elle s'oriente inconsciemment dans cette direction. Son cheval perçoit l'exaltation qui l'irradie, redresse l'encolure et allonge ses foulées. Il dépasse bientôt Laurence, rattrape Anaïs, puis commence à dévier vers les arbres.

— Tu vas où, là ? s'enquiert Émilie.

La voix de son amie arrache Esther à l'emprise des géants. Elle tressaille puis secoue la tête.

— Je… Rien. Je m'étais perdue dans mes pensées.

La Panthère rassemble ses rênes pour remettre sa monture dans le droit chemin. Il y a quelques semaines, elle serait peut-être descendue en annonçant à ses camarades qu'elle les quittait, ayant découvert son éden tant espéré. Elle se serait ensuite enfoncée dans la forêt au terme de courts adieux, et sa vie en tant qu'amazone aurait pris fin. Aujourd'hui, elle choisit de rester au sein de la meute. La quiétude des ombres a perdu de son pouvoir d'attraction face à la force du lien qui l'unit à Émilie, Laurence – et même Anaïs. C'est un renoncement déchirant que de tourner le dos aux arbres ; pourtant Esther est heureuse car ce sacrifice prouve qu'elle appartient désormais à quelque chose de plus important. Une communauté, une famille. Elle talonne son cheval dont la tête pointe maintenant vers l'horizon dégagé.

— Allons voir la mer ! C'est encore loin ?

— On devrait bientôt l'apercevoir.

— Tu crois qu'il y a des animaux qui vivent toujours dedans ?

— Des méduses.

— C'est tout ?

— J'ai jamais rien vu d'autre.

— Un jour, j'ai regardé un vieux documentaire sur les créatures des abysses… Elles vivent à des kilomètres de profondeur, dans un froid glacial et une obscurité totale. Si ces bestioles sont assez coriaces pour supporter ça, elles auront sans doute survécu à la Grande Crise.

— C'est pas moi qui plongerais pour aller vérifier.

Un bruit sourd les fait soudain se retourner en sursaut.

— Laurence ?!

La Tigresse vient de tomber de son cheval et ne bouge plus. Émilie saute à terre pour se hâter vers elle.

— Meuf, qu'est-ce qui t'arrive ?

Sa monture esseulée marque un écart puis s'enfuit devant la Guéparde, qui remarque alors une forme sombre suspendue dans les airs à deux mètres de distance. De la taille d'un gros oiseau, noire comme la nuit et tout en angles affûtés, elle émet un ronronnement quasi imperceptible. Émilie fixe avec sidération cette chose surgie de nulle part. Une fraction de seconde plus tard, elle s'écroule sur le dos. Un trou d'un centimètre de diamètre est apparu au milieu de son front.

— *Drone !* s'écrie Anaïs.

La jeune femme lance son cheval à pleine vitesse sans s'attarder davantage. Esther, sous le choc, met plus de temps à réagir. Le drone se rapproche d'elle puis scanne la puce électronique logée dans son cou. Ayant confirmé son identité et sa qualité de Fauve, il oriente son canon vers le crâne de la Panthère – qui retrouve ses esprits juste à temps.

— Au galop ! hurle-t-elle à sa monture en lui assénant une grande claque.

La balle fuse à un cheveu de sa tête alors qu'elle se couche sur l'encolure du bai brun.

La forêt ! C'est notre seule chance !

Ses doigts tirent sur les rênes pour faire virer le cheval en direction des arbres. Elle n'a pas encore totalement réalisé ce qui se passe et ne réagit que par réflexe, presque sans réfléchir. Le drone s'est lancé à sa poursuite. Il n'est pas assez rapide pour se maintenir à hauteur de la cavalière mais ses tirs en rafales la frôlent à plusieurs reprises. Sans selle ni étriers pour s'aider à garder l'équilibre, Esther craint de chuter à tout instant. Elle ne peut que serrer les jambes contre les flancs de sa monture affolée tout en s'accrochant à la crinière et en remuant dans tous les sens pour éviter les tirs. La lisière de la forêt n'est pas très loin ; l'appareil aura plus de mal à viser sous le couvert des arbres et sera incapable de la suivre si elle parvient à s'engager dans les fourrés denses. Un cri lui échappe quand une balle vient lui érafler l'épaule.

— Plus vite, plus vite !

Le drone perd du terrain. Son intelligence artificielle comprend la stratégie de sa cible et il sait qu'il doit à tout prix la neutraliser avant qu'elle s'engage dans le sous-bois. Une rapide analyse de la situation le fait parvenir à une conclusion simple : puisque le Fauve est trop difficile à atteindre tant qu'il s'agite comme un fou sur sa monture, alors il suffit de se reporter sur une cible moins compliquée à viser, à savoir la monture en elle-même. La balle suivante est donc pour le cheval, qui réussit à entamer une ultime foulée avant de s'écraser en plein élan. Esther est catapultée par-dessus l'encolure. Les rênes sont encore serrées entre ses doigts lorsqu'elle heurte le sol avec une violence qui manque de l'assommer. Dans le chaos qui s'ensuit, alors que ciel et terre s'inversent puis se fondent en un même ensemble rendu flou par la vitesse, la Panthère sent son nez se briser, ses dents se déloger de leurs gencives, sa bouche se remplir de sang, l'os de son bras craquer. Son organisme entier est ébranlé jusque dans ses fondations. Elle part en roulé-boulé sur plusieurs mètres et termine sa course au pied des arbres.

Le ronronnement du drone se mue en bourdonnement alors qu'il accélère pour survoler la distance qui les sépare. Une douleur atroce submerge Esther quand elle tente de se redresser – douleur qu'elle endure vaillamment faute d'avoir le choix. Elle ne peut pas abandonner si près du but. Le tronc le plus proche lui sert de soutien pour se remettre debout, puis la jeune femme s'engage dans la pénombre protectrice en gémissant. Son bras droit pend sur le côté, inutilisable. Chaque expiration laborieuse lui fait cracher du sang cependant qu'elle boitille sur le tapis de feuilles mortes. Les balles percutent les arbres voisins dans une explosion d'écorce dont les éclats viennent lui égratigner le visage. La forêt a ralenti l'avancée du drone mais n'est pas encore assez dense pour le stopper. Il faut continuer à marcher. Esther ne peut plus exprimer autre chose que des râles inarticulés, alors elle supplie intérieurement les géants qui l'entourent de lui accorder l'asile, de la protéger du danger venu de la plaine. Elle prie seule ; sa voix intérieure s'est tue.

Faites que le drone se prenne dans vos branches… Faites qu'il s'écrase contre l'un de vous et se brise. Je soignerai vos blessures pour vous remercier…

Ses pensées divaguent dans les prémices du délire engendré par la souffrance. Ses yeux hagards sont rivés aux fourrés qu'elle distingue plus loin devant, et dont le foisonnement représente son unique chance d'échapper au drone.

J'y suis presque. Presque…

Une douleur plus fulgurante que les autres lui perce le flanc lorsqu'elle s'enfonce au sein de la végétation. La Panthère avance, insensible aux épines qui lacèrent sa peau. Elle arrache tout sur son passage pour mieux laisser la forêt l'avaler. Les tirs commencent par ailleurs à s'espacer car le drone s'est arrêté. Sa caméra lui transmet des informations préoccupantes : les obstacles deviennent trop nombreux, le risque de se prendre dans une liane est élevé. La cible a disparu dans le fouillis du sous-bois et n'apparaît plus sur son radar. Un chasseur conscient eût sans doute poursuivi la traque en dépit de ces difficultés, mais le drone n'a pas été conçu pour faire preuve de témérité – sa fabrication a coûté cher et ses propriétaires n'ont aucune envie de le perdre si bêtement. L'appareil interrompt donc son assaut, range son canon, puis fait demi-tour.

Esther comprend au silence qui l'enveloppe soudain qu'elle a réussi à semer son assaillant. Le soulagement qu'aurait pu lui inspirer cette petite victoire est cependant balayé par l'intensité de ses souffrances. En baissant les yeux vers son flanc, elle découvre une perforation correspondant au point de sortie de la balle qui l'a traversé. La plaie saigne abondamment ; elle a peu de chances de survivre à cette blessure. La perspective de sa propre mort l'afflige pourtant moins que le souvenir d'Émilie s'effondrant pour ne plus se relever.

Émilie… Ils l'ont tuée… C'était ma seule amie et ils l'ont tuée…

La Panthère a le visage si tuméfié qu'elle ne sent pas les larmes rouler sur ses joues alors qu'elle utilise ses dernières forces pour rejoindre les profondeurs de la forêt. Disparaître au cœur de ce royaume des ombres qu'elle n'aurait jamais dû quitter.

*

Les herbes de la plaine ondulent puis se couchent sous le vent généré par l'hélicoptère de l'Armée. L'appareil se pose en douceur devant le drone qui attend sagement de venir au rapport. Une porte coulisse, une rampe est déployée, dix soldats en uniforme débarquent sur la terre ferme. Leur commandant donne des ordres à travers le micro intégré dans son casque protecteur qui lui recouvre entièrement la tête. Hommes et femmes se déploient en scrutant le paysage, prêts à tirer sur la moindre forme suspecte.

« RAS, mon commandant. »

« Bien. Prenez les corps en charge pendant que je m'occupe du drone. »

Les soldats observent avec circonspection les deux femmes gisant au sol. L'une est couchée sur le flanc, l'autre sur le dos. Un commentaire sur la carrure impressionnante de la première est émis, puis s'instaure un silence empli d'une terreur sacrée face à la mort. Personne n'ose faire quoi que ce soit pendant près d'une minute. Un soldat finit par s'approcher de la femme couchée sur le dos. Elle porte un tatouage de Guépard dont les larmes noires coulent de ses yeux vides tournés vers le ciel. Ses lèvres sont entrouvertes comme si elle s'apprêtait à parler. Le soldat actionne l'ouverture de sa visière afin de mieux la dévisager, au grand dam de ses équipiers.

« Matéo, qu'est-ce que tu fous ? Les UV vont t'abîmer les yeux ! »

Le jeune homme ne les écoute pas et plonge son regard dans celui de la Guéparde. La voix du commandant résonne dans son casque :

« On se réveille, les jeunes ! Je vous ai demandé de prendre les corps en charge, pas de les admirer ! Foutez-moi ça sur des brancards et amenez-les à l'incinérateur. »

« Pourquoi sont-elles mortes ? »

« Qui parle ? Annoncez votre nom avant une communication, on vous l'a dit quinze fois ! »

« Matéo. Pourquoi le drone les a tuées ? »

« Parce que c'est son boulot. Nous sommes là pour sécuriser la zone avant le début du chantier. C'est pour cette raison que tu viens de suivre une formation, mon petit. T'as quand même pas déjà oublié ? »

« Je croyais qu'on devait simplement déplacer les Fauves vers un autre endroit. Vous ne nous avez jamais dit qu'ils seraient abattus. »

« C'est trop compliqué de les déplacer, on n'a pas le temps. »

« Alors on les assassine sans état d'âme ? C'est *ça* le plan ? »

Le commandant renvoie le drone à l'intérieur de l'hélicoptère puis rejoint le cercle de soldats silencieux.

« On dirait qu'une mise au point s'impose... Vous voyez cette Tigresse ? Le drone vient de me transmettre les infos de sa puce électronique : condamnation pour meurtre. Elle a étranglé son mari à mains nues. Et sa copine, là : elle a poussé sa propre sœur dans le vide ; une gamine de onze ans ! Ces Fauveresses sont des salopes de psychopathes. Le monde se portera mieux sans elles. »

L'homme semble sur le point de poursuivre son discours quand quelque chose attire son attention, non loin de la lisière des arbres. Il se dirige vers la silhouette d'un cheval qui s'agite dans l'herbe. Ses subordonnés le suivent par automatisme jusqu'à l'endroit où l'animal tente en vain de se remettre debout. La balle du drone l'a touché à la croupe et il s'est brisé une jambe dans sa chute. Il porte encore sa bride dont les rênes se sont cassées.

« Ça alors… Les tarés ont de la ressource ; je ne pensais pas qu'on pouvait dresser ces chevaux sauvages. »

Fort de cette constatation, le commandant s'approche du bai brun qui roule des yeux fous de terreur, puis l'achève d'une balle dans la tête.

« Je vais ajouter ça à mon rapport. Si les Fauves se mettent à l'équitation, ça va compliquer la tâche du drone… »

« Ici Sarah : qu'est-ce qu'on fait de cet animal ? Il est trop gros pour entrer dans l'incinérateur. »

« Les charognards s'occuperont de lui. Maintenant on se bouge le cul et on arrête les jérémiades, compris ? »

Les soldats s'arrachent à leur stupeur pour exécuter les ordres. Seul Matéo demeure immobile et observe ses camarades s'activer sans faire mine de les aider. Les Fauveresses sont chacune installées sur un brancard puis transportées vers l'hélicoptère à l'intérieur duquel se dresse un incinérateur pouvant contenir trois personnes. Une fois les corps placés dans la machine, une vitre ultra résistante s'abaisse pour sceller l'ensemble. Un technicien pianote sur une série de boutons, vérifie quelques réglages.

« On est bon. J'enclenche l'incinération. »

Des flammes bleutées jaillissent des entrées situées le long des parois de l'habitacle. Elles sont si puissantes que Matéo peut entendre leur feulement à travers la vitre épaisse. L'opération ne dure qu'une poignée de secondes. Lorsque le torrent de feu s'arrête, il ne reste rien dans la machine. Les deux jeunes femmes ont été littéralement annihilées.

TROISIÈME PARTIE
LES FLAMMES DANS SA TÊTE

32

« Écoutez-moi, les jeunes : le drone indique qu'il a touché une troisième Fauveresse avant de perdre sa trace dans la forêt. On va partir en reconnaissance pour voir si on la retrouve. »

La voix du commandant résonne dans mon casque comme autrefois celle de Confident dans mon oreillette. Je ne lui porte qu'une attention distraite et demeure figé devant l'incinérateur où deux êtres humains viennent d'être détruits sous mes yeux. Je me demande encore si je n'ai pas rêvé. Une main gantée vient me taper sur l'épaule.

« Matéo, on se bouge ! »

Mon compagnon de chambre, Romain, est lui aussi atterré de découvrir en quoi consiste réellement notre mission, mais il encaisse mieux. Ayant cumulé un total de deux années en maison de rééducation au fil de ses nombreux séjours, il a l'habitude d'être trahi par les autorités. Plus rien ne l'étonne.

« Ramène-toi si tu veux pas te faire encore remarquer. »

Je lui emboîte le pas avec la soudaine impression d'étouffer à l'intérieur de mon équipement. Entre le casque intégral doté d'un filtre à air pour éviter d'inspirer les particules polluantes, la combinaison renforcée et les bottes qui montent jusqu'aux genoux, on croirait que j'ai débarqué sur la Lune. Le contraste avec la tenue légère des Fauveresses est saisissant.

« Romain… On a *assassiné* ces femmes. »

« On n'était pas au courant. C'est nos supérieurs hiérarchiques qui sont responsables. »

« Mais c'est nous qui avons largué ce putain de drone ! Bordel de merde… *Bordel de merde.* »

Je ne trouve rien d'autre à dire ; c'est à peine si je tiens debout. Ma tenue d'astronaute masque mes tremblements mais ne me retiendra pas si je tombe en syncope. Je n'avais encore jamais vu de cadavre avant ce jour. Le regard fixe de cette Guéparde me hantera pour le restant de ma vie – et voilà qu'on me demande d'aller traquer une autre fille dans les bois !

« Qu'est-ce qui va se passer, si on retrouve la fuyarde? »

Romain s'abstient de répondre. Il est certes plus confortable de taire la vérité… J'en suis pour ma part incapable, alors j'insiste :

« On va devoir l'achever, c'est ça ? Comme ce malheureux cheval ? T'as vu l'expression du commandant lorsqu'il lui a tiré dans la tête ? »

« Matéo… »

« Il n'y avait pas une once d'émotion sur son visage ! On est menés par un type capable de tuer de sang-froid ! C'est quoi la différence entre lui et les criminels qui vivent ici, hein ? »

Le commandant me répond directement. J'ai oublié de changer le canal de mon micro pour le passer en mode privé, et toute l'équipe vient d'entendre mon pamphlet…

« La différence, c'est que ces criminels ont assassiné des citoyens innocents pour leur simple plaisir. Il est une erreur que vous ne devez pas commettre à l'Extérieur, mes chers enfants : penser que les Fauves ont un bon fond et leur attribuer une capacité d'empathie qu'ils ne possèdent pas. Cette propension à croire en la bonté d'âme de vos ennemis vous conduira à la mort, car si vous hésitez à les éliminer, eux n'hésiteront pas une seule seconde. Je vous le garantis. »

Le décor est planté. L'équipe se déploie autour du commandant pour se diriger vers la forêt tandis que je traîne des pieds à l'arrière. J'ai honte de ne pas oser dire à l'autre salaud ce que je pense de sa mentalité, mais Romain a raison : je ne dois plus me faire remarquer. Ma réputation au sein de l'unité n'est en effet pas franchement reluisante. Tout avait pourtant bien commencé… En intégrant SAFARI au terme des nombreuses mésaventures ayant mené à ma déchéance sociale, je m'enthousiasmais de quitter le milieu citoyen pour découvrir un monde plus féroce et proche des Fauves. J'étais l'un des meilleurs élèves pendant les premières semaines de formation : toujours ponctuel, appliqué, réactif, suivant scrupuleusement les procédures. J'avais besoin de retrouver un cadre de vie strict, d'une rassurante rigidité, afin d'oublier mes angoisses et me libérer de mon addiction au Hiss. Le sevrage a d'ailleurs été très difficile – mais je pouvais compter sur mes camarades et mes supérieurs (qui à l'époque m'aimaient bien). Cet esprit de communauté m'a aidé à me relever. Puis j'ai commencé à trouver certaines règles absurdes, à ne plus supporter de recevoir des ordres, à entrer en conflit avec plusieurs de mes coéquipiers. J'ai alors basculé du stade de meilleur élève à celui de trouble-fête. Toujours en train de discuter ou de m'insurger quitte à devenir insolent. Et vu ce à quoi j'assiste aujourd'hui, ce n'est pas près de s'améliorer… J'ignore combien de temps je vais pouvoir me retenir de hurler ma révolte devant les meurtres auxquels on me fait indirectement participer. Pour l'heure, j'avance en silence vers l'inquiétante forêt sauvage.

Nous passons d'une lumière aveuglante à une pénombre oppressante en l'espace de quelques secondes. La cime des arbres forme un toit opaque sous lequel se condense un brouillard digne des pires films d'épouvante. Cette masse spectrale omniprésente réduit considérablement notre champ de vision et rend tout le monde nerveux. La prudence veut que nous restions groupés mais cela est difficile avec le fouillis d'arbres et de buissons qui encombrent le chemin. Un croassement étouffé par la barrière de mon casque me fait lever la tête ; j'ai à peine le temps d'apercevoir la silhouette d'un corbeau avant qu'il s'évanouisse parmi les branches semblables à de longs doigts maléfiques. Je garde les mains crispées sur mon fusil d'assaut. Moi qui rêvais de découvrir à quoi ressemble l'Extérieur, je commence à regretter d'être venu. Cet antre de la mort n'a rien à voir avec les paysages virtuels où je m'entraînais à l'école militaire d'Oxalis. En dépit du souci de réalisme des logiciels, nos simulations se révèlent très au-dessous du vrai monde. Je passe mon micro en mode privé pour rester branché sur le canal de Romain.

« C'est ultra glauque, ici… Ça me rend claustrophobe. »

« Espérons qu'on va retrouver la Fauveresse avant de nous perdre. »

Cette remarque me glace le sang : et si nous nous perdions, en effet ? Les arbres se sont déjà refermés sur nous et masquent désormais la lisière. Je m'imagine errer pendant des jours au milieu de cette flore monstrueuse, sans être sûr de jamais revoir le soleil. L'horreur à l'état pur.

« Tiens, elle a dû passer par là. »

Romain désigne un tronc abîmé par l'impact d'une balle. Le projectile est encore fiché dans le bois mis à nu par l'éclatement de l'écorce. Soudain, un coup de feu retentit. Un cri explose dans mon casque et me vrille les tympans. J'entends le commandant qui lance des ordres mais ne comprends pas ce qu'il dit à travers les exclamations des autres soldats, puis j'aperçois une recrue se jeter à plat ventre dans les ronces et me demande si je dois faire de même. Un second coup de feu est tiré accidentellement dans la panique. Il me faut déterminer où se trouve l'adversaire mais toutes les silhouettes se ressemblent dans le brouillard. J'hésite à passer en vision thermosensible lorsque le commandant beugle dans son micro :

« *On se calme!* Cessez de vous agiter dans tous les sens et regroupez-vous ! Appliquez ce qu'on vous a appris pendant votre formation, bordel ! »

Son courroux parvient à ramener un minimum d'ordre. L'unité se rassemble pour former un cercle défensif hérissé de fusils. Il s'avère cependant qu'aucun Fauve ni gros animal n'est dans les parages. Les bois sont déserts et silencieux.

« Qui a tiré ? » demande alors le commandant.

« C'est… C'est moi. »

« Identifiez-vous, putain ! »

« Julie. J'ai cru voir un serpent aux pieds de Sarah qui marchait devant moi. »

« Vous n'auriez pas pu prévenir, non ?! »

Sarah, qui a bondi de côté quand la balle a frappé le sol près de sa botte, scrute les feuilles mortes jusqu'à repérer l'animal.

« C'est pas un serpent, juste un énorme mille-pattes... Du moins ce qu'il en reste. »

« Ah bon ? J'avais cru que... » bredouille Julie.

Le commandant va constater la chose puis demande à la jeune femme d'approcher. Elle s'exécute, penaude. Notre chef assène une claque brutale sur son casque.

« Vous avez failli estropier votre camarade et affolé tout le monde à cause d'une vulgaire bestiole, espèce d'idiote ! »

« Mais de loin ça ressemblait à... »

« Fermez-la. On repart, et le prochain qui tire sans raison sera... »

« Attendez. Ici Sarah : il y a des traces de sang par terre. Je pense qu'il appartient à la Fauveresse blessée. »

*

L'excitation de la traque surpasse les craintes de l'équipe pour un moment, et nous progressons plus avant dans la forêt. Les broussailles qui se dressent sur notre route sont tranchées sans pitié tandis qu'insectes, arachnides et autres bestioles sont écrasés à coups de botte. Pareille violence serait inconcevable à Oxalis où le bien-être animal est sanctifié – il aura suffi d'un changement de décor et d'une bonne frayeur pour nous faire oublier nos principes sacrés. Les scènes de destruction que nous laissons derrière nous me confortent dans l'idée qui s'est emparée de moi : nous ne valons guère mieux que les Fauves, n'en déplaise au commandant. Les traces de sang s'élargissent à mesure que nous avançons ; la cavalière doit être gravement blessée. Un chuchotement accompagné d'un léger crépitement s'élève dans les bois, puis les feuilles se mettent à trembler quand les premières gouttes de pluie viennent les frapper. Le couvert des arbres nous protège en partie de l'averse mais la vision est néanmoins troublée par l'eau qui dégouline sur la visière des casques. Le sol sous nos pieds aura tôt fait de se changer en boue. Je prie secrètement que cette météo défavorable nous contraigne à abandonner lorsqu'un soldat de tête s'écrie tout à coup :

« Venez voir ! »

Il nous adresse de grands signes depuis le roncier devant lequel il s'est arrêté. Nous le rejoignons – et je regrette aussitôt mon élan de curiosité en découvrant le corps gisant face contre terre. Les vêtements déchirés de la Fauveresse dévoilent une peau sombre couverte d'écorchures. Une large auréole écarlate entoure le point d'entrée de la balle qui lui a traversé le flanc droit. Le commandant la considère une seconde puis la pousse du pied pour la retourner. Un murmure parcourt l'unité ; ce devait être une belle jeune femme avant que sa mâchoire soit fracturée, ses dents brisées et son visage déformé par les contusions. Un scanner portable est passé devant son cou pour analyser sa puce électronique.

« C'est bien celle qu'on cherchait. Ouvrez grand vos yeux, les jeunes : c'est pas tous les jours que vous verrez une Panthère. »

La rareté de son tatouage est la dernière chose qui m'intéresse. Je préfère me détourner. L'expression de souffrance figée au fond de ce regard mort témoigne d'une longue et pénible agonie.

« Deux volontaires pour la porter jusqu'à l'hélico ? »

« Ici Romain : on est vraiment obligés de se la trimballer ? Ça va être galère dans les fourrés… »

« C'est notre devoir d'incinérer son corps pour lui offrir une fin digne. »

« Ici Matéo : vous allez encore dire que je râle pour rien, mais c'est un peu tard pour parler de dignité. Cette femme est morte au milieu des ronces après avoir reçu une balle dans le dos ! »

« Je confirme, mon petit : tu râles encore pour rien. Et puisque tu sembles avoir de la compassion pour cette criminelle, c'est toi qui la porteras avec l'aide de Romain. »

« Pourquoi moi ?? » s'exclame l'intéressé.

« Parce que toi aussi tu râles un peu trop ! Mais ne vous en faites pas : la première étape du chantier d'Hedera consistera à défricher la forêt. Toute cette merde sera bientôt rasée. »

33

Il marche depuis des jours, ne s'arrêtant que pour boire, se nourrir ou dormir. Son sommeil capricieux se fait parfois attendre de longues heures – quand il ne l'assomme pas brutalement en pleine journée. Tantôt stérile comme le désert, tantôt peuplé de rêves délirants qui le font s'éveiller en sueur. Sous l'emprise de la faim et de la fatigue, il lui arrive de ne plus savoir s'il dort ou non alors qu'il poursuit son interminable route vers un objectif que lui-même ignore. Il n'a aucune pensée particulière pour Esther ni pour les autres filles : la meute a cessé de faire partie de ses préoccupations à l'instant même où il en a été chassé. Nathaniel a repris sa vie de solitaire sans se poser de question et s'adapte avec sagesse aux aléas du destin. À présent il marche, il marche, il marche, sans autre but que survivre pour continuer d'avancer. Si un obstacle infranchissable se dresse un jour devant lui et qu'il ne peut le contourner, il fera demi-tour et marchera dans l'autre sens.

Son chemin n'a croisé aucun grand prédateur depuis qu'il longe l'autoroute. Celle-ci trace une ligne droite à travers un paysage extraterrestre composé de longs tunnels en film plastique, bleus ou verts, maintenus par des arceaux. Certains se sont déchirés ou partiellement envolés, laissant apparaître les reliefs de ce qui devait être des serres artisanales. Nulle trace des fruits et légumes qu'elles contenaient : le sol est désormais d'une stérilité lunaire. Difficile de savoir ce qui a ravagé cette zone au point que rien ne semble capable d'y repousser – épidémie, pollution, catastrophe chimique… C'est à peine si Nathaniel trouve de quoi manger dans ce décor digne d'un tableau d'art abstrait. Se nourrir d'insectes et de vers ne le dérange heureusement pas ; voilà bien longtemps qu'il s'y est accoutumé. Il vient d'ailleurs de découvrir une énorme scolopendre sous un pneu de voiture et ne la quitte plus des yeux alors qu'elle active en cadence ses nombreuses pattes pour s'éloigner. Il ne la mangera pas, car un animal si intéressant mérite un rôle d'importance. La nuit commence justement à étendre son voile étoilé, c'est le moment idéal pour allumer un feu. Rien de très spectaculaire : juste de quoi célébrer la fin de cette journée et la découverte de la scolopendre. Nathaniel enferme le myriapode dans un sac puis entame les préparatifs avec des gestes routiniers mais toujours empreints de respect. Les débris jonchant le sol lui fournissent le combustible nécessaire. Une flamme naît bientôt à l'extrémité d'une allumette que son créateur dépose délicatement au cœur de son nouveau foyer. Le petit être chaud et vorace s'empresse de croître puis, pareil à une hydre, se divise dans toutes les directions pour mieux dévorer ce qui l'entoure. Nathaniel observe avec satisfaction l'enfance de cet incendie miniature. Le temps et l'expérience lui ont appris à ne pas déclencher ses feux n'importe comment ; il a trop souvent risqué de périr sous les crocs de ses propres œuvres devenues incontrôlables. Plus question de céder aux excès d'enthousiasme qui ont mené à la destruction intégrale de la forêt où Esther et lui vivaient autrefois. C'était bien sûr un spectacle merveilleux que de voir ces arbres brûler à l'infini dans une fournaise digne des premiers temps du monde – mais cela ne saurait se produire trop souvent. Seul un événement majeur peut justifier un incendie majeur. Le massacre de l'étalon blanc combiné à l'arrivée des pluies méritait une célébration, de même que l'anéantissement de la meute de chiens au terme d'un combat sanglant. La découverte d'une scolopendre, en revanche, ne constitue pas un motif digne d'invoquer le Grand Feu.

Le Grand Feu est la seule chose que Nathaniel respecte. C'est lui qui a sauvé le jeune homme alors que les souvenirs de Sincérité venaient de fracturer son âme, et qu'il voulait se tuer pour fuir son passé. Dans un grondement de tonnerre, le Grand Feu a surgi parmi les hautes herbes puis embrasé la plaine dans un somptueux élan purificateur. Nathaniel a bien cru être lui-même rayé de la surface de la Terre par les flammes toutes-puissantes : il a senti la fumée noire de la culpabilité l'asphyxier pour ses péchés et a vite abandonné la lutte, offrant sa misérable vie d'assassin au châtiment du Grand Feu. Ce dernier l'a pourtant épargné. Plutôt que de l'achever dans la souffrance, les flammes lui ont accordé une seconde chance – mieux encore : une seconde naissance. Le jeune homme a dès lors entamé une existence libérée des mensonges et des vaines paroles qui empoisonnaient son ancienne vie. Une existence plus pure, tout entière vouée au culte de son nouveau dieu.

Les flammes atteignent bientôt la taille souhaitée par leur créateur, qui de son couteau taille en pointe l'extrémité d'un arceau de plastique récupéré parmi les détritus. Il attrape ensuite la scolopendre enfermée dans son sac. Le myriapode furieux plante ses crochets venimeux dans la main de Nathaniel. Ce dernier n'essaie pas de s'en défaire et accueille volontiers cette morsure : la douleur chasse les pensées parasites de son esprit et l'aide à atteindre l'état de conscience particulier nécessaire à l'accomplissement du rituel. Une, deux, puis trois minutes d'intense contemplation s'écoulent. Le Léopard plonge son regard dans les flammes dansantes jusqu'à les sentir enlacer son âme, provoquant une vague de frémissements depuis le bas de son ventre jusqu'au sommet de son crâne. Le feu lui transmet sa chaleur et sa force, mais réclame d'être nourri en retour. Alors le jeune homme embroche la scolopendre sur son arceau taillé puis avance le corps agité de convulsions dans la gueule du brasier. Un sifflement se fait entendre à mesure que les flammes attaquent la cuticule de la bête sacrifiée dont les spasmes se prolongent, comme si la délivrance de la mort ne devait jamais lui être accordée. Nathaniel resserre la prise de ses doigts cependant qu'il entre en transe et pénètre une dimension située à mi-chemin entre le rêve et la démence. Ces épisodes constituent les seuls moments où il se sent véritablement vivant. Le reste du temps, il ne fait que survivre avec l'obstination monotone d'une machine.

Une fois la scolopendre consumée et la faim de son dieu apaisée, le jeune homme laisse le foyer s'éteindre doucement. Sa transe s'est déclenchée dans la violence pour s'achever dans le silence. Quand il ne reste qu'un tas de cendres sur le bitume de l'autoroute, Nathaniel y enfouit ses mains puis s'en enduit le visage, les cheveux et même les dents. La sombre poussière née de la destruction se confond avec le motif de son tatouage, imprimant sur sa figure le masque noir de la folie.

*

Du plastique. À perte de vue. Voilà à quoi se résume l'océan dont les mythes et légendes font tout un drame. Je dois dire que ma déception est inqualifiable. J'ignore à quoi je m'attendais exactement, mais je pensais quand même que la mer aurait un aspect plus effrayant que ça… On aperçoit au loin le sommet de quelques immeubles qui surnagent encore au milieu des déchets, ultimes vestiges d'une ville engloutie. Pour le reste il n'y a que du plastique sous toutes ses formes, parfois agrémenté d'une touche métallique, plus rarement de morceaux de bois. Cet amas hétéroclite recouvre entièrement l'étendue liquide qui le supporte et le fait légèrement dériver au gré des courants. Des vagues faiblardes viennent vomir leur lot d'ordures à nos pieds tandis que nous fixons ce spectacle depuis la plage. Presque tous les végétaux ont disparu ; une poignée d'arbres morts encroûtés de sel témoigne que ce lieu était autrefois une vallée fertile. Notre hélicoptère s'est posé à quelque distance et nous profitons d'une pause avant de poursuivre notre exploration de la région. Romain, appuyé à mes côtés contre les restes d'une barrière, avale le contenu de son pack de Lactomel à travers une ouverture dans son casque. Nous sommes censés manger à l'intérieur de l'hélico où l'air est purifié, mais il nous est psychologiquement impossible de nous restaurer à seulement deux mètres du macabre incinérateur. La moisson du drone a été bonne, aujourd'hui : huit Fauves éliminés. Je me suis forcé à tous les regarder brûler. Aussi intolérable que soit cette vision, je refuse de détourner les yeux. Ainsi pourrai-je me souvenir de chaque détail lorsque je révélerai au monde cette ignominie. Romain termine son Lactomel puis referme son casque et jette l'emballage dans la décharge marine.

« C'est drôle : bouffer la même nourriture qu'à Sincérité me réconforte, d'une certaine manière. Alors qu'à l'époque, je détestais ces trucs. »

Comme je reste silencieux, il se tourne vers moi.

« Tu déprimes encore à cause des Fauves abattus ? Ils ont déjà eu leur chance, tu sais… La plupart d'entre eux ont supprimé des vies avec la même froideur que le drone. »

« Ça change rien. Je vais le dire. »

« Le dire ? À qui ? »

« À tout le monde. Dès qu'on sera rentrés à Oxalis, je vais avertir tous les médias. Je veux que la planète entière sache ce qui se passe ici. »

« Tu vas au-devant de gros ennuis, si tu fais ça. »

« Mais merde, Romain : t'es vraiment insensible au point d'assister à ce génocide sans réagir ?! »

« Viens pas t'en prendre à moi, OK ? Je reçois des coups depuis l'enfance et la seule chose que la société m'ait jamais apprise, c'est d'encaisser, alors c'est ce que je fais : j'encaisse. Parce que je ne suis capable de rien d'autre, et parce qu'il n'y a *rien d'autre à faire*. Je crois que ton boulot de chroniqueur cinéma t'a retourné le cerveau, mon pote, alors laisse-moi te signaler qu'on n'est pas dans un putain de film ! Si tu t'imagines devenir un héros du jour au lendemain et changer le monde à toi tout seul, c'est que t'es encore plus naïf que t'en as l'air. Alors maintenant arrête de me prendre de haut avec ton numéro de révolutionnaire à deux balles ! »

Il donne un coup de poing à la barrière branlante – sans doute pour appuyer son propos – puis s'éloigne en shootant dans les débris.

Ce n'est sûrement pas le discours désabusé de Romain qui va entamer ma détermination. S'il veut se résigner à vivre comme un esclave, tant pis pour lui. En ce qui me concerne, je préfère aller voir directement le commandant pour lui exposer le fond de ma pensée. Il s'est enfermé dans la petite cabine qui lui est dévolue à l'intérieur de l'hélicoptère ; j'entre sans frapper et retire mon casque.

— J'ai à vous parler.

Il lève les yeux de son écran pour me regarder, sans animosité mais avec une certaine lassitude. Son visage sec, son grand nez droit et ses yeux couleur noisette sont devenus synonymes de cruauté dans mon esprit. Heureusement que je ne porte pas mon fusil car l'idée de le flinguer sur-le-champ est presque irrésistible.

— Qu'y a-t-il, Matéo ?

— Ce que vous nous obligez à faire est une honte, et vous le savez, sans quoi vous ne nous auriez pas fait signer une clause de confidentialité. Mais j'ai décidé de passer outre et d'informer le grand public des méthodes employées par SAFARI. Je ne peux pas laisser faire ça.

— Pourquoi m'avertir de cette trahison ?

— Pour vous faire prendre conscience de la gravité de vos actes, et vous dire que je ne contribuerai pas une heure de plus à cette atrocité. Je démissionne.

— Tu sais qu'il nous est impossible de rentrer à Oxalis pour le moment. Tu vas devoir rester avec nous jusqu'à la fin de cette mission, à moins que tu ne préfères qu'on t'abandonne ici même ?

— Je compte bien rester et graver dans ma mémoire tout ce qui se passera au cours des prochains jours. Mais je n'y participerai plus.

Le commandant soupire et pince l'arête de son nez entre ses doigts. Un geste qu'il effectue souvent en ma présence…

— Je suis tellement déçu, mon petit. Toi qui étais un élève si prometteur, tu t'es embrouillé tout seul à force de rêver d'un monde parfait où la violence n'existerait pas. Mais ce monde est une chimère. Il est impossible d'éradiquer la violence.

— C'est pourtant ce qu'Oxalis prétend faire depuis des décennies.

— Et c'est un échec monumental. En exilant les criminels, nous n'avons pas fait disparaître la violence mais l'avons simplement amenée à changer de forme. Toi qui as connu Sincérité, tu es bien placé pour le savoir.

— Ce n'est pas une raison pour justifier vos actes. Je vous…

Il lève les mains pour m'interrompre et m'invite à m'asseoir en face de lui. Je reste debout.

— Soit. Mettons que tu as raison, que je suis un gros vilain méchant et que tu es en droit d'aller dénoncer notre unité. As-tu réfléchi deux secondes à ce qui se passerait ensuite ?

— SAFARI sera discréditée, les responsables traduits en justice, et les meurtres des Fauves cesseront.

— Ah oui, je vois… Sauf que rien de tout ceci n'a de chance d'arriver. Je vais t'expliquer comment les choses se passeront réellement si tu vas parler aux médias : ces derniers n'étant pas si impartiaux ni aussi libres qu'ils le prétendent, on leur interdira de publier ton témoignage. Si par malheur un journaliste zélé décide de violer cette règle, tous les autres le tourneront en ridicule et donneront leur propre version, à savoir que tu es un jeune homme déséquilibré (ce que ton séjour en maison de rééducation laisse supposer) qui s'est inventé un délire paranoïaque car il ne supportait pas la pression au sein de l'Armée, ou parce qu'il a été traumatisé par son séjour à l'Extérieur. Ton nom sera copieusement sali et ta santé mentale publiquement mise en doute. Puis on te renverra à Sincérité où tu seras placé à l'isolement, soumis à des traitements désagréables, jusqu'à ce que tu acceptes de revenir sur ta parole. Et si tu refuses, on t'enfermera dans une cellule dont tu ne sortiras jamais.

— Les gens seront assez intelligents pour comprendre ce stratagème. Ils sauront que les médias tentent d'étouffer l'affaire justement parce qu'elle est véridique.

— Ils ne comprendront que s'ils en ont envie. Entre deux versions d'une même histoire, la population choisira toujours la plus confortable pour sa conscience. Les citoyens tiennent à leurs certitudes et détestent que quelqu'un vienne les bousculer. Ils t'enterreront eux-mêmes avec encore plus d'acharnement que les médias.

— Vous avez tort et je vais le prouver.

— À ta guise, Matéo… Mais ne viens pas te plaindre quand les choses tourneront mal.

34

Encore une de ces constructions bizarres qui semblent se dresser à intervalles réguliers le long de l'autoroute, perdues au milieu du néant... Nathaniel les a jusqu'ici dépassées sans leur prêter grande attention mais décide aujourd'hui d'aller voir de plus près. Une averse diluvienne se prépare, il doit trouver un abri. Les nuages au-dessus de sa tête assombrissent le ciel au point qu'on pourrait se croire à la tombée de la nuit, alors que la journée vient pourtant de commencer. Le jeune homme s'engage sur la bretelle de sortie menant à l'infrastructure surmontée du mot « TOTAL ». Devant le bâtiment principal, de curieux appareils sont alignés. Nathaniel s'approche de l'un d'eux ; cela ressemble à une borne de recharge où les prises électriques sont remplacées par des tuyaux dotés de poignées en plastique et d'un embout métallique. Sans doute les automobilistes de jadis trouvaient-ils ici le carburant pour leurs voitures archaïques – il y en a justement une abandonnée près d'une borne voisine. L'odeur de l'essence a survécu au passage du temps et chatouille les narines de Nathaniel, qui attrape l'un des tuyaux pour en renifler l'ouverture. Le parfum est très fort mais pas déplaisant. Il a même quelque chose d'enivrant. Avec des inspirations d'abord mesurées puis de plus en plus profondes, le Léopard inhale les vapeurs entêtantes jusqu'à se sentir pris de vertiges et vaguement nauséeux. Un coup de tonnerre éclate dans le ciel ; l'averse se déclenche tout à coup, aussi puissante que les nuages le présageaient. Nathaniel repose le tuyau pour se hâter vers le bâtiment principal. Le simple fait de parcourir ces quelques mètres suffit à le tremper. Une fois à l'intérieur, il découvre une boutique intégralement pillée et une rangée de distributeurs éventrés. L'endroit est relativement sec à défaut d'être chaud, alors le jeune homme cherche un coin où s'installer pour faire une sieste. Un bruit le met soudain en alerte. Il se fige le temps de s'assurer d'en avoir bien identifié la source, puis se dirige à pas félins vers les toilettes situées au fond du bâtiment. Derrière la porte ornée du pictogramme masculin s'élèvent des gémissements ponctués de râles. Nathaniel ne saurait dire s'ils sont produits par un homme ou un animal – et d'ailleurs il s'en moque. Toujours très discret, il recule jusque dans la boutique avant de faire volte-face, sortir, et reprendre sa route sous les trombes d'eau.

*

— C'est quoi, ton problème ?

Sarah est comme ça : directe. Elle me balance sa question sans prévenir alors que trois nouveaux corps viennent d'être dévorés par l'incinérateur et que nous nous préparons à rejoindre nos couchettes dans le compartiment voisin de l'hélicoptère. Je me sens particulièrement mal ce soir et commence à me demander si je serai capable de rester sain d'esprit jusqu'au bout de cette satanée mission. Il nous reste encore une semaine à tirer avant de rentrer à Oxalis. Comme annoncé au commandant, je ne participe plus aux activités du groupe et me contente de regarder. La plupart de mes camarades s'en foutent autant que je puisse en juger, mais Sarah prend ce manque de coopération pour un affront personnel. Elle m'a succédé en tant que meilleure recrue et garde sa ligne de conduite en dépit des meurtres. On l'a autorisée à conserver mi-longs ses cheveux roux mais elle n'en a pas tenu compte et les a coupés ras comme un homme. Le commandant lui-même est impressionné par cette guerrière et la traite avec une sorte de déférence. Pour ma part, je ne l'aime pas beaucoup.

La réciproque paraît vraie si l'on en croit le regard foudroyant avec lequel elle me transperce.

— Tu vas me répondre ou il faut que je t'en colle une ?

— De quoi tu parles ?

— Arrête de te foutre de ma gueule ! Je sais pas ce qui se passe dans ta tête pour que tu veuilles autant faire chier le monde, mais ça commence à suffire ! Que tu refuses de participer à la mission, soit. Mais c'est quoi cette histoire d'aller nous dénoncer aux médias ?

— Qui t'a raconté ça ?

— Tout le monde le sait ! Tu nous crois sourds et aveugles, ou quoi ?

Autour de nous, les autres préparent leur lit comme si de rien n'était. Personne n'a envie de s'attirer les foudres de Sarah en croisant accidentellement son regard. Tenter de me dérober devant elle serait un mauvais calcul, car s'il y a bien une chose que cette fille déteste, c'est la lâcheté. Je lui fais donc face pour répondre d'une voix posée malgré ma fatigue :

— Je n'ai pas l'intention de te dénoncer personnellement, ne le prends pas contre toi. C'est SAFARI qui me pose problème.

— Mais je fais partie de cette unité ! Si tu l'attaques, ça revient à m'attaquer aussi.

— Tu n'es qu'une exécutante, tu ne seras pas tenue responsable.

— Je m'en bats les couilles d'être considérée comme responsable ou non ! Je ne veux pas que tu entraves le bon fonctionnement de SAFARI, c'est tout.

— T'es en train de me dire que tu cautionnes ce qui se passe ici ?

— Bien sûr. C'est pour ça que je me suis portée volontaire.

Là, je dois dire qu'elle m'en bouche un coin. J'avais oublié que l'Armée recrutait sur la base du volontariat avant de se rabattre sur les délinquants. Sarah a donc renoncé à sa vie de citoyenne ordinaire pour venir galérer avec nous de son *plein gré* ? Je ne m'y attendais pas et balbutie tant et si bien que la jeune femme finit par s'expliquer d'elle-même :

— J'avais une amie d'enfance dont j'étais très proche… L'année dernière, elle a commencé à sortir avec un type nommé Vincent. Mignon, très intelligent, avec beaucoup d'humour : le mec parfait. Elle était aux anges. Sauf qu'au bout de quelques semaines, elle a remarqué des choses bizarres dans son comportement et a compris qu'il n'était pas très normal. Alors elle a rompu en lui demandant de ne plus essayer de la contacter. Il l'a mal pris et s'est mis à la harceler au téléphone au point qu'elle a menacé de le dénoncer au SPV. Dans l'heure qui a suivi, Vincent était sur le pas de sa porte et insistait tellement qu'elle a accepté de lui ouvrir… Il l'a poignardée à vingt-trois reprises, puis il est parti en la laissant crever par terre.

Sarah se penche soudain vers moi pour m'attraper par le col avec une poigne d'acier.

— Ce n'est pas pour le plaisir que j'ai quitté mon boulot et que je me suis rasé la tête. J'ai juré de venger ma meilleure amie. Alors oui : je cautionne à cent pour cent que les Fauves soient éliminés. Si par hasard j'en croise un encore vivant, je le criblerai de balles jusqu'à vider mon chargeur. Et je ne laisserai pas une tapette dans ton genre me mettre des bâtons dans les roues. C'est clair ?

Cette « conversation » avec Sarah achève de me plomber le moral. La nuit venue, alors que tout le monde dort, je suis en proie aux pires angoisses. Je finis par me lever et quitter le dortoir pour rejoindre la salle de l'incinérateur. Ce lieu est devenu un refuge tout autant qu'un enfer car il s'agit de l'unique endroit où je peux m'isoler. Je n'y suis néanmoins pas tout à fait seul… Outre la machine elle-même (à qui j'ai attribué une personnalité maléfique), les fantômes des Fauves assassinés hantent la pièce. Je me rappelle chaque visage et les vois défiler dans une ronde funèbre au cœur de l'obscurité. L'un d'entre eux revient davantage que les autres : celui de cette Panthère que j'ai dû porter à travers la forêt, le premier jour, et déposer sur sa dernière couche. Debout dans un coin, elle me fixe de ses yeux vitreux.

— Je suis tellement désolé, chuchoté-je. Je suis tellement désolé pour ce qu'on t'a fait…

— Tu parles tout seul, maintenant ?

La lumière s'allume. Simon, une recrue à qui je n'ai presque jamais adressé la parole, se tient dans l'encadrement de la porte. Je tressaille puis esquisse un vague geste de la main dont le sens m'échappe.

— Je réfléchissais. Qu'est-ce que tu fais là ?

— J'arrive pas à dormir. Moi aussi j'ai du mal à supporter cette mission.

— Content de ne plus être le seul…

— On est tous dégoûtés par cette histoire ; Sarah est l'exception.

— Ça ne se voit pas beaucoup, si je peux me permettre. Vous avez l'air plutôt indifférents à ce qui se passe.

— Parce qu'on est défoncés les trois quarts du temps, mec.

— Ah bon ? Il y a de la drogue qui circule ici ?

— Chacun a emporté sa provision de Hiss pour s'aider à tenir. Sans ça, on aurait tous pété les plombs depuis longtemps. Franchement, je sais pas comment t'arrives à garder la raison en restant *clean*.

— C'est difficile, pour être honnête. J'ai l'impression de voir cette fille partout… La Panthère. Elle me poursuit jusque dans mes rêves.

— Tu veux une dose pour mieux dormir ? Je t'en passe, si y a besoin.

Il sort de sa poche un petit sachet coloré que je reconnais aussitôt. Le pendule dessiné dessus me permet d'identifier la variété « Hypnos », réputée pour ses effets relaxants.

— Je sais que t'as arrêté, reprend Simon, mais ce type de Hiss est inoffensif. La preuve : ça ne suffit même pas à me faire dormir. J'ai dû développer une tolérance à force d'en prendre… Il n'y a aucun risque d'addiction avec cette variété.

— Merci, mais je me suis promis que je ne toucherai plus aux euphorisants. C'est à cause du Hiss que j'ai atterri ici ; ça m'amène à faire des trucs de cinglé.

— Comme tu veux. Bon, je vais me recoucher.

Il éteint puis s'éloigne. Je m'adosse contre le mur face à la silhouette menaçante de l'incinérateur dont les courbes douces luisent faiblement dans le noir. À la seconde où je commence à laisser mes pensées vagabonder, le fantôme de la Panthère surgit à nouveau devant moi. Son visage tuméfié m'empêche de déchiffrer son expression. Elle ne dit rien. Elle est simplement là.

— Simon… ! Attends.

— Ouais ?

— File-moi une dose, s'il te plaît.

*

L'averse dure plusieurs heures puis s'arrête brutalement. Les nuages se retirent et autorisent la lune à jeter un pâle éclat sur le long serpent de bitume qui guide Nathaniel à travers l'Extérieur. Le jeune homme frissonne dans ses vêtements trempés. Il retire le T-shirt plaqué contre sa peau puis le jette dans le fossé. Ses chaussures ont subi le même sort depuis longtemps. Un éternuement le secoue tandis qu'il scrute les ténèbres pour tenter de distinguer le décor qui se dévoile au clair de lune. S'il venait à tomber malade maintenant, seul sur un territoire inconnu, ses chances de survie se réduiraient considérablement – mais le jeune homme ne s'en soucie guère. Il a perdu toute notion de l'avenir et ne vit que dans l'instant présent, ce qui lui évite nombre d'angoisses inutiles. À l'horizon se dessine une haute colline boisée au pied de laquelle la route prend un virage pour continuer vers l'ouest. Un détail intrigue Nathaniel : la masse sombre des arbres qui habille ce relief s'éclaircit progressivement vers le sommet. Cela ne semble pas être lié aux reflets lunaires mais plutôt à la couleur même du feuillage. Le jeune homme décide d'aller voir de quoi il retourne et marche à bonne allure jusqu'à atteindre la courbe de l'autoroute, puis enjambe la rambarde de sécurité et s'engage dans la pente boisée. Le peu de lumière qui lui permettait de s'orienter s'évanouit dans une pénombre épaisse de sorte qu'il doit tendre les mains pour percevoir les obstacles. Quelques collisions et une chute plus tard, Nathaniel juge plus sage d'attendre le retour de l'aube.

Il repart aux premiers rayons du soleil et gravit la colline en s'étonnant de ne voir ni entendre aucune sorte d'animal. Pas un froissement d'aile, pas un grattement, pas une stridulation d'insecte. Les seuls habitants de ces bois sont de grands conifères appartenant à une seule et même espèce. Le sol tapissé d'aiguilles vertes crée un substrat élastique sous les pieds du Léopard, dont le pressentiment se confirme à mesure qu'il poursuit son ascension : la forêt est déserte. Il n'aperçoit en tout et pour tout que deux ou trois oiseaux de passage au cours des heures suivantes. Cette absence de vie est de mauvais augure – ce qui n'empêche pas le jeune homme de continuer à grimper. Parvenu à cent mètres du sommet, il pénètre dans la zone étrangement claire aperçue au cours de la nuit et découvre l'origine déconcertante de ce phénomène : les arbres deviennent bicolores. Au vert habituel des ramures se mêle progressivement un blanc nacré très pur. Selon les individus, la dépigmentation touche des branches entières ou se limite à de petites zones. Les aiguilles présentent parfois une alternance de vert et de blanc conférant à leur rameau une allure de clavier de piano. Nathaniel étudie avec curiosité les végétaux mutants qui, à l'exception de leur couleur, ne semblent en rien différents de leurs congénères verdoyants. La proportion de blanc augmente avec l'altitude jusqu'à finalement devenir dominante au sommet. Un silence oppressant a étouffé pour de bon les très rares sons qui animaient la partie inférieure de la colline. Ainsi drapée dans son manteau immaculé, la forêt paraît enneigée. Nathaniel ignore cependant si cette comparaison est pertinente car il ne possède qu'une vague idée de ce qu'est la neige ; voilà des lustres que ce phénomène a cessé de se produire dans cette partie du monde. On raconte qu'il tombe encore quelques flocons au niveau des pôles… Nul ne les verra sans doute jamais.

Le Léopard erre un moment au sein du décor spectral créé par les arbres albinos. Ses pas le guident vers l'autre versant de la colline. L'horizon se dégage à l'extrémité opposée de la crête, offrant soudain au regard un spectacle plus stupéfiant encore que la forêt fantôme. Nathaniel ne comprend tout d'abord pas très bien ce qu'il voit : c'est énorme, au-delà de ce que son cerveau est capable d'appréhender. Cela semble s'étendre sur la totalité de la plaine et s'élever à des centaines de mètres au-dessus du sol. C'est noir et sale, de forme bombée.

Le reste du paysage est éclipsé par les dimensions titanesques de cette masse ténébreuse qui paraît défier la colline blanche dans un combat allégorique entre le Bien et le Mal. Le jeune homme contemple dans la sidération l'entité géante, dont la noirceur et l'aspect crasseux éveillent en lui une terreur viscérale. On dirait une tumeur nécrosée.

Il s'est à peine fait cette réflexion qu'un coup au cœur l'oblige à s'appuyer contre un arbre, car il vient de reconnaître le Dôme. Le hasard l'aura donc amené à réaliser son objectif de départ, la première source de motivation qui lui donnait la force d'avancer à l'aube de son exil.

Nathaniel a retrouvé Oxalis.

35

Le jour du départ est arrivé. À l'intérieur et autour de l'hélicoptère s'agitent les soldats qui viennent d'achever leur dernière matinée de travail. Le drone chasseur est gentiment rangé dans son compartiment, l'incinérateur éteint, et la zone sud du futur chantier officiellement nettoyée de tous les Fauves qui l'infestaient : cinquante et un au total. Nous allons à présent être récompensés de notre dur labeur par une période de repos à Oxalis, tandis que d'autres membres de l'unité prendront notre place pour la seconde mission qui se déroulera dans la zone ouest. Quatre équipes doivent ainsi se relayer pendant deux mois afin de sécuriser la région. Ensuite viendront les machines, les ingénieurs, les architectes et les dirigeants qui s'occuperont d'établir les fondations du Dôme de Hedera (ce qui revient à détruire toute forme de vie sur un rayon de plusieurs kilomètres). Quant à moi... L'avenir me paraît bien flou. Mes pensées sont assez confuses en ce moment ; peut-être est-ce dû à l'Hypnos que j'ai régulièrement consommé ces derniers jours... Je sais que je ne devrais pas, que je m'étais promis de ne plus y toucher, mais je ne pouvais plus supporter les visions de cadavres qui m'assaillaient. Je prendrai juste ce qu'il faut pour tenir jusqu'à Oxalis. Une fois rentré, j'arrête. Je me suis déjà sevré une fois, preuve que j'en suis capable, et cette variété est beaucoup moins addictive que celles que je consommais avant. C'est Simon qui l'a dit, donc ça doit être vrai. Il s'y connaît. À vrai dire j'ai même plutôt hâte d'arrêter, car les effets de l'Hypnos ne sont pas toujours agréables. Ça détend et ça aide à dormir, mais outre la confusion qu'engendre cette substance, elle provoque aussi des rêves très bizarres... Des rêves peuplés de flammes. Beaucoup de flammes.

Quelques doutes se sont par ailleurs insinués dans mon esprit et font ce matin vaciller ma détermination à m'engager dans une guerre contre l'Armée. Si le commandant avait raison ? Si en dénonçant SAFARI je ne gagnais rien d'autre qu'un aller simple pour Sincérité ? Plus j'y pense, plus cette hypothèse me semble affreusement probable. Les souvenirs de mon premier séjour ont remplacé les fantômes des Fauves dans ma tête : je revois les longs couloirs stériles, les visages inexpressifs des détenus brisés par les traitements médicamenteux, les infirmiers au regard minéral, le psychiatre malveillant qui chaque jour sondait mon histoire personnelle afin d'identifier la moindre de mes faiblesses. Je me souviens aussi de Nathaniel, de son goût pour la révolte si semblable à celui qui m'anime aujourd'hui, et qui l'a conduit au pire. Je n'ai pas vu son corps dans l'incinérateur ; j'en déduis donc qu'il a eu la bonne idée de ne pas venir traîner dans le coin – à moins qu'il ne se soit déjà fait tuer par un autre Fauve ou une bête sauvage. En dépit de la nature choquante de son crime, je commence à penser que ses actes n'étaient pas si insensés qu'on pourrait le croire... Mon ami a été confronté à un problème majeur : Sincérité, et plus particulièrement l'infirmière en chef qui s'acharnait sur lui. Il aurait pu attendre la fin de sa peine et dénoncer les méthodes de l'établissement aux médias (comme ce que je souhaiterais faire avec SAFARI) mais a réalisé son impuissance face au système et compris que ses plaintes ne seraient jamais entendues. Alors il a opté pour une solution simple et efficace : se charger lui-même d'éliminer la source du problème. Il en a certes payé le prix fort, mais chaque action de valeur exige des sacrifices. Il faut parfois accepter d'endosser le mauvais rôle pour devenir un héros.

« Matéo, bouge ton cul au lieu de rester assis à nous regarder tout ranger ! Je t'ai laissé bouder pendant la mission mais maintenant c'est terminé : va remettre de l'ordre dans le dortoir ! »

Je me lève de la caisse depuis laquelle j'observais l'équipe tout en réfléchissant puis me dirige vers l'hélicoptère. Mais une fois à bord, je prends la direction opposée à celle du dortoir. Je dois aller vérifier un truc sur l'incinérateur.

*

Voilà plus de vingt-quatre heures qu'il n'a rien mangé. Nathaniel commence à se sentir faible et sait qu'il va bientôt devoir quitter la forêt mutante où ni chasse ni cueillette ne sont possibles. Pour l'heure, il ne peut s'y résoudre : le Dôme l'hypnotise. Sa vision cauchemardesque le plonge dans les affres de la nostalgie. Sous cette coquille noirâtre se cache sa ville, le lieu qui l'a vu naître et grandir, qui lui a si souvent manqué… Le Léopard croyait s'être débarrassé de tout sentiment inutile lors de sa renaissance par le feu, mais force est de constater que l'ancien Nathaniel n'est pas tout à fait mort et continue de l'attirer vers les sirènes de la civilisation. Il va et vient parmi les arbres ivoirins en se tirant les cheveux, tourmenté par des désirs contraires ; tourner le dos à l'immondice ou tenter de la rejoindre pour retrouver sa vie passée ? Le dilemme se révèle plus ardu qu'il le pensait. Il est toutefois un élément de nature à orienter son choix vers la première solution. En observant l'objet de sa tentation, Nathaniel a repéré les sentinelles : des robots meurtriers postés à intervalles réguliers sur la surface du Dôme, dont l'unique fonction consiste à abattre les Fauves ou grands animaux s'approchant un peu trop. Des ossements éparpillés dans l'herbe rase témoignent par ailleurs du zèle de ces machines. Le jeune homme finit par s'asseoir et sort sa boîte d'allumettes. Il en craque une. Pas question de mettre le feu – du moins pas encore – mais le simple fait de contempler la minuscule flammèche se dresser sur son bâtonnet lui remonte le moral. Il y a quelque chose de vaniteux dans la façon dont le ruban orangé se pavane en direction des doigts qui tiennent l'extrémité de son support. Si petite chose, déjà gonflée d'orgueil et prête à conquérir le monde. La flamme s'étire soudain pour se séparer en deux tandis que l'allumette se recroqueville révérencieusement sur son passage. Nathaniel couve sa création d'un regard affectueux jusqu'à la sentir lui mordre les doigts. Il tue alors son œuvre d'un souffle puis jette l'allumette noircie au milieu du tapis d'aiguilles blanches.

Un bruit attire son attention vers la cime des arbres. Semblable à un bourdonnement, il se rapproche à grande vitesse. Une silhouette massive surgit tout à coup dans le ciel nuageux pour se diriger droit vers le Dôme. Nathaniel regarde l'immense hélicoptère avec intérêt. Ce véhicule paraît trop imposant pour ne servir qu'au transport d'un nouvel exilé ; il doit s'agir d'une opération spéciale. Quoi qu'il en soit, son arrivée offre une occasion unique de découvrir par quel moyen s'ouvre le Dôme pour laisser passer les autorités. Ces informations top secrètes ne sont jamais dévoilées aux citoyens, si bien que nombre de légendes urbaines se sont développées à propos de la mystérieuse « Porte vers l'Extérieur ». Nathaniel recule dans le sous-bois le temps que l'appareil se soit assez éloigné, puis s'avance au bord de la crête pour ne rien manquer de l'action. Un rectangle mobile jusqu'alors indiscernable se sépare du reste de la paroi du Dôme et coulisse sur le côté, révélant le sas qui renferme l'héliport. Cet espace semble avoir été construit derrière les écrans célestes qui forment le ciel d'Oxalis. Il se trouve probablement relié à tout un système compliqué destiné à circuler dans les coulisses de la ville, sans jamais être visible des habitants. La satisfaction d'avoir élucidé cette énigme fait sourire Nathaniel cependant que l'hélicoptère prépare son atterrissage. L'appareil se stabilise, entame la descente vers le sas… puis explose.

Comme ça. D'un coup. Sans aucune explication.

Il explose.

Une énorme boule de feu jaillit de l'habitacle avec la fureur d'un animal forçant les barreaux de sa cage. La carlingue se sépare en deux sous le choc, des pièces de métal tordu volent dans les airs. Chaque moitié de l'hélicoptère part de son côté et semble chuter au ralenti, pareille à une météorite en fusion. La première tombe directement dans le sas en provoquant un nouveau feu d'artifice tandis que la seconde s'écrase sur la paroi du Dôme. La chaleur extrême se communique aux écrans fixés sur la face interne et provoque une série de courts-circuits. Les appareils les plus proches du point d'impact s'enflamment à leur tour, de sorte qu'une traînée incandescente se répand bientôt jusqu'au niveau du sol. Ce simulacre de coulée de lave entraîne la désintégration pure et simple de la paroi dont la partie endommagée finit par s'effondrer à l'intérieur du Dôme. Une entaille creuse désormais le couvercle qui protégeait les citadins du monde extérieur depuis des décennies. Quant à l'hélicoptère de l'Armée, il n'en reste qu'un amas non identifiable de pièces détachées. Nathaniel constate depuis sa position que les écrans célestes détruits sont tombés sur une structure métallique en toile d'araignée, qui s'est elle-même effondrée sur le grand bâtiment blanc qu'elle surmontait. Le jeune homme reconnaît l'architecture singulière évoquant un champignon géant : la maison de rééducation Sincérité. Une bonne part du pavillon supérieur a été arrachée, et de minuscules silhouettes humaines se débattent parmi les décombres fumants. Elles ressemblent à une colonie de fourmis dont on aurait éventré la fourmilière d'un coup de pied. La comparaison est si drôle que Nathaniel éclate de rire. Sa voix, restée silencieuse des mois durant, jaillit soudain dans un accès d'hilarité incontrôlable.

— Le Grand Feu vient vous punir ! Vous allez brûler, brûler, brûler, et je me roulerai dans vos cendres ! *Crevez tous !*

Il aimerait proférer mille malédictions à l'encontre de ses anciens bourreaux, mais il lui faut s'arrêter : ses cordes vocales trop longtemps restées au repos sont incapables de crier davantage et sa voix éraillée lui irrite la gorge. Le jeune homme poursuit donc ses démonstrations de joie en courant dans tous les sens puis en ramassant des aiguilles de pin pour les jeter en l'air, mû par une indescriptible euphorie.

*

Vue de loin, l'entaille dans le flanc du Dôme ne paraissait être guère plus qu'une égratignure comparée à l'immensité de la structure. Mais à mesure que Nathaniel descend le flanc de la colline pour s'en approcher, il réalise l'ampleur des dégâts : la plaie béante fait la taille d'un immeuble. Elle est partiellement obstruée par une montagne de gravats parmi lesquels figure une sentinelle arrachée de son poste. Le Léopard s'arrête à la lisière des arbres pour analyser la scène avec prudence. Devant lui se déroule une zone dégagée de vingt à trente mètres qu'il lui faudra traverser à découvert s'il veut rejoindre l'ouverture providentielle tout juste créée. La sentinelle mise hors service balayait un rayon très précis au-delà duquel ses voisines prennent le relais. Il s'agit d'évaluer avec justesse les limites de ce rayon et prendre garde à les respecter pour éviter d'être abattu. Certes, le court-circuit général aura peut-être neutralisé l'ensemble des machines, toutefois mieux vaut prendre trop de précautions que se faire tuer sur une bêtise. De longues minutes s'égrènent avant que Nathaniel décide de s'avancer en fixant un point de repère choisi. Ses pieds foulent la terre nue de la plaine, un pas après l'autre. À l'intérieur de l'entaille encore parcourue d'étincelles résonne une cacophonie de cris et d'alarmes. Il y règne une pénombre épaisse – les écrans célestes se sont éteints en plongeant Oxalis dans une nuit artificielle. Ce détail avantage Nathaniel qui peut ainsi espérer passer inaperçu malgré sa dégaine inhabituelle et son tatouage. Aucune sentinelle ne réagit à son approche ; il parvient au seuil des ruines sans être inquiété. Quelques flammes dansent toujours au milieu des décombres comme pour célébrer son retour. Le jeune homme jette à peine un regard aux corps carbonisés qui gisent parmi les débris de l'hélicoptère et franchit l'ouverture dans la paroi. Le voici chez lui.

Le Cercle d'Opale situé en périphérie de la cité ne compte aucun bâtiment à l'exception des trois maisons de rééducation réparties au sud, à l'ouest et au nord. La ville proprement dite se dresse plus loin vers le centre et a déjà activé l'éclairage des rues pour pallier l'obscurité soudaine du ciel. D'autres lumières s'allument une à une dans les immeubles où les citadins doivent encore essayer de comprendre ce qui se passe. Nathaniel contemple un instant cette constellation verticale avant de se diriger vers Sincérité. La sinistre institution a subi d'importants dégâts : en s'effondrant, le dôme métallique secondaire censé empêcher les évasions a emporté une partie de la structure, qui se retrouve ouverte aux quatre vents. Les personnes ayant eu le malheur de résider au mauvais endroit sont à présent ensevelies sous les ruines ; les autres réagissent chacune à leur manière. Celles bloquées dans les étages vont et viennent au bord du vide en poussant des cris tandis que les occupants du rez-de-chaussée se dispersent un peu partout. Impossible de différencier les infirmiers des détenus dans le noir. Une silhouette court dans la direction de Nathaniel et ralentit en le remarquant.

— Hé, tu vas dehors ? lance-t-elle.

Le Léopard considère l'inconnu avec étonnement, puis comprend que cet homme le prend sans doute pour un autre détenu. Il décide de jouer le jeu.

— Pourquoi j'irais dehors ?

— Ben pour t'enfuir ! Viens avec moi, on pourra former une équipe.

— Tu vas à l'Extérieur ? C'est très dangereux, là-bas.

— Ce sera jamais pire que de rester enfermé en maison de rééducation. Ça fait des années que je passe ma vie entre Sincérité et un appart' pourri… Il n'y a rien pour moi à Oxalis : je me barre. Et le premier Fauve qui vient me faire chier, je lui dégomme la tronche !

— Je comprends.

— Alors, tu viens ?

— Pas tout de suite. J'ai faim.

— Non mais tu crois que c'est le moment de penser à bouffer ?!

— C'est toujours le moment. La nourriture est essentielle à la survie.

L'ombre demeure une seconde immobile puis secoue la tête avec un soupir agacé.

— Les psys t'ont flingué le cerveau, mec…, déclare-t-elle en reprenant sa course.

Nathaniel la regarde s'éloigner puis traverser la faille pour disparaître au sein de la lumière aveuglante de l'Extérieur. Il se demande combien d'autres prisonniers vont répondre à l'appel de la liberté. Une nouvelle population de Fauves, dépourvus de tatouage, serait-elle en train de naître ?

36

Personne ne porte attention à l'intrus dans le chaos général. Le Léopard circule tranquillement entre les gravats mêlés de corps inertes, les blessés gémissants et les survivants en pleurs. Il pénètre à l'intérieur de Sincérité par l'une des nombreuses entrées récemment improvisées. L'éclairage fonctionne toujours dans certaines pièces, ce qui lui fait craindre d'être repéré et l'amène à emprunter un uniforme auprès d'un détenu n'en ayant plus l'usage. Cette tenue de camouflage ne masquera pas son tatouage mais lui permettra tout de même de détonner un peu moins dans le décor. Les souvenirs des trois mois passés entre ces murs aveugles taraudent Nathaniel alors qu'il parcourt les couloirs désertés. Il se rappelle chaque détail, depuis son arrivée jusqu'au jour de son départ. Un seul événement demeure enfoui dans sa mémoire ; il perçoit sa présence mais l'empêche de remonter vers sa conscience car c'est là son unique point sensible. Le meurtre de l'infirmière en chef ne lui pose aucun souci (voilà longtemps qu'il a accepté sa condition d'assassin et ne s'en émeut plus) mais le jeune homme refuse de penser à ce qui s'est produit dans la salle de guérison. La simple évocation de Cannelle le fait grincer des dents. Ces réminiscences sont heureusement bientôt chassées par une agréable surprise : le réfectoire est encore accessible. Nathaniel se dirige vers les distributeurs alimentaires renversés puis en trouve un dont la vitre est fissurée de toutes parts. Quelques coups de chaise suffisent à la briser. S'offre alors à lui un trésor inestimable : des litres et des litres de Lactomel. Les deux premiers packs sont avalés si vite qu'ils manquent de l'étouffer. Puis le maraudeur affamé se calme afin de mieux apprécier la texture crémeuse et le goût sucré si représentatifs du confort moderne. Assis par terre au milieu des débris, sous la lumière blafarde d'un néon agonisant, Nathaniel vit un moment de rare sérénité au sein même de l'institution qui a détruit sa vie.

— Monsieur, vous ne pouvez pas rester là ! Le plafond risque de s'écrouler !

Le Léopard prend le temps de finir son cinquième pack avant de se retourner vers la jeune femme qui l'interpelle. Elle porte une tenue d'urgentiste et reste abasourdie en découvrant les yeux cerclés de noir, la figure tachetée et la barbe drue de ce qu'elle croyait être un simple détenu. Ses mains se lèvent en position défensive tandis qu'elle recule de plusieurs pas et bredouille d'une voix aiguë :

— Je suis secouriste, je n'ai pas d'arme ! Je suis là pour aider les gens, seulement pour les aider !

— Je n'ai pas besoin d'aide.

— Non, bien sûr, excusez-moi, j'ai cru que... Je m'en vais.

Joignant le geste à la parole, elle déguerpit sans demander son reste. Nathaniel se penche pour attraper un autre Lactomel dans le distributeur.

*

« Madame, Monsieur, bonsoir et merci de nous rejoindre pour cette édition spéciale. Cela fait bientôt onze heures qu'une explosion catastrophique a entraîné l'effondrement d'une partie du Dôme, un black-out céleste, et la destruction de Sincérité. Nous allons faire le point en direct avec nos envoyés spéciaux sur place ; mais revenons tout d'abord sur les circonstances du drame : selon nos dernières informations, c'est un hélicoptère de l'Armée qui serait à l'origine de la déflagration. Cet appareil qui transportait une dizaine de personnes à son bord appartenait à l'unité SAFARI, chargée de sécuriser la zone du futur chantier de Hedera. Il revenait de sa première mission effectuée à l'Extérieur et s'apprêtait à pénétrer à l'intérieur du Dôme lorsqu'il a explosé. Il est pour l'heure impossible de déterminer avec certitude les causes de cet accident qui a coûté la vie à l'ensemble de l'équipage, mais il semblerait qu'une machine se trouvant à bord ait pris feu, engendrant un incendie dévastateur. On sait d'autre part que lors de son dernier échange avec Oxalis, le commandant de l'unité aurait évoqué, je cite, « des velléités de rébellion » chez l'un de ses soldats et aurait demandé à ce que soient prises « les mesures nécessaires ». L'Armée doit bientôt s'exprimer sur ce point mais se garde pour l'instant de tout commentaire. On déplore également un nombre toujours croissant de victimes du côté de Sincérité, où les équipes de secours se démènent sans relâche depuis ce matin pour extraire des décombres les détenus et les employés. Le bilan provisoire est de dix-huit morts et une cinquantaine de blessés. Par ailleurs, un autre problème devient de plus en plus préoccupant : l'intrusion de Fauves au sein du Dôme vient d'être avérée, ce qui entraîne une vaste mobilisation des forces de l'ordre afin de confiner les criminels au Cercle d'Opale et les empêcher d'atteindre les quartiers habités. Je vous propose d'écouter ce témoignage percutant enregistré par nos journalistes cet après-midi :

— *Monsieur Heulin, vous êtes urgentiste dépêché sur le site de Sincérité et vous affirmez avoir croisé un Fauve lors de vos interventions. Où l'avez-vous vu exactement?*

— *Dans l'aile nord du pavillon intermédiaire, une zone particulièrement touchée. Il portait un uniforme de détenu mais j'ai distinctement vu son tatouage. C'était un Léopard.*

— *Qu'avez-vous fait en l'apercevant ?*

— *Au début je suis resté paralysé, j'en croyais pas mes yeux. En plus le Fauve se comportait de façon étrange…*

— *Comment ça ?*

— *Il serrait un lapin mort dans ses bras.*

— *Un lapin mort ?*

— J'ai entendu dire que Sincérité utilisait ce genre d'animaux pour certaines thérapies. Je suppose que le Léopard avait trouvé celui-là dans les décombres. Il le caressait en pleurant toutes les larmes de son corps... On aurait dit qu'il venait de perdre un membre de sa propre famille. C'était vraiment très bizarre.

— Et ensuite, comment avez-vous réagi ?

— Je me suis éloigné puis j'ai prévenu mes collègues pour qu'ils évitent d'aller dans ce coin. On ne sait jamais.

— Ça vous fait peur de travailler en sachant qu'il y a des Fauves autour de vous ?

— À votre avis, putain ? C'était déjà assez angoissant d'aller bosser en redoutant qu'un mur s'effondre sur moi, mais maintenant je dois aussi craindre de me faire trancher la gorge par un malade mental ! Alors vos questions à la con, vous savez où vous pouvez vous les...

Voilà, donc, pour ce témoignage d'un urgentiste sous pression, comme on l'aura compris. Alors que nous attendons une déclaration imminente du président de la République, chacun se demande quelle sera l'ampleur des conséquences de cette situation inédite, et si un retour à la normale sera un jour possible. Nul ne sait combien de temps sera nécessaire pour réparer la déchirure dans la paroi du Dôme, or les menaces venues de l'Extérieur sont aussi nombreuses qu'imprévisibles. Les heures à venir devraient nous apporter davantage de précisions sur les causes de cette crise sans précédent. Dans tous les cas, une chose est sûre : nous sommes à l'aube d'une révolution. »

Imprimé en France
FROC02n1618040618
19040FR00009B/77/P

9 791092 786675